부부가 떠난
104일의 자유, 104일의 南美

해보지 뭐

자유
남미 여행

부부가 떠난
104일의 자유, 104일의 南美

해보지 뭐
남미 자유여행

초판 1쇄 인쇄 2014년 04월 25일
초판 1쇄 발행 2014년 05월 02일

지은이 홍순경
펴낸이 손형국
편집인 선일영
편 집 이소현 이윤채 조민수
디자인 이현수 신혜림 김루리
제 작 박기성 황동현 구성우
마케팅 김회란
펴낸곳 (주)북랩
출판등록 2004. 12. 1(제2012-000051호)
주소 153-786 서울시 금천구 가산디지털 1로 168,
우림라이온스밸리 B동 B113, 114호
홈페이지 www.book.co.kr
전화번호 (02)2026-5777
팩스 (02)2026-5747
ISBN 979-11-5585-184-5 03810(종이책)
979-11-5585-185-2 05810(전자책)

이 도서의 국립중앙도서관 출판시도서목록(CIP)은 서지정보유통지원시스템 홈페이지(http://seoji.nl.go.kr)와 국가자료공동목록시스템(http://www.nl.go.kr/kolisnet)에서 이용하실 수 있습니다.
(CIP제어번호: 2014013398)

부부가 떠난

104일의 자유, 104일의 南美

해보지 뭐

자유 남미 여행

홍순경 지음

book Lab

머리말

남미로의 여행 구상은 일상에 지친 어느 날 사무실 책상 앞에서 시작되었을 것이다. 어딘가로 멀리 떠나 여행을 한다면, 나의 몸과 마음이 재충전될 것 같았다.

해외여행이라곤 패키지여행만 다녀본 내가 장기간 남미 자유여행을 하는 것이 과연 가능할까? 하는 두려움이 없지는 않았지만, 지금 못 하면 영원히 할 수 없을 것 같다는 생각이 굳어졌고, 틈틈이 남미 여행 자료를 찾다 보니 어느새 모든 계획이 자동적으로 세워졌다. 아우가 페루의 리마에 살고 있다는 사실이 왠지 남미를 덜 낯선 곳으로 느끼게 했는지도 모르겠다.

그러나 모든 계획의 수립과 실행은 내 스스로 해야만 했다. 여행을 끝내고 지금 와서 생각해보면 모든 것이 꿈만 같고, 어떻게 104일 동안 그 먼 곳을 여행했을까. 만약 많은 사진들이 없다면 기억해낼 수 없는 순간들도 많으리라.

환갑을 바라보는 나이에 경이에 차 환호성을 지르게 한 자연경관과 남미의 광활한 대지는 나의 뇌의 어느 한 부분에 신선한 바람을 쐬게 해준 느낌이었다. 나는 '삶이란 과연 무엇인가?' 하는 의문을 늘 가슴속에 품고 살아왔다. 그런데 여행 중 어느 한 순간 이 명제는 답을 얻기 어렵다는 생각이 머리를 스쳤다. 이렇게 넓은 땅에 이렇게 많은 사람들이 각자 다양한 삶을 살고 있는데, 어떻게 삶을 정의할 수 있단 말인가. 도리어 '어떻게 살 것인가?'라는 물음에 답을 얻으려 노력하고, 그 결과로 얻은 것을 실천하는 것이 더 인생에 도움이 될 것 같다는 생각이 굳어졌다.

이 책은 전문적인 여행가가 아닌 중년의 부부가 어떻게 남미 여행을 했는지 그 전 과정을 보여주려고 노력했다. 자유여행을 하고는 싶지만 여러 가지 이유로 용기를 내지 못하는 분들에게 조금이나마 도움이 된다면 더 없는 기쁨이겠고, 이것이 이 책을 쓰는 중요한 이유 중의 하나이다.

여행은 누구와 함께 가느냐에 따라 그 내용이 달라지는데, 다소의 갈등은 있었지만 여행 중 내내 묵묵히 나를 따라와 준 아내 권수련에게 감사의 뜻을 전하고 싶다.

2014년 4월

여행을 떠난 이유

남미, 지구의 반대편에 있는 나라들이 어떻게 생겼는지 평소에는 관심도 없던 곳, 상상의 나래조차 미치지 않았던 곳을 여행한다는 것이 나의 영혼에 활기를 불어넣어줄 것 같았다. 반복된 일상의 권태의 늪에서 빠져나와 날개를 펴고 훨훨 날아 어릴 적 간혹 꾸던 꿈속의 비상(飛上)처럼 지상을 조감(鳥瞰)하고 싶었다.

말과 글이 다르고 역사가 다르며 기후와 토질 지형이 다른 곳의 사람들은 어떻게 살까, 이런 낯선 곳을 과연 내가 갈 수 있을까 하는 비관적인 예측과 갈 수 있다는 긍정적인 조건들을 찾아낸 기쁨 사이를 오가며 일희일비하며 지내다가, 류시화 님의 시 '여행자를 위한 序詩'를 숙명적으로 만나게 되었다. "날이 밝았으니/ 이제 여행을 떠나야 하리/ 시간은 과거의 상념 속으로 사라지고/ 영원의 틈새를 바라본 새처럼 그대 길 떠나야 하리/ 다시는 돌아오지 않으리라/ 그냥 저 세상 밖으로 걸어가리라/ 한때는 불꽃같은 삶과 바람 같은 죽음을 원했으니/ 새벽의 문을 열고 길 떠나는 자는 행복하여라…" 이렇게 시작하는 이 시는 나를 빠져들게 했고, 한때는 그 시 전부를 암송할 정도였다. 여행에 대한 영감이 충만한 이 시는 나에게 힘을 주고 남미여행을 필연의 사건으로 만드는 마력을 주었다.

네다섯 살 정도라고 기억되는 어릴 적, 이모님 댁 한옥 툇마루에서 담장 너머로 보름달을 보며, 사람은 나이 들어 늙으면 모두 죽는다는 말에 더럭 겁이 나 철없이 울던 기억이 떠오르는 것은 어떤 연유에서일까? 모든 일상에서 벗어나 미지의 세계로 떠나려는 것이 세상 사람들의 성공이라는 잣대에 못 미친 자괴감에 현실을 탈피하고자 하는 소극적인 게으름은 아닐까? 하는 의문이 들지만, 그러기에는 내 나이가 적지 않기에 재충전이라는 다른 단어로 자위하고자 한다.

세속적인 성공의 공식이 아닌, 나만의, 나만을 위한 계획을 세워 시간과 돈을 쓰겠다는 발상은 유쾌할 뿐 아니라 통쾌하기까지 하다. 끊임없이 돈을 벌어야 하고 의무와 규정, 법률 속에 친친 감겨 오직 이 고통이 끝나기만을 기다리며 사는 숨 막히는 삶에서 벗어나, 여행 기간만이라도 내 운명을 내 손에 쥐고 내 마음대로 하고 싶다. 자, 이제 필요한 것은 용기뿐이다. 이 여행에서 내가 바라는 것은 무엇일까? 단순히 일상의 탈출뿐일까? 수개월의 시간과 적지 않은 돈을 들이고 내가 얻고자 하는 것은 무엇일까? 아니, 왜 무엇을 얻어야만 하지? 우리가 꼭 무엇을 얻기 위해서만 자원을 써야 하나? 그냥 나 자신이 하고 싶은 것을 하는 것은 옳지 않은 것일까? 내가 지불한 것에 대해서 대가를 따지는 습성은 오랜 사회생활의 결과이리라. 내 영혼의 갈증에 무관심했던 것은 사회풍조 탓이라는 핑계는 이제 치워버리자. 영혼의 허전함을 술로 풀던 과오를 이제는 반복하지 말자. 활기에 찬 살아 있는 하루하루를 기대하며 미지의 세계로 두려움 없이 달려 나아가, 보고 느끼고 생각하자. 그리고 행복하자.

목차

머리말 004

여행을 떠난 이유 006

남미 여행지도 015

I 페루 017

1월 8일 최장의 비행기 탑승

9일 남미의 관문 리마

10일 리마의 두 얼굴

11일 산 프란시스코 교회

12일 신시가지 미라플로레스

13일 산크리스토발 언덕과 정복자 피사로

14일 K-Pop의 열기

15일 잉카의 배꼽 쿠스코

16일 코리칸차의 비극

17일 볼리비아 대사관과 고산병

18일 잉카 최후의 전투

19일 잉카 트레일 트레킹 첫째 날

20일 잉카 트레일 트레킹 둘째 날

21일 잉카 트레일 트레킹 셋째 날

22일 잉카 트레일 트레킹 마지막 날

23일 건축사 리차드
24일 회색의 도시 아레키파
25일 아레키파의 시티 투어
26일 콘도르 없는 콜카 캐니언
27일 돌아온 배낭
28일 볼리비아의 경유지 푸노
29일 고지대 호수 티티카카
30일 타킬레 섬의 전통의상

II 볼리비아 089

1월 31일 볼리비아 입국
2월 1일 전봇대 위의 사람인형
2일 라파즈 거리의 소년
3일 푸른 천국 우유니 소금호수
4일 우유니 투어 첫째 날
5일 우유니 투어 둘째 날
6일 우유니 투어 셋째 날

III 칠레 117

7일 예기치 않은 여행지

8일 쾌적한 휴양도시 라 세레나
9일 파리풍의 거리
10일 산티아고
11일 지하철의 소매치기
12일 교민회장
13일 산타루치아 공원
14일 한인 의류상가
15일 항구도시 푸에르토몬트
16일 '페테로우에' Day Tour
17일 나비막 크루즈 첫째 날
18일 나비막 크루즈 둘째 날
19일 나비막 크루즈 셋째 날
20일 푸에르토 나탈레스
21일 파이네 국립공원 트레킹
22일 Are you from Nepal?
23일 환상의 트레킹 코스
24일 토레스 봉우리의 감동

Ⅳ 아르헨티나 169

25일 빙하 관광 거점도시 갈라파테
26일 지구의 나이테 모레노 빙하
27일 28시간의 버스 여행

28일 남미의 스위스 바릴로체
29일 재수 없는 날
3월 1일 멘도사에서의 부부싸움
2일 붉은 포도주 빛깔 분수
3일 남미의 파리 부에노스아이레스
4일 탱고의 발생지 까미니또
5일 죽은 자들의 도시
6일 에로티시즘의 댄스 탱고
7일 Aumento 35%
8일 상상 이상의 폭포 이과수
9일 악마의 목구멍
10일 스페인어와 포르투갈어

V 브라질 223

11일 세계 3대 미항 리우데자네이루
12일 여행 궤도 수정
13일 코르코바도 정상의 예수 상
14일 Two payments OK?

Ⅵ 멕시코

15일 볼거리 많은 멕시코시티

16일 멕시코 국립 인류학 박물관

17일 동전 바구니를 든 아즈텍 전사

18일 인간이 신이 되는 장소 '테오띠우아깐'

19일 오악사까

20일 사보텍 유적지 몬테알반

21일 아름다운 식민지 시대 건물들

22일 정글 속 마야의 고대도시

23일 신비한 물빛 아구아 아쑬

24일 유카탄 반도의 주도(洲都) 메리다

25일 원초적 본능 투우경기

26일 욱스말(Uxmal)

27일 신성한 세노테

28일 볼 경기장의 정치적 기능

29일 우물 형 세노테 IkKil

30일 위험한 스노클링

31일 해변의 뚤룸 마야 유적지

4월 1일 워터파크의 모든 것 셀-하

2일 짐정리 에피소드

3~8일 플라야 델 까르멘

9~12일 이슬라 무헤레스

13~17일 세계적인 휴양지 칸쿤

18일 여행의 끝- 리마로의 회귀

여행 후기 327

1. 소감
2. 언어
3. 안전
4. 교통
5. 통신
6. 숙박
7. 음식
8. 여행 준비물 목록
9. 경비

여행자를 위한 序詩

류시화

…

오, 아침이여
거짓에 잠든 세상 등 뒤로 하고
깃발 펄럭이는 영원의 땅으로
홀로 길 떠나는 아침이여
아무것도 소유하지 않은 자
혹은 충분히 사랑하기 위해
길 떠나는 자는 행복 하여라

…

그대가 살아온 삶은
그대가 살지 않은 삶이니
이제 자기의 문에 이르기 위해
그대는 수많은 열리지 않는 문들을 두드려야 하리

…

해보지 뭐
남미 자유 여행

〈남미 여행지도〉

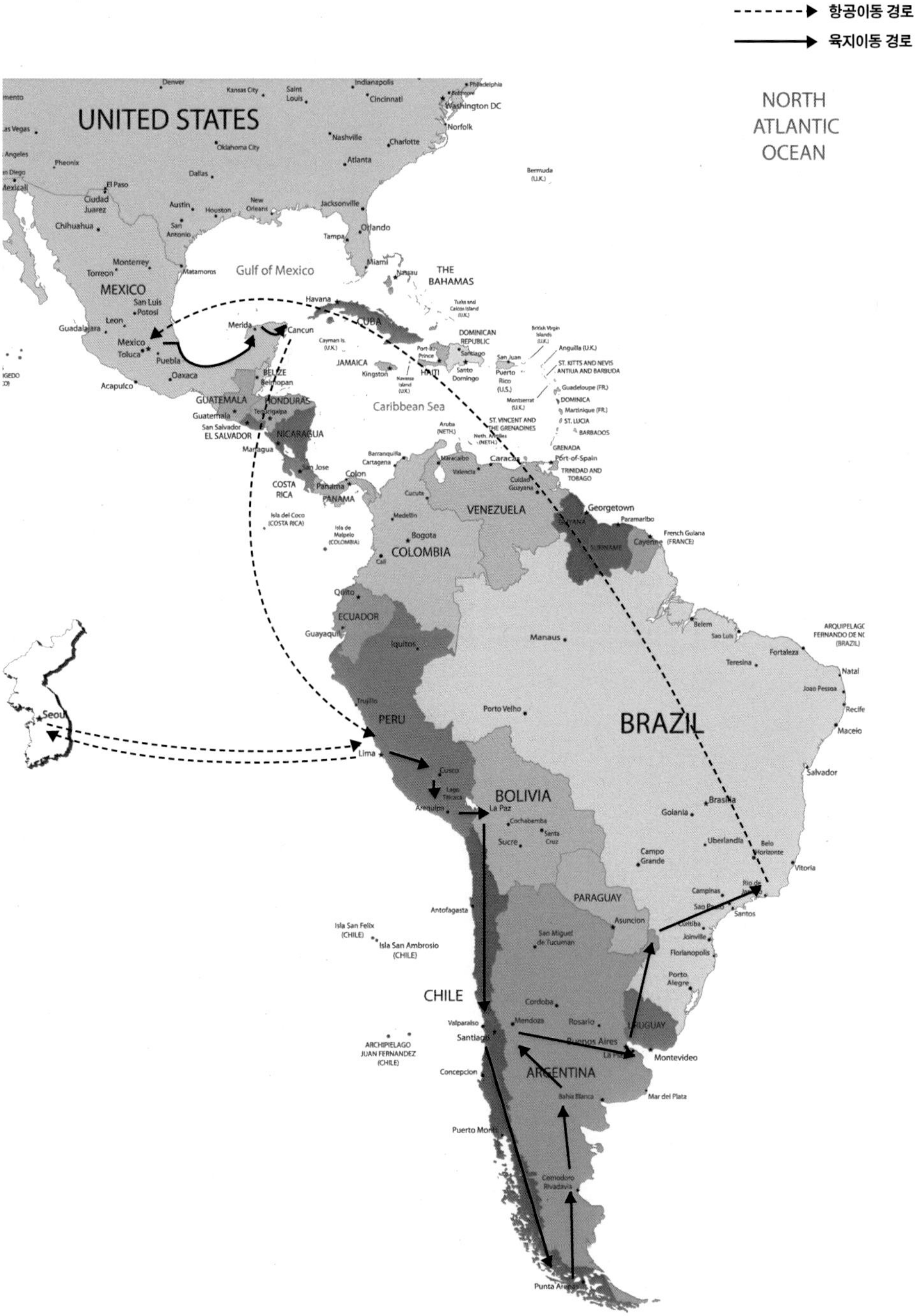

● 남미 여행지도

PERU

I
페루

첫번째 여행지인 페루에 대해 소개하자면, 일본인 후지모리 대통령이 장기 집권한 나라로 우리에게 알려진 이 나라는 고대 잉카문명의 발상지로서, 남미에서는 유일하게 잉카 유적이 남아 있는 나라이다. 나스카 라인과 마추픽추는 대표적인 고대문명의 흔적일 것이다. 페루의 잉카 제국은 1532년 에스파냐의 프란시스코 피사로에게 정복당했고 300년 동안 식민지로서 지배를 받은 후 1824년에 독립했다.

인구는 2012년 기준 약 3천만 명 정도라고 하며, 인구 구성은 원주민 45%, 백인과 원주민의 혼혈인 메스티조가 37%, 백인 15%, 기타 3%로 되어 있다. 이 나라는 생각보다 크다. 한반도의 약 5배 정도이나 사막지대가 많고, 인구의 2/3가 도시에 거주하고 있다. 경제면에서 일인당 국민소득은 2012년 기준 6,500달러이나, 60%가 2,000달러 이하의 빈곤층이라고 하며, 상위 20%의 소득수준은 12,000~15,000달러로 빈부격차가 매우 심하다.

1월 8일

최장의 비행기 탑승

2012년 1월 8일 13시 40분 JAPAN AIRLINES 0954편을 타고 리마로 출발하기 위해 가슴 설레며 인천공항으로 향했다. 인천공항에서 리마까지의 비행 여정(Itinerary)은 인천공항→도쿄 나리타공항(비행시간: 2시간 20분)→뉴욕 JFK공항(비행시간: 14시간)→리마(비행시간: 8시간 55분), 그래서 전체 비행시간은 25시간 15분이고, 환승에 소요되는 시간이 7시간20분으로 비행시간과 환승 대기시간을 합하면, 인천에서 리마까지 가기 위해 걸린 시간은 총 32시간 35분이었다. 장시간의 비행기 탑승이었지만, 익숙지 않은 환승 절차를 어떻게 할 것인가를 생각하느라 대부분의 시간을 소비하고 긴장을 풀 수가 없어서 지루함이 덜했던 것 같다.

미국에서의 환승은 짐 자체를 다시 찾아 입국과 출국 절차를 다시 밟아야 했으며, 여권을 전자여권으로 갱신했지만 입국 시 미국 이민국 직원이 미국여행 허가서(ESTA)를 제시할 것을 요구했다. 까다로운 미국 출입 절차를 대비해 여권 뒤에 보관해둔 미국여행 허가서를 제시하니 군말 없이 통과시켜준다.

장시간의 비행기 탑승으로 좁은 좌석에서 뒤척이다가, 리마에 가까이 왔다는 방송에 잠이 깨어 창밖을 보니 어슴푸레하게 리마의 시가지가 눈에 들어온다. 드디어 남미 땅에 온 것이다. 앞으로 어떤 일들이 벌어질 것인가 하는 기대감에 가슴이 벅차오르기보다 오히려 담담하게 마음이 가라앉는다.

1월 9일
남미의 관문 리마

리마는 정복자 피사로가 잉카 제국을 정복한 후 바다에 접한 항구도시의 필요성을 느껴 건설한 도시이다. 잉카의 수도는 내륙에 위치한 도시 쿠스코로서 외국과의 교역에 부적합했다. 그래서 리마에 도시를 건설해 유럽과의 교역 중심지로 삼았던 것이다. 현재 리마는 페루의 정치 경제의 중심지로서 인구는 약 850만 명 정도 된다. 리마는 남미의 여러 나라들이 독립하는 19세기 말까지 스페인 식민지의 전초기지인 항구도시로서 남미의 창구 역할을 해왔다. 그래서 남미의 관문이라고 불린 것 같다.

리마의 기후는 사계절의 온도 변화가 적고 맑은 날이 많아 매우 쾌적하다. 2월 평균 18~27도(최고)이고 8월 평균기온이 14~19도(최저)이며, 연평균 강우량이 10mm 이내로 이슬비 수준이라고 보면 된다. 리마의 도로 양편에는 빗물을 흘려보내기 위한 우수관로가 없다. 그 정도로 강우량이 미약하다.

오전 7시 15분. 리마 호르헤차베스(Jor havez) 공항에 도착했다. 공항의 규모는 우리나라 김포공항 정도인데, 짐 찾는 데 시간이 많이 걸렸다. 남미에서는 우리나라의 '빨리빨리'가 안 통한다고 사전에 듣고 왔으므로 차분하게 기다려 짐을 찾았다.

공항을 빠져나오니 아우가 차를 가지고 마중 나와 있었다. 덕분에 편하게 예약해둔 '평화'라는 뜻의 'La Paz' 호텔로 향했다. 호텔이 소재한 미라플로레스 지역은 공항으로부터 약 16km 지점에 위치하고 있는데, 신시가지로 조성된 곳이다. 공항에서 호텔까지 차로 오며 내다본 차창 밖 풍경은 생각보다 활기 있다는 느낌이 들었다.

호텔에 여장을 풀고 남미의 관문으로서 리마의 시가지는 어떤지 매우 궁금해서 그냥 인근 거리를 산책해보기로 했다. 거리는 매우 깨끗하고 정돈되어 우리나라 강남 같은 느낌이었다. 이 지역은 리마의 신흥 상업지역으로서 현대식 건물이 많고 관광객을 위한 호텔도 많은 곳이라고 아우가 알려주었다.

Vivanda라는 대형마트는 각종 식료품이 종류와 가짓수에서 우리나라 못지않게 다양한 상품이 많이 진열되어 있고, 농산물은 매우 풍부해 보인다. 몇 가지 식료품을 사보니 가격은 대체로 우리나라보다 싼 것 같다. 이 지역을 둘러본 것만 가지고 판단해본다면, 소득수준이 우리나라에 전혀 뒤떨어질 것 같지 않다는 생각이 들었다. 반듯반듯한 바둑판식 계획도로와 고층빌딩이 들어찬 상가거리에서 마주치는 밝은 표정의 행인들. 내가 상상한 우울한 슬럼가는 없었다. 그러나 이것은 도시의 한 면만을 본 것에 불과하다는 것을 나중에 알게 되었다.

이 지역은 중심 상업지역으로서 대로변에 카지노가 군데군데 눈에 띄었다. 호기심 어린 눈으로 보다가 사진을 찍으니 현관에 서 있

미라 플로레스 지역 서측 해안가 풍경

는 도어보이가 엄지손가락을 들어 보이면서 웃는다. 그리고는 여행 가이드 북에 있는 연인들의 공원에 갔다. 바닷가에 위치한 이 공원은 로맨틱한 포즈의 조각상이 있는 녹지대로서, 연인들이 여기저기 앉아 애정표현을 한다. 한국보다는 남의 눈치를 더 안 보는 것 같아 민망해져 눈길을 피했다.

여기서 남쪽으로 조금만 가면 전망 좋은 테마상가 건물 라르코마르(LARCOMAR)가 나온다. 바닷가 절벽에 조성된 상업시설로서 주차시설과 평행되게 상가를 조성해 매우 편리하고, 특히 석양의 낙조를 즐기면서 식사할 수 있다고 한다. 한 카페에 들러 커피를 먹는데, 우리나라 부부와 두 자녀, 네 명이 들어와 반갑게 인사를 했다.

리마에서는 주로 아우의 안내를 받아 그의 차로 이동하고 가끔 택시를 이용했는데, 목적지까지 가격 흥정을 하다가 너무 비싸다 싶으면 그냥 가라고 한 후, 다음 택시와 다시 흥정하는 식으로 택시를 이용했다. 목적지까지의 적정 요금은 호텔 종업원에게 물어보면 된다.

1월 10일

리마의 두 얼굴

여독이 풀리지 않은 피곤한 몸을 일으켜 씻고 로비 옆 호텔 식당에서 콘티넨탈식 아침식사를 하고 있는데 아우가 왔다. 우리는 커피를 마시면서 오늘 일정을 의논했다. 여행 계획에 리마에서의 구체적인 일정은 없었으므로 관광 일정을 아우에게 맡기려고 의견을 물어보니, 오전에 황금 박물관을 구경하고 최근에 지어진 현대식 쇼핑몰과 바닷가에 위치한 빈민들의 유원지로 안내하겠다고 한다.

황금 박물관은 개인 박물관으로서 잉카시대 전후의 유적에서 발견된 금으로 된 마스크와 귀족여인들의 장신구, 식기 등을 전시하고 있었다. 비싼 입장료에 비해 전시물의 내용은 빈약했다. 탐욕적인 에스파냐 정복자의 손길을 피한 황금 유물이 얼마나 남았겠느냐는 생각이 들었다. 더구나 1층에는 세계 각국의 구시대 무기들이 전시되고 있었는데, 이는 황금 박물관이라는 이름이 무색할 정도로 실망스러웠다.

점심은 현지인 식당에서 Tropicana(페루식 회무침 요리. 1인당 9솔: 한화 약 3,600원)를 먹었다. 이것은 사람이 매우 많아 기다렸다 먹을 정도로 싸고 맛있었다. 식사 후 숙소에 돌아와 오후 4시까지 낮잠을 잤다. 시차 때문인지 매우 피곤했다.

조키 프라자는 우리나라로 치면 테마 상가라고 볼 수 있는데, 규모는 우리나라 일반적인 쇼핑몰보다 훨씬 크고 사치스럽게 지어졌다. 최근의 페루는 높은 경제성장률을 보이고 빈곤층에서 중산층으로 바뀐 인구수가 괄목할 만하다. 세련되게 설계된 건물과 유명 메이커 의류가 전시된 상점가에 가득한 사람들을 보면, 이 나라의 소득수준이 구미 선진국 못지않게 높을 것이라고 착각하게 된다. 그러나 문제는 빈부격차이다. 상위 20% 정도가 80% 정도의 부를 독점하는 불평등은 사회불안 요소가 되었고, 이로 인한 치안 불안은 후지모리 대통령이 집권하면서 사라졌다고 한다.

이곳은 리마 남쪽 끝 해변에 위치한 빈민들의 유원지이다. 주차장에 도착하니 허름한 차림의 어린아이들이 떼 지어 달려든다. 이들을 쫓는 남자에게 아우가 동전을 건네며 스페인말로 몇 마디 했다. 주차 관리인이냐고 묻자, 그건 아니고 관광객 차량을 보호해주는 명목으로 얼마씩 받고 사는 사람이란다. 이렇게 하지 않으면 차량이 훼손되는 경우가 종종 있다고 한다.

해변 쪽에 서민들의 수산시장이 있어 가보았다. 사람들이 모여 생선을 사고 노점상에서 음식을 사먹고 하는 모습이 조키 프라자에서 보던 사람들의 옷차림과는 대조적으로 매우 빈곤해 보였다.

모래사장의 천막으로 된 간이식당에서 반바지만 걸친 가무잡잡한 피부의 남자들이 모여 담배를 피우며 우리를 쳐다보는데, 그 눈빛에서 모종의 적개심까지 읽을 수 있어 불편했다. 제수씨는 이곳에 처음 와보았다며 빨리 가자고 한다. 이곳에 올 일이 있냐고 아우에게 묻자, 그렇진 않은데 한국에서 손님이 오면 식민지 문화유적이 있는 구시가지와 현대식 상가뿐 아니라, 리마의 어두운 면도 보여주려는 의도에서 이곳으로 안내한다고 대답한다.

저녁 때 현금 지급기(ATM)를 사용해 현지 화폐 40솔을 인출하는데 수수료가 5솔이다. 인출액에 관계없이 1회에 수수료가 5솔이며, 400솔 이상은 지급 거절된다고 한다. 그러므로 만약 그 이상의 액수가 필요할 때는 수수료를 두 번 내야 한다. 10솔이 우리나라 돈 약 4,000원이니까 16만 원 찾을 때마다 수수료를 2,000원씩 내야 한다는 계산이 나온다. 왜 이렇게 현금 지급기 수수료가 비싼지 의아했는데 나중에 그 이유를 알게 되었다.

1월 11일

산 프란시스코 교회

리마 다음 여정은 쿠스코이다. 리마에서 쿠스코까지의 거리는 1,000km, 표고차가 3,600m인데, 도로 여건이 열악해서 가는 데 고생이 매우 심하다고 한다. 그래서 비행기로 가기로 하고 여행사에 가서 타카(TAKA) 항공 2인 티켓을 370$(미화)에 예약했다.

스페인 식민지였던 도시들의 구조는 대부분 비슷하다. 리마도 마찬가지로 구 도시 중앙에 아르마스라고 불리는 광장이 있고, 그 주위에 성당과 교회, 수도원 등이 위치하고 있으며 그 주변으로 정부 청사 건물이 있다. 이런 구조는 큰 도시건 중소도시건 대동소이하다.

유네스코 세계유산으로 지정된 리마의 유명한 종교 유적지 산 프란시스코 교회와 수도원을 입장료를 내고 들어가 현지인 안내를 따라 관람했다. 교회 내부는 페루 내 스페인 소유 금광과 은광에서 기부한 자금으로 제작된 조상, 조각물, 금은 세공품 등으로 화려하게 치장되어 있었다. 이 건물은 건축하는 데 100년 이상 걸렸다고 한다. 기독교인들의 뼈와 해골이 남아 있는 지하묘지 카타콤의 모습은 매우 인상적이었다.

1

2

3

① 산 프란시스코 교회
② 아름다운 내부 모습
③ 카타콤의 유해들

그리고 이 근처의 대성당을 보았는데, 외부가 비슷한 건물임에도 어떤 것은 성당(Catedral)으로, 어떤 것은 교회(Church)라고 불렀다. 그 차이가 궁금해서 아우에게 물어보았더니, 성당은 로마 교황청에서 임명한 주교가 있는 교회를 의미하며 일반적으로 성당이 더 크고 종교적으로 중요한 의미를 가진다고 설명해주었다.

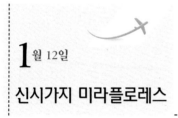

1월 12일
신시가지 미라플로레스

스페인어로 미레(mire)는 '보다'라는 뜻이고, 플로레스(flores)는 '꽃들'이라는 뜻이다. 이렇게 예쁜 뜻을 가진 미라플로레스(Miraflores) 지역은 주로 부유한 백인들의 거주 지역이다. 미라부스(Mirabus)를 타고 1시간 동안 미라플로레스 지역 시티투어를 했다. 식민 유적지가 모여 있는 구시가지 센트로(Centro)와는 달리 이 지역은 현대식 건물이 많이 있는 상업 업무지역으로서 잘 정비된 시가지와 현대식 건물로 구성된 것 외에 별 특징이 없었다. 다니다가 보니 우리나라 기아자동차 전시관이 보여 반가웠다. 우리나라 자동차는 여기서 고급 차종으로 여겨지고, 현대 싼타페 같은 차종은 계약 후 2~3개월 기다려야만 차량을 인도받을 수 있을 정도라고 한다.

기아차 전시관 모습

리마에서는 음식점이나 카페에서 대부분 현금 결제를 요구한다. 그래서 여행 경비는 ATM기로 그때그때 인출해서 조달했다. 현금 인출기의 화면이 대부분 스페인어로 나오고 인출 방식이 기계마다 달라서 당황스러울 때가 많았다. 영어 버전으로 전환이 가능한 것은 용이한데, 스페인어로만 나오는 기계는 이해하기 어려웠다.

아우가 남미의 섬유제품 공급기지 역할을 하는 대규모 섬유판매 지역(Garrma)을 보러 가자고 했다. 가보니 그 규모가 엄청난데, 가게도 많고 사람들도 많아 우리나라 청평화 시장의 몇 배는 되는 것 같았다. 섬유류 제품은 광물 수산물과 함께 페루의 주요 수출품이라고 한다. 페루는 개발도상국으로 분류되며 전반적으로 값싼 노동력은 풍부하나 기술과 자본이 부족한 상태이다.

점포가 빼곡히 들어찬 거리를 둘러보다가 상가 건물에 들어가 구경을 했다. 각양각색의 의류와 원단 점포가 쌓여 있는데, 그 규모와 섬유 제품들의 다양함이 대단했다. 그러나 제품 수준은 낮은 중저가로 보였다.

1월 13일

산 크리스토발 언덕과 정복자 피사로

구시가지의 아르마스 광장 주변에서 버스를 타고 20분쯤 걸리는 거리에 산 크리스토발(San Cristobal) 언덕이 있었다. 구불구불한 산길을 따라 올라가는 도중에 관광 안내원이 속사포 같은 스페인어로 계속 설명을 하는데 무슨 이야기인지 알아들을 수가 없었다. 나중에 아우가 관광 안내원의 설명 내용을 통역해주었다. 그 내용은 스페인 정복자 피사로가 이 언덕에서 내려다보고 리마 시의 도시 설계를 구상했다는 것이다. 피사로가 원주민의 저항을 물리치고 이곳을 점령한 후 스페인 성인의 이름을 따서 산 크리스토발이라고

정상에서 바라본 리마 시 전경

빈민들의 주거 지대

정상의 대형 십자가

명명했단다. 리마는 식민 지배의 필요에 의해서 건설된 도시이며, 피사로에 의해 점령되기 전에는 조그만 어촌마을에 불과했다고 한다.

이곳은 표고 약 400m 정도의 산으로 정상에서 보면 리마 시 전체가 한눈에 들어온다. 북쪽 방향으로는 바로 센트로 지구가 보이고, 왼쪽에 리막 강이 흐른다. 또 멀리 대서양에 접한 항구가 보인다. 정복자 입장에서 보면 유럽과 식민지와의 왕래를 연결하는 전초기지로서 매우 적합한 입지조건이었을 것이라고 추측된다.

다시 버스를 타고 내려와 국회의사당과 인근에 위치한 국회 박물관을 방문했다. 안내인을 따라 회의실과 로비, 대기실 등을 구경했고 실제 회의하는 장면을 보기도 했다. 여기서 푸노 지역구 의원의 주최로 환경보호에 관한 세미나가 열리고 있었는데, 나중에 아우의 소개로 푸노(Puno) 지역구 의원 일행들과 한식당에서 저녁식사를 했다.

작달막한 키의 푸노 지역구 의원은 한국의 경제발전에 대해 부럽다고 했다. 또한 페루의 공해 문제가 심각하며, 특히 생활하수 처리가 문제라고 했다. 리마의 경우 생활하수를 정화 처리하지 않고 그냥 바다로 흘려보내 근해의 오염이 심하다고 한다. 나는 한국의 공시지가 제도에 대해 설명해주었는데, 그렇게 관심 있어 하는 것 같지 않았다. 반주로 소주를 마시면서 아내를 인사시키고 결혼한 지 31년째 되었다고 하니, 놀라는 표정으로 누가 더 많이 참았냐고 웃으면서 농담을 한다. 페루는 법적으로 일부일처제이지만 경제적으로 능력이 있으면 관습상 두 번째 부인을 두는 것이 용인된다고 아우가 말한다.

1

2

3

① 역대 국회의장의 두상이 전시된 국회의사당 로비
② 고색창연한 회의장 내부 모습
③ 왼쪽부터 아우, 보좌관(2명) 의원, 필자 부부

1월 14일

K-Pop의 열기

어제 과음을 했지만 컨디션에는 전혀 문제가 없다. 매일 아침 눈을 뜨면 쾌청한 날씨에 '자, 오늘은 또 어디를 가볼까' 하는 부담 없는 나날이 기분 좋게 느껴진다.

구시가지에 있는 대통령궁을 보러 갔다. 건물 내부는 일부만 공개되는데, 식민시대의 건물로서 매우 화려했다. 건물 정면에선 매일 근위병 근무 교대식이 있는데, 그 행사를 보기 위해 많은 관광객들이 궁 앞에서 기다리고 있었다. 하지만 쇠창살 때문에 자세히 보기 어려웠다.

기마경찰대의 모습

아르마스 광장 근처의 센트로 상가를 구경하러 갔는데, 어디선가 낯익은 음악소리와 함성소리가 들려왔다. 그쪽으로 가보니 상가 앞 광장에서 젊은이들이 우리나라 K-pop 음악에 맞춰서 길거리 공연을 하고 있고, 수많은 페루 젊은이들이 열광하고 있었다. 한참 구경하고는 공연이 끝난 팀에게 얼마나 연습했냐고 물었더니 하루 3시간씩 6개월가량 연습했다고 한다. 우리가 한국에서 왔다고 하자 매우 반가워하며 사진을 같이 찍었다. 그리고 다비치의 노래 '안녕이라고 말하지 마'를 솔로로 불러주었다. 물론 한국말 가사 그대로. 우리나라 K-pop의 열풍을 눈으로 확인하는 순간이었다. 이 젊은이들에게는 한국이 문화 선진국으로서 꼭 가보고 싶은 나라라고 했다. 어떤 아가씨는 수줍게 우리에게 다가와 자기 이름을 한국말로 써달라고 해서 한글로 이름을 써주었다. 남자 친구가 자꾸 빨리 가자고 하자, 기다리라고 손사래를 치면서 뿌리치는 모습이 귀여웠다.

광장에서 K-Pop 음악에 맞추어 춤을 추는 페루 젊은이들의 모습

여자 K-pop 커버 그룹(맨 오른쪽은 아내)

이들의 공연 모습을 스마트폰으로 동영상을 찍었는데, 보고 있으면 현장감이 더욱 생생히 전해져 흐뭇하다. 우리의 젊은 시절에 외국 팝그룹이 오면 열광했던 기억이 난다.

오늘로서 리마에서의 일정은 끝나고, 내일은 쿠스코로 떠나 본격적인 남미 자유여행이 시작된다. 리마에서는 이민 온 아우의 도움을 받아 이동하고 정보도 얻고 했는데, 이제는 누구의 도움도 없이 혼자서 해결해야 한다고 생각하니 막막했다.

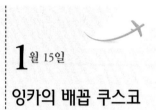

1월 15일
잉카의 배꼽 쿠스코

옛 잉카제국의 수도였던 쿠스코는 페루 내륙 3,000m가 넘는 고지대에 위치한다. 쿠스코란 잉카의 언어인 케추아로 '세계의 배꼽'이라는 뜻이라고 한다. 다른 고대 문명인들처럼 그들도 그들이 세계의 중심이라고 생각했던 것 같다. 이 고도(古都)의 인구는 약 40만 정도이고, 도시 모양이 잉카인들의 숭배 대상이었던 퓨마처럼 생겼다고 한다.

에스파냐의 정복자 프란시스코 피사로는 갑옷과 강철 무기로 무장한 168명의 군대와 말, 화승총, 대포를 가지고 당시 남미 최대의 통일국가인 잉카제국의 수십만 대군을 물리치고 잉카를 정복하게 된다. 철제 무기가 발달하지 못하고 말과 화약을 몰랐던 잉카의 전사들과 에스파냐 군대와의 삭사이우망에서의 대전투는 일방적인 에스파냐 군대의 살육전이었을 것이다. 이러한 잉카의 비극적인 역사는 쿠스코에 있는 유적 곳곳에서 발견된다.

TAKA 항공이 1시간 연착해서 2시에 쿠스코에 도착했다. 항공권을 구매한 Original Travels사의 자매회사가 쿠스코에도 있어 두 사람이 차를 가지고 마중을 나왔다. 1시간 연착한 데다 짐을 찾느라 늦게 나오자, 한 시간 이상 기다렸다며 투덜댄다. 이들의 이름은 패트리샤와 리차드라고 하는데, 나중에 알고 보니 전혀 부부일 것 같지 않은 두 사람은 부부였다. 이들의 소개로 호스탈(Hostal)에서 4일을 묵기로 했다. 하룻밤 숙박비가 1박에 조식 포함 150솔로 유명한 관광지답게 비쌌다.

잘생긴 패트리샤는 금발머리에 파란 눈의 중년 부인으로, 저녁을 자기가 접대하겠다고 한다. 리마에서 아우가 뭐라고 말했는지 궁금하다. 저녁을 먹으면서 우리의 여행 계획을 말했다. 쿠스코 시내와 주변 관광이 끝난 뒤 3박 4일 예정으로 '잉카트레일'을 걸어서 마추픽추에 가고 싶으니 좋은 현지 여행사에 예약해 달라고 부탁했다.

쿠스코는 도시가 해발 약 3,400m 지점에 위치하기 때문에 저녁을 먹고 숙소로 돌아왔는데 고산병 증세가 나타나기 시작했다. 고산병 증세는 가벼운 두통, 미열, 숨 가쁨, 메스꺼움 등으로, 전반적인 컨디션이 매우 저조해지는 증상이다. 리마에서 산 고산병 약 소로치 2알을 먹고 코카 잎 차를 마셨더니 좀 나아지는 것 같았다. 숙소에서는 식당에 코카 잎 차가 준비되어 있으니 언제든지 마시라고 카운터 직원이 말한다. 코카 잎은 고산병 증세를 완화시켜주는 효능이 있어서 여기 사람들은 코카 잎을 가지고 다니면서 씹을 정도였다. 나중에 알았지만 만약 버스로 왔다면 수 시간에 걸친 적응기간을 갖기 때문에 고산병 증세가 덜했을 것인데, 비행기로 오니 한 시간 만에 급격히 기압차가 나서 고산병 증세가 심하게 나타난 것이라고 한다.

1월 16일
쿄리칸차의 비극

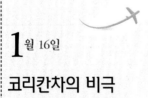

아침을 호텔에서 먹고 산토도밍고 교회를 보러 가다. 이 교회는

잉카의 신전 자리에 상부 건축물만 철거하고 그 기초 위에 지은 교회인데, 쿠스코 시 외곽의 잉카 요새 '삭사이우망' 돌을 사용해 지었다고 한다. 그 교회 안에 일부가 남아 있는 신전 코리칸차 석조 건축물의 정교함이 놀라웠다. 이 신전의 이름인 코리칸차는 케추아어로 코리는 '황금'을, 칸차는 '있는 곳'을 의미한다고 한다. 1950년대와 1960년대에 발생한 대지진으로 산토도밍고 교회는 상당 부분 훼손되었으나, 기초로 남아 있던 잉카의 석벽이 온전히 남아 있는 것으로 보아 잉카인들의 건축기술이 상당한 수준이었음을 알 수 있다고 한다.

산토도밍고 교회

이 교회 내에 보존되어 있는 잉카 신전의 석실은 매우 정교한 석조 건축물로, 돌과 돌 틈에 면도칼 하나도 들어갈 수 없을 정도였

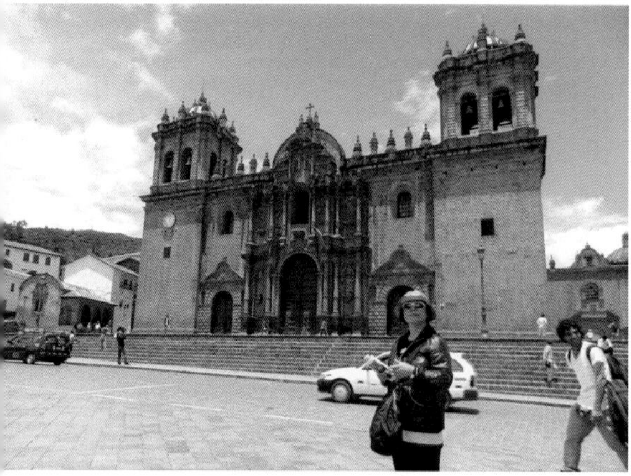

1

2

3

① 아르마스 광장 앞 육중한 외관의 대성당 전경
② 복원된 코리칸차 신전의 미니어쳐
③ 복원된 원래의 신전 벽체 일부

다. 창문만 한 크기로 전시된 벽체의 원래 모습을 보면, 신전 석실 내부는 흰색으로 회칠이 되어 있고 아름다운 그림들이 그려져 있었다. 출입문은 황금으로 장식되고 벽체에 창문같이 움푹 들어간 곳이 여러 개 있는데, 그곳엔 금으로 만든 조각상들이 놓여 있었다고 한다. 이러한 황금 유물들은 탐욕스러운 정복자들이 녹여서 벽돌 형태로 만든 다음 스페인으로 보내졌다. 코리칸차 신전의 건축물 잔해(?)들을 보고 있자니 스페인 정복자에 의해 멸망한 슬픈 민

족의 흔적들을 보는 것 같아 마음이 우울했다.

아르마스 광장 앞에 턱 버티고 서 있는 대성당은 규모가 대단했다. 처음 보았을 때의 인상은 아주 육중한 무엇인가가 건물의 토대를 짓누르고 있다는 느낌이었다. 짓는 데 100년 걸렸다는 사실과 순은 300톤이 투입되었다는 주(主) 제단이 인상적이었다. 내부 관람 중 절대 사진을 못 찍게 해서 남아 있는 사진이 없는 것이 아쉽다. 이 건축물 역시 잉카의 신전 자리에 지상 건물만 철거하고 세워진 것이라고 한다. 철거된 신전은 비라코차라고 하는데, 이 명칭은 케추아어로 '창조의 신'을 뜻한다. 잉카시대의 신전 자리에 산토도밍고 교회와 대성당을 지은 의미는 미루어 짐작할 수 있을 것 같다. 일본 제국주의자들이 경복궁 앞에 거대한 조선총독부 건물을 지은 것과 일맥상통하는 것 아니겠는가.

점심은 중국집에서 먹었다. 여기서는 중국집을 치파(chifa)라고 부르는데, 양도 많고 싸고 우리 입맛에 맞아 좋았다. 많은 현지인들이 있는 것으로 봐서 원주민의 입맛에도 맞는 모양이다. 식탁에 둘러앉아 노란 잉카콜라와 함께 식사하는 장면이 조금 이색적이었다. 쿠스코 시

깨끗한 시내 모습. 멀리 티코 자동차의 모습이 보인다.

내는 매연이 심한 편이나 교통은 그리 혼잡스럽지 않았다. 간혹 우리나라에서는 볼 수 없는 티코 자동차가 눈에 띄어 놀라웠다.

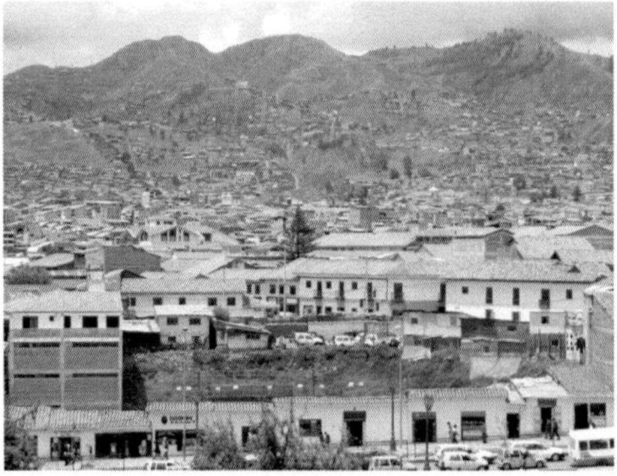

쿠스코 빈민들의 달동네

돌 축대가 이채로운 뒷골목

Original Travels 여행사의 패트리샤에게 1월 19일부터 시작하는 잉카 트레킹 일정이 가능하냐고 묻는 전화 연락이 왔다. 그래서 그렇게 하기로 하고 오늘 저녁은 내가 대접하겠다고 하니, 남편 리차드와 같이 오겠다고 한다. 오후 5시경 잉카 트레일 가이드가 숙소로 와서 3박 4일 일정에 대해 자세히 설명했다. 이 비용에는 3박 4일간의 숙식비와 마추픽추 입장료, 마추픽추에서 다시 쿠스코로 돌아오는 모든 교통비가 포함된 것이었다.

가이드가 소속된 여행사는 잉카 트레일 전문 여행사(INCA TRAIL Reservations)였다. 아르마스 광장 주변에는 잉카 트레킹 패키지여행을 취급하는 여행사들이 많았지만 계약조건이 대동소이한 것 같아 패트리샤가 소개한 여행사를 선택했다. 저녁을 먹으면서 패트리샤에게 2인 트레킹 비용(미화 700$)을 지불하고 영수증을 받았다. 그녀에게 영수증을 달라고 했더니 사람을 못 믿겠느냐는 듯 미묘한 표정의 미소를 짓는다. 하여튼 나중에 또 이야기하겠지만, 여러 계약 사항들은 결과적으로 충실히 지켜졌다.

1월 17일

볼리비아 대사관과 고산병

볼리비아 비자를 받기 위해 볼리비아 대사관에 갔다. 택시 운전사에게 볼리비아 주소를 적은 쪽지를 보여주고 택시비를 흥정한 다음 차에 올랐다. 택시 운전사도 정확한 위치를 찾지 못해 이 사람 저 사람에게 물어 간신히 찾았다.

대사관에 가니 우리나라 젊은이들이 보인다. 우선 반가웠다. 신청서를 받아 양식에 맞추어 기입하는데, 볼리비아의 거주 예정지

(숙소)에 대한 정보를 첨부해야 한단다. 관광비자 받는데 뭐 이런 것까지 요구하나 하고 짜증이 났지만, 비자를 받기 위해서는 할 수 없었다. 어떻게 해야 하나 하고 막막하던 차에, 한국 여학생이 근처 PC방으로 안내해주고 볼리비아의 수도 '라 파즈(La Paz)'에 있는 호스텔 자료를 다운받아주었다. 그것을 첨부하여 여권 사본 등과 같이 제출하고 한참 기다리니, 콧수염을 기른 중년 남자가 거드름을 피우며 나와서는 비자 도장이 찍힌 여권을 내준다. 볼리비아라는 나라의 첫인상이 가기도 전에 구겨지는 순간이었다. 이 나라는 남미에서 최빈국일 뿐 아니라 관광객에게 입국 비자를 요구하는 유일한 나라이다.

돌아오는 길에 한국식당 '사랑채'에 들러 라면 정식을 시켜 먹었다. 여기서 한국 여행객들을 만나니 매우 반가웠다. 장기여행을 하는 젊은 부부와 여행에 대해서 이런 저런 정보교환을 했지만 별로 도움이 되질 않았다. 왜냐하면 일정한 직업이 없이 1년 이상 전 세계를 방랑하듯 다니는 여행 스타일은 우리와 다르기 때문이었다. 1인당 10만 원으로 인도 오지에서 한 달을 여행했다고 하는데, 이러한 경험담은 나에게 무용담으로밖에는 들리지 않았다.

숙소에 돌아오니 아내의 고산병 증세가 심해져 미열과 피로감 그리고 두통을 호소한다. 설상가상으로 배낭을 정리하다가 일어서면서 허리를 삐끗했다며 담이 결려 허리를 펴지도 못하고 걸음도 잘

못 걷는다. 이런 몸 상태로 잉카 트레킹을 할 수 있을까 걱정되었다. 나도 저녁때가 되니 몸이 으슬으슬 춥고 뻣뻣한 게 몸살 기운이 돈다. 나까지 아프면 정말 큰일이다 싶어 아르마스 광장 주변에 있는 마사지 숍을 찾아갔다. 길거리에서 받은 마사지 명함 뒤에 약도가 있었다. 솜씨가 시원찮았지만 몸이 좀 풀리는 느낌이었다.

아내와의 장기여행을 계획하면서 건강유지를 위해 무리한 일정은 피하기로 했지만 현실적으로 그것이 쉽지 않았다. 장거리 이동이나 낯선 잠자리, 음식과 같은 일상이 힘들었다. 쿠스코에서 3일 동안의 관광 활동으로 인해 자신도 모르게 피로가 누적되었고, 그로 인해 이러한 결과가 빚어진 것이다. 더구나 산소가 희박한 고지대에서는 평지보다 체력 소모가 훨씬 심했다. 나중에 알게 되었지만, 고산병에는 별다른 처방이 없고 그냥 쉬면 낫는 병이었다. 참고로 술은 고산 증세에 아주 나쁜 것 같다. 알코올이 전반적으로 체력을 약화시키기 때문이다. 몇 년 전 4,092m 높이의 말레이시아 키나발루 산으로 등산을 갔을 때도 3,000m에 위치한 산장에서 1박을 하고 새벽에 정상을 올랐지만, 전날 소주를 많이 마신 사람들은 피로감에 등정을 포기했던 기억이 났다.

이역만리 아무도 아는 사람이 없는 지역의 숙소 침대에 누워 잠들어 있는 아내의 모습을 보면서, 이 사람은 뭘 믿고 여기까지 날 따라왔나 하는 쓸데없는 잡념들이 심란하게 마음을 괴롭혔다. 평소에 아프다는 소리를 별로 들어보지 못해 아내에 대한 배려를 하지 않은 것이 후회스러웠다. 3,600~4,200m 고산지대를 3박 4일 동안 배낭을 메고 마추픽추까지 가는 여행 계획은 무리가 아닐까. 그렇지만 잉카 트레킹을 그만둘 의사도 없었고 실패한다는 의심도 전혀 없었다.

고지대의 특성 중 하나는 일교차가 심하다는 것이다. 숙소의 난방이 우리나라처럼 그렇게 따뜻하지 않았다. 침대는 두꺼운 담요와 시트커버가 있지만 썰렁한 느낌이 자고 일어나도 개운치 않다. 아침저녁으로 쌀쌀하여 스웨터를 입어야만 한다. 그래서 알파카 스웨터를 거리의 보따리장수 아주머니에게 샀는데, 우리나라 돈으로 12,000원밖에 하지 않았다. 그러나 가볍고 따뜻해서 가격대비 효용성은 대만족이었다.

1월 18일

잉카 최후의 전투

아침에 일어나니 어제 푹 쉬어서 그런지 컨디션이 많이 나아졌다. 아내의 얼굴에도 생기가 돌기에 어떠냐고 물었더니, 완전히 낫지는 않았지만 견딜 만하다고 해서 마음이 놓였다.

삭사이우망은 쿠스코 북동쪽 야산에 위치한 요새로서, 거대한 석재로 지어진 석벽이 있는 난공불락의 잉카제국 진지다. 아르마스 광장에서 도보로 30~40분 정도면 갈 수 있다고 하나 몸 상태도 좋지 않고 해서 택시를 타고 가기로 했다.

유적지 입구에서 입장권을 사고 조금 걸어 나오니 광대한 초원이 펼쳐지고, 우측에 돌 한 개의 크기가 어른 키의 두세 배는 될 정도인 거석으로 지어진 거대한 석벽이 보인다. 얼핏 보면 이곳이 요새였다고 보이지 않을 정도로 원형이 대부분 훼손된 상태였다. 이 평원에서 벌어진 잉카 최후의 전투를 요약해서 다음과 같이 짧게 소개하고자 한다.

거대한 석벽이 있는 삭사이우망 요새 전경

잉카 제국의 국경은 수도인 쿠스코를 중심으로 해서 페루와 볼리비아, 북측으로는 에콰도르, 남측으로는 안데스 산맥이 이어지는 칠레의 북부에까지 이르렀다. 이러한 광대한 잉카의 영토 전역에서 황제의 부름을 받고 에스파냐의 군대에 대항하기 위해 모인 20만의 전사들은 이 삭사이우망에 천막을 치고 주둔했다.

한편 에스파냐의 군대는 먼저 쿠스코의 신전과 궁전 및 주요 건

요새 입구

물을 점령하고 있었다. 삭사이우망에 집결한 잉카 대군과의 전투전략을 고심하던 에스파냐 군대는 쿠스코 시내에서의 방어 전략을 포기하고 삭사이우망에서 일대 격전을 벌이기로 한다. 잉카의 군대는 수적으로는 압도적으로 우세했지만 무기는 형편없이 열세였다. 그들의 무기라는 것이 돌팔매질 도구와 나무로 만든 몽둥이, 재래식 활과 화살이 고작이었고, 병사들도 장교들 외에는 잉카 황제에 대한 충성심만 높을 뿐, 전투력은 보잘것없는 농사꾼으로 급조된 허약한 군인들이었다. 그러나 에스파냐의 군대는 유럽의 여러 전장에서 전투 경험이 풍부한 최정예군이었던 것이다.

결전의 날 삭사이우망 평원에 양측 군대가 대치했다. 수십 마리의 말과 갑옷, 대포, 화승총으로 무장한 에스파냐 군대는 천둥과 같은 소리의 대포를 적진으로 쏘아 잉카 전사들의 기를 꺾고, 기마대가 선두로 돌진해 전열을 무너뜨린 후 화승총과 철제무기로 전투를 벌였다. 그 전투는 에스파냐 군대의 일방적인

정교한 석벽

한 개의 거대한 석재

요새 터에서 바라본 쿠스코 시

1

2

3 4

① 알파카 스웨터를 산 가게
② 돌아오는 골목길
③ 한식당 사랑채
④ 라마와 소년

살육에 가까웠다. 여기서 패배한 잉카의 황제는 신하를 포함해서 따르는 백성들과 함께 쿠스코에서 멀리 떨어진 밀림 깊숙이 피신하게 된다.

이곳저곳을 구경하면서 걸어서 돌아오는 길에 작은 기념품 가게에 들러 알파카 털실로 짠 아내의 스웨터와 내 모자를 샀다. 늦은 점심을 어디서 먹을까 하다가 다시 한식당 '사랑채'로 가서 한식을 시켜 먹었다. 기운이 없을 때 한식을 먹으니 기분이 좋아졌다. 패트리샤와 만난 첫날 쿠스코 음식을 맛보고 싶다고 했더니 '로모 살타도'를 권해 시식해보았다. 토마토소스로 볶은 쇠고기 야채와 밥이 나왔다. 먹을 만했지만 다시 먹고 싶은 생각은 들지 않았다.

내일은 아침 일찍 트레킹을 떠나는 날이다. 아내와 함께 트레킹

다각형의 석재로 쌓은 석벽

에 필요한 최소한의 용품만 배낭에 넣고 메어보니, 두 개의 배낭이 묵직하다. 나머지 짐은 숙소에 맡긴 다음, 트레킹을 마치고 다시 쿠스코로 돌아와 1박을 한 후에 아레키파로 떠날 계획이다. 마추픽추와 쿠스코 사이를 오가던 잉카 메신저들의 통로가 트레킹 코스라고 하는데, 그 험한 길을 과연 완주할 수 있을까 우려하는 마음을 안고 잠자리에 들었다.

1월 19일

잉카 트레일 트레킹 첫째 날

3박 4일간의 일정 요약

1월19일: 쿠스코→ 오얀타이탐보(Ollantaytambo)→ 피스카쿠초(Piscacucho)
→ 와이야밤바(Wayllabamba)
1월20일: 와이야밤바(Wayllabamba)→ Warmivanuscca(정상, 4,200m)
→ 파카이마유(Pacaymayu)
1월21일: 파카이마유(Pacaymayu)→12텐트 3일차 숙박지
1월22일: 12텐트 3일차 숙박지→마추픽추(Machupicchu)

아침 6시 30분, 잉카 트레킹 가이드가 숙소로 우리를 픽업하러 왔다. 오얀타이탐보를 지나 Inka Trail Tracking을 시작했다. 첫날은 12km 산길을 걸어야 하는데, 짐이 무거워 무척 힘들었다. 우리 그룹은 총 18명이다. 40대 프랑스인 부부, 아르헨티나에서 온 10대 형제와 청년, 30대 스페인 부부, 한국 여행을 한 적이 있다는 젊은 미국인 부부, 씩씩한 영국인 청년 둘, 국적을 알 수 없는 영어를 쓰는 부부, 싱가포르에서 왔다는 청년, 우리 부부와 한국인 아가씨 두 명. 우리 일행 중 우리나라 아가씨 두 명은 캐나다에서 어학연수를 마치고 돌아가면서 남미여행을 한다고 했다.

출발 전 우리나라 아가씨들과 아내

첫날 코스는 평지가 많아 워밍업 정도의 쉬운 코스라고 하는데 나는 결코 쉽지 않았다. 2시경 야영할 장소에 도착해서 각자 텐트를 배정받고 짐을 풀었다. 3시경에 점심을 먹었는데, 처음에는 서먹서먹하고 어색한 분위기에 말도 별로 없이 마주 앉아 있었다.

1

2 3

5

6

4

① 출발하기 전에 모두 모여 기념촬영.
다국적 팀 파이팅!

② 트레킹 중에 아내의 모습

③ 트레일 입구 사무소

④ 잉카의 거주지 유적을 지나고 있는 일행

⑤ 점심 준비 모습

⑥ 점심식사를 기다리는 일행

점심식사 중에 비가 내린다. 이날 점심의 분위기를 다이어리에는 처량한 점심이라고 메모해놓았다. 순간 이게 무슨 개고생인가 하는 생각이 들었다. 점심식사 후 각자 텐트에서 잠자리 준비, 짐정리, 세수 등을 하고 누웠는데 무척 피곤했다. 7시경 저녁식사를 하라는 소리가 밖에서 들렸지만, 나가지 않고 그냥 계속 잠만 잤다.

1월 20일

잉카 트레일 트레킹 둘째 날

아침에 일어나니 짐정리하고 출발 준비하느라고 야단법석이다. 무거운 배낭을 메고 또 걸어야만 한다고 생각하니 막막했다. 그런데 죽으라는 법은 없는지, 누가 개인 포터를 쓸 수 있다고 귀띔을 한다. 그래서 가이드 카를로스에게 부탁해 하루 1인 개인 포터를 90솔에 쓰고 2개 배낭을 한 개로 줄여 아내는 빈 몸으로 걷게 했다. 내 배낭도 훨씬 가벼워졌다.

오늘도 12km를 걸어야 한다. 더군다나 4,200m 고지를 넘어야 한다. 짐을 줄여도 조금 걸으니 숨차고 힘들다. 고지로 향할수록 고산병 증세가 심하게 나타난다. 스페인어로 고산병을 'Mal de Aldura'라고 한다. 두통, 복통, 숨 가쁨, 메스꺼움이 점점 더 나를 괴롭힌다.

걷고 또 걸으면서 우리 나이에 잉카 트레일 트레킹은 무리라는 생각이 들었다. 중도에 그만두고 돌아가고 싶었다. 그래도 참고 또 참고 걸었다. 정상에 임박해서는 정확하게 10보 걷고, 멈춘 후 10번 깊은 숨을 쉰 다음 다시 걷기를 반복했다. 그런데 더 힘들었던 것은 아내가 얼굴이 하얗게 돼가지고 괴로운 것을 이를 악물고 참는 모습을 보는 것이었다. 우리는 일행보다 한참 뒤 떨어져 있었다. 가끔 가이드가 와서 괜찮으냐고 묻는다. 계속 걸으니 드디어 4,200m 고지에 도착했다. 우리를 기다리던 가이드가 기념사진을 찍어주었다. 이제는 내리막만 남았으니 좀 쉬울 거라고 한다. 우리는 이날 맨 마지막으로 오후 4시경 캠프에 도착

하염없이 걷고 또 걷고

캠핑장 모습

했다. 일행보다 약 한 시간 반 정도 늦었다. 도착해서 대충 짐정리 하고 누운 후 다음날 오전 6시까지 계속해서 잠만 잤다.

1월 21일
잉카 트레일 트레킹 셋째 날

3일차 트레킹은 무난한 16km 코스라고 하지만 힘든 건 마찬가지. 오늘도 개인 포터를 썼다. 우리 그룹의 포터는 18명, 그리고 가이드는 2명이다. 그 중에서 카를로스가 대장 격인데 영어, 스페인어, 케추아어를 한다. 그는 계속 3개국어로 떠들면서 그룹을 잘 리드한다.

산행을 하다 보면 짐을 나르는 포터들과 앞서거니 뒤서거니 하면서 서로 스치게 된다. 코카 잎을 씹으면서 허름한 옷차림과 맨발에 샌들을 신고 하루 종일 짐을 지고 걷는 것을 보면 참 불쌍해 보인다. 그런데 이것이 그들의 생업이라니 어떻게 해석해야 할지, 이런저런 생각이 머리를 스치다가도 나 자신이 힘드니까 이내 잊어버리고 무감각해진다.

오늘은 3박 4일 트레킹 일정 중 마지막 밤. 카를로스가 저녁식사 후 세리모니가 있으니 모두 자리를 떠나지 말아달라고 당부했다. 텐트 안에 우리 일행이 앉아 있고 밖에는 포터들이 모두 둘러서 있었다. 가이드가 우리를 대신해서 포터들의 노고에 감사의 뜻을 전하는 인사말을 하고, 1인당 40솔씩 걷어서 포터 대표에게 전달했다. 포터 대표가 케추아어로 감사의 뜻을 전하고, 카를로스가 영어와 스페인어로 통역을 했다. 전반적인 분위기는 진지하고 엄숙했다. 팁만 덜렁 주는 것보다 진지하게 상대의 노고를 치하하고, 많은 돈은 아니지만 감사의 표시를 전하는 것이 보기 좋았다.

3일차 코스는 내리막길이 많아 비교적 힘이 덜 드는 편이었다. 도중에 한국인 부부를 만나 그동안 쓰지 못했던 한국말을 썼다. 뜻하지 않은 곳에서 동족을 만나니 무척 반가웠다.

가는 도중에 만난 잉카 유적(3,640M)

경치 좋은 곳에서 한 컷

간혹 비가 내릴 때는 우의를 꺼내 입어야 했다. 배낭 위의 노란 비닐에 든 것은 매트리스인데, 젖으면 무겁기 때문에 젖지 않도록 신경을 많이 썼다.

대장 카를로스와 함께

1월 22일

잉카 트레일 트레킹 마지막 날

오전 3시 30분. 어둠 속에서 기상하여 손전등을 켜고 출발 준비를 하다. 주섬주섬 짐들을 배낭 속에 넣고 밖으로 나오니 포터들이 텐트를 걷고 바쁘게 왔다 갔다 한다.

원래 계획은 잉카 트레일에서 마추픽추 유적을 보는 것인데, 조망 장소에 도착하여보니 안개가 끼어 마추픽추의 장관을 보지 못한 것이 매우 아쉬웠다. 그래도 잉카제국의 수도였던 쿠스코와 마추픽추 사이를 연결해주었던 이 길을 걸어서 유적지에 도착한 것은 의미가 있었다.

잉카인들은 스페인 정복자들에게 쫓겨 이 길로 마추픽추까지 간 것이었다. 그 많은 인원들이 식량과 짐을 순전히 인력에 의지한 채로 이 길을 통해 이동했을 것이다. 그 고생이 얼마나 힘들었을지 우리가 걸어서 여기까지 왔기 때문에 미루어 짐작할 수 있겠다. 일행 모두가 고생 끝에 목적지를 앞두어서 표정들이 밝았다. 짧은 기간이지만 고생을 같이 해서인지 이제는 일행들 간에 서먹서먹함이 없어졌다. 마주치면 서로 웃으며 스스럼없이 인사한다.

마추픽추가 보이는 성벽에서 일행들의

1

2

3

① 돌 포장이 된 도로
② 수로
③ 석재로 지어진 잉카의 유적

마추픽추가 가까워 오니 성벽, 돌 포장 길, 수로, 주거 지대의 흔적으로 보이는 석축 등 잉카의 유적들이 많아진다. 이렇게 깊은 산속 고지대에 잉카인들이 살 수밖에 없었던 이유는 무엇이었을까? 스페인 정복자들의 약탈을 피하는 방법은 그들이 발견할 수 없는 산속 깊숙이 은신하는 길밖에는 없었나 보다. 마추픽추로 이어지는 길은 몇 갈래가 있는데, 스페인 정복자들은 끝내 이 길을 발견하지 못했다고 한다.

마추픽추는 1911년 미국의 예일대 교수 하이럼 빙엄이 발견했다. 이 유적이 발견될 당시 5,000여 점의 잉카문명 유물이 발견되었으나 모두 미국으로 반출되었다. 그 당시에는 1년 반의 대여 형식으로 반출되었으나 아직까지 페루에 반환되지 않고 있다고 한다.

마추픽추 유적지의

가이드의 설명에 의하면, 그 당시의 기술과 장비로는 이 도시를 만드는 데 최소 100년 이상 걸렸을 것이라고 한다. 테라스식 밭에서 농작물을 경작하고 주거지, 신전, 귀족계급의 거주지 등 도시의 요소는 다 갖추고 있는 것 같았다. 이 많은 돌들을 어디서 어떻게 날라 왔는지 놀라울 따름이다.

마추픽추 유적지 전체를 조망할 수 있는 장소에 앉아서 보니 무언가 성스러운 기운이 느껴졌다. 깎아지른 듯한 거의 절벽 같은 산으로 둘러싸인 맞추픽추. 여기서 사는 잉카인들은 하늘을 나는 독수리 콘돌과 지상의 산들을 숭배했다고 한다. 이 유적지 뒤쪽으로 우뚝 솟은 봉우리가 있다. 이 봉우리를 우아이나 피추라고 하는데, 이곳에서 본 마추픽추 유적의 조망은 환상적이라고 한다. 그러나 입장 시간(07:00~13:00)이 제한되어 있고 1일 입장 인원(500명)이 한정되어 미리 예약하지 않은 우리는 입장을 포기해야만 했다.

주거지대 석조건물의 근경

주위 산들의 모습이 신령스럽다

2 3

① 아래쪽에서 올려다본 유적지 (테라스 식 농경지와 주거지)
② 석조 건축물 내부
③ 설명하는 가이드와 라마

버스를 타고 아구아스 칼리엔테스로 내려와 카를로스가 가르쳐 준 식당으로 가니 우리 일행 일부가 와 있고 카를로스가 반가이 맞아준다. 맥주를 시켜 무사히 잉카 트레일 트레킹을 마친 것을 자축했다. 아내와 나 그리고 가이드 셋이서 맥주잔을 높이 치켜들고

'건배'를 외쳤다. 무언가를 해냈다는 뿌듯한 기분이 들었다. 가이드가 마추픽추 트레킹을 한 번에 완주했다는 증명서를 아내와 나에게 주었다

① 테라스 식으로 조성된 농경지
② 아구아스 칼리엔테스의 모습

일행들과 한 사람 한 사람 악수를 하면서 작별인사를 나누었다. 식사 중이던 프랑스 부부에게 작별인사를 하니 부인이 일어나 포옹을 하며 뺨을 내 얼굴에 대고 쪽 소리를 내며 소리 키스를 한다. 좀 어색하긴 했지만 작별인사 방법으론 괜찮은 느낌이었다. 친근감이 강하게 전달되었다.

우리는 아구아스 칼리엔테스 역에서 기차로 쿠스코 근교의 포로이 역까지 이동했다. 그 다음 다시 버스로 갈아타고 쿠스코의 버스 터미널에 도착하니 밤 9시가 넘었다. (※ 영수증에 얽힌 에피소드: 어제

가이드가 나를 부르더니 우리 부부만 쿠스코로 돌아가는 교통비가 포함되지 않았다고 한다. 황당해서 나는 여행사에서 받은 영수증을 보여주며, 모든 경비가 포함된 것이니 패트리샤에게 물어보라고 언성을 높였다. 한참 전화통화를 하더니 내 말이 맞는다며 문제없다고 한다.)

역 앞에서 한 컷

돌아오는 기차 내부 모습

1월 23일

건축사 리차드

아침에 리처드에게서 전화가 왔다. 잉카 트레킹은 잘 다녀왔느냐고 묻는다. 그렇다고 대답하고, 아레키파행 버스표 구입과 숙소도 소개받을 겸 리처드 보고 만나자고 했다. 조그만 여행사 한구석에 그의 자리가 있었다. 여기서 아레키파행 크루즈 델 사(社)의 버스 표를 사고 숙소(마론즈 하우스: 호스텔)도 소개받았다.

리처드의 원래 직업은 건축사로서 시내에 자기가 설계한 건물이 있다고 했다. 자기는 임차인을 만나러 나가는데 시간 있으면 같이 가잔다. 그는 그의 차로 같이 가면서 그가 설계하고 건축했다는 빌딩과 최근에 구입해서 수리한 집도 보여주었다. 조그만 정원이 달린 아담한 2층 단독주택이었다. 자기는 여기서 살고 싶지만, 아내가 아파트를 좋아해서 이 집은 임대 놓을 예정이란다. 주부가 편리한 아파트를 좋아하는 것은 이곳도 마찬가진가 보다.

그동안 고마웠다고 인사를 하고 점심대접을 했다. 친절하게도 저녁 7시에 숙소로 차를 가지고 와서 우리를 버스 터미널까지 데려다주었다. 리처드는 잉카 트레킹 패키지 여행사 소개와 쿠스코 시내 관광, 다음 여행지 버스 편과 숙소예약 등 우리에게 여러 가지로 도움을 주어 정말 고마웠다.

저녁 8시 30분, 아레키파행 2층 버스를 탔다. 옆자리에 서양 젊은이가 혼자 타고 있어 인사를 하고 잠시 이야기를 나누었다. 네덜란드 청년으로 일 때문에 왔다가 시간이 있어 잠시 여행 중이라고 한다. 직업이 뭐냐고 물었더니 'Job Coach'란다. 이것은 구직자에게 그의 경력과 적성에 알맞은 직업을 갖도록 지도해주는 것인데, 네덜란드에서는 이 직업이 유망 직종이라고 한다.

1월 24일

회색의 도시 아레키파

아레키파는 리마에서 남동쪽으로 1,030km 떨어져 있으며, 표고 2,335m, 인구 약 90만 명의 페루 제2의 도시이다. 시내에서 미스티 산(5,821m)과 비슷한 높이의 피추피추 산과 차차니 산이 보인다. 도시의 건물 너머로 보이는 하얗게 눈 덮인 산봉우리들은 도시의 모습과 어울려 매우 멋있다. 이 도시에는 근교에서 채굴한 밝은 회색의 화산암으로 지어진 건물들이 많았다. 도시에 내리쬐는 태양의 반사로 도시 전체가 밝은 분위기다. 기온은 표고가 쿠스코보다 낮아 따듯했다.

오전 6시 30분, 아레키파 터미널에 내렸다. 쿠스코에서 여기까지 10시간 정도를 버스로 달려왔다. 택시 운전사에게 마론즈 하우스(MARON'S HOUSE)까지 얼마냐고 하니 7솔(한화로 2,800원)이라고 한다. 허름한 건물 앞에 내려주고 다 왔단다. 자세히 보니 '마론즈 하우스'라는 작은 간판이 보인다. 초인종을 누르니 60대의 할머니가 나와 문을 열어준다. 이 할머니와는 내 스페인어로 대화가 안 돼 우왕좌왕하던 차에 직원 릴리(Lili)라는 귀엽게 생긴 아가씨가 왔다.

그녀는 영어를 잘했다. 방 값을 하루 60솔(한화로 24,000원, 조식 포함)로 정하고 1층 방에 짐을 풀었다. 계단 옆방인데 화장실이 문 밖에 있었다. 쓰고 나서는 조그만 자물쇠를 채워야 한다. 쿠스코에서 아레키파로 다음 여행지를 정한 이유는 고지대에서 고생했으니까 저지대에서 편히 며칠 쉬려는 의도도 있었는데, 너무 싼 숙소를 얻은 게 아닌가 싶어 후회되었다.

짐을 대충 정리하고 인근에 위치한 산타 카탈리나 수녀원에 가보기로 했다. 1579년에 세워진 이 수녀원에는 실제로 400년간 외부와 접촉을 끊고 수도원에서만 생활해온 사람들이 있었다고 한다. 산타 카탈리나 수녀원은 페루에서 가장 큰 종교 건물이다. 높고 두꺼운 벽으로 둘러싸인 이곳은 그 자체로 작은 도시 같았다. 죽기 전에 꼭 보아야 할 세계문화유산의 하나로서 유네스코 세계문화유산으로 지정됐다.

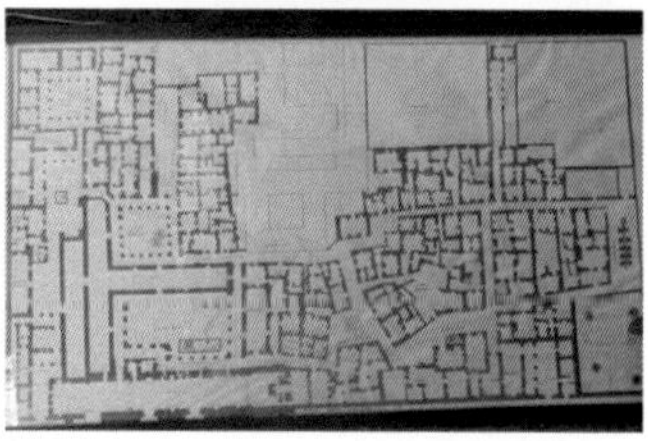

1 2
3 4

① 회색빛의 수녀원 인근 거리 모습
② 아름다운 수녀원 내부 정원
③ 수녀원 입구
④ 복잡한 수녀원 건물 지도

17세기에 이 수녀원에 거주했던 수녀와 고용인들의 숫자는 500명이 넘었다고 한다. 당시 유럽에서는 부유한 집안이나 귀족의 딸들 중 하나를 수녀원에 보내면 나머지 가족들이 구원받을 것이라는 믿음이 유행했으며, 다른 한편으로는 강제 결혼을 피하기 위해서 수녀의 길을 택하는 경우도 많았다고 한다. 보통 견습 수녀들은 막대한 지참금과 함께 수녀원에 보내졌기 때문에 수녀원 생활이 단순히 엄격하고 검소한 신앙생활만을 위한 것은 아니라고 보인다.

① 화병과 찻잔 세
② 수녀들의 성경
③ 밀 빻는 도구
④ 수녀의 거주 공

미로 같은 내부를 안내 화살표를 따라 돌아 다녔다. 회랑과 거리, 광장 군데군데에 아름다운 정원이 있고 거리 이름이 붙여져 있는 것이 특이했다. 수녀들만의 예배당, 숙소, 주방, 빨래터 등을 둘러보았다. 도시 한가운데 이렇게 세상과 동떨어진 한적한 세계가 있다는 것이 놀라웠다.

수녀원 내부 거리 모습

빨래터

수녀원을 나와 아르마스 광장까지 걸어서 갔다. 걷다가 한국 청년들을 만나 같이 사진을 찍었다. 봉사활동을 나와 여기에 잠시 거주하고 있다고 한다. 좋은 곳을 소개해달라고 했더니 전망 좋은 4층 카페를 알려준다. 곳곳에서 만난 우리나라 젊은이들은 보면 첫눈에 빠릿빠릿하게 보이고, 말을 시켜보면 똑똑하고 믿음직하다. 나중에도 많이 만나게 되었지만 이러한 인상은 바뀌지 않아 정말 마음이 흐뭇했다.

4층 카페에서

그곳은 아레키파 시내가 내려다보이는 전망 좋은 카페였다. 여기서 맥주 한

아름다운 아르마스 광장

잔씩 하며 시내를 내려다보고 판초를 빌려 입고 기념촬영도 했다. 웨이터에게 저녁을 먹으려는데 좋은 식당을 소개해달라고 하니 'El Keko'라는 식당을 소개해준다. 아르마스 광장 주변의 번화한 거리에 위치한 이 식당에서 비프스테이크를 시켜 먹었는데 정말 맛있었다.

1월 25일
아레키파의 시티투어

마론즈 하우스의 사무실은 여행사 대리점도 겸업하고 있었다. 버스 편 예약도 해주고 패키지 관광도 연결시켜준다. 나중에 보니 내가 가본 나라의 대부분이 숙소에서 여행사 대리 업무를 하고 있었다. 여행 계획을 짤 때는 이런 부분을 어떻게 하나, 말도 안 통하는데 하고 걱정을 많이 했는데, 전혀 걱정할 필요가 없었다. 여행 업무를 담당하는 직원은 대부분 영어가 통했다. 오늘은 대형 버스로 이동하는 아레키파 시티 투어를 하기로 했다. 릴리에게 부탁했는데,

오전 9시에 출발하고 비용은 90솔(2인, 한화 36,000원)이라고 한다. 이 시티투어는 시내를 버스로 한 바퀴 돌고 시외로 나가 아름다운 전원 풍경을 감상하고 이 지역 유력인사 대저택을 방문하는 순서로 이어졌다.

시내 모습

아르마스 광장 옆 회랑 구조의 건물

화산암으로 지어진 대성당

멀리 보이는 눈 덮인 산(차차니와 피추피추 산)과 관광객들

저녁에는 숙소의 릴리 소개로 아르마스 광장에 있는 고기 집에서 맥주를 곁들여 비프스테이크로 저녁식사를 했다. 식사비는 62솔(한화 25,000원)로 저렴하고 먹을 만했다. 내일 관광 일정은 릴리와 상의해 콜카 캐니언(Colca Canon) 투어로 결정했다. 1박 2일 코스도 있었지만, 오늘 시티투어를 해보니 그렇게 감동스러울 것 같지 않아 당일 패키지 투어를 하기로 했다.

대저택의 마당

내부 거실

1월 26일

콘도르 없는 콜카 캐니언

새벽 2시 30분에 일어나 콜카 캐니언 일일투어 준비를 하다. 여행사에서 새벽 3시에 숙소로 우리를 픽업하러 왔다. 경비는 2인 버스비와 점심 그리고 전문 가이드 비 포함하여 1400솔(한화 약 56,000원). 광활한 고지를 수 시간 달려 콜카 캐니언에 도착했다.

전망대에서 바라본 콜카 캐니언 계곡의 웅장한 모습

이 협곡은 세계에서 두 번째로 깊다고 한다. 사람들이 이곳으로 오는 중요한 이유는 세상에서 가장 큰 새인 콘도르의 멋진 비상 모습을 보기 위해서인데, 이른 아침 콘도르를 만날 확률이 높다고 한다. 그러나 아쉽게도 협곡 여기저기를 둘러봐도 콘도르는 찾을 수 없었다. 가이드한테 물어보았더니 요즘 콘도르의 숫자가 많이 줄어 당일 여행으로는 콘도르의 비상을 볼 확률이 무척 낮다고 한다. '콘도르(condor)'이라는 말은 아메리카 대륙 원주민인 잉카인들 사이에서는 '어떤 것에도 얽매이지 않는 자유'라는 의미를 가지고 있으며, 콘도르 역시 잉카인들에 의해 신성시되어온 새로서 그들의 영웅이 죽으면 콘도르로 부활한다는 믿음을 가지고 있다고 한다. 그래서 잉카인들의 삶과 종교에서 떼어놓을 수 없는 새이기도 하다. 콜카 캐니언 투어는 황량한 사막지대를 달리는 왕복 버스 탑승 시간이 너무 길고, 깊은 계곡 말고는 인상 깊은 곳이 없어 실망스러웠다. 그렇게 권장할 만한 관광지는 아니다.

점심을 마치고 출발하여 아레키파에 도착한 오후 5시경에야 식당에다 작은 배낭을 두고 왔다는 사실을 알고 당황했다. 배낭 안에는 카메라와 현금 미화 500달러가 들어 있었다. 가이드 로레나(Lorena)에게 이 사실을 이야기했더니, 식당으로 전화해서 확인해보겠다고 한다. 한참 후에 내 자리로 오더니 내 배낭이 식당에 있단다. 내일 콜카 캐니언 관광팀 가이드가 챙겨서 가져다줄 테니 걱정 말라고 한다. 배낭이 무사히 돌아와야 할 텐데. 걱정스러웠다.

1월 27일

돌아온 배낭

배낭 오기를 기다리며 짐정리나 하면서 숙소에서 쉬었다. 이제나 저제나 배낭이 오길 기다리며 하루 종일 심기가 불편했다. 릴리도 그 여행사의 가이드를 알고 있어 여러 번 배낭이 언제 오는지 물어봐주었다. 우리가 걱정하는 것이 안타까운지, 무사히 배낭이 도착할 것이라고 우리를 안심시켜준다. 다음 여행지 푸노로의 출발은 하루 연기하는 수밖에 없었다. 오후 6시경 릴리가 우리 방으로 전화해서 사무실로 나오라고 했다. 그 여행사 가이드 2명이 배낭을 가지고 온 것이다. 어찌나 고마운지 우리는 감사의 표시로 릴리와 여행사 여직원 2명에게 한국에서 가져간 열쇠고리를 주었다. 다행히 귀중품은 별탈이 없었다.

1월 28일

볼리비아의 경유지 푸노

아침식사 후 푸노로 떠날 때 릴리가 버스 정류장까지 환송 나와 주었다. 택시에서 내려 굳이 배낭을 자기가 들겠다고 하면서 버스 터미널 입구까지 배웅해준다. 자그마한 몸집의 아가씨가 항상 밝은 얼굴로 여러 가지 편의를 봐주어서 정말 고마웠다. 아레키파에서의 관광 일정은 거의 릴리와 상의해서 결정했다. 그때마다 친절하게 대답해줘서 도움이 많이 되었다. 마론즈 하우스에서 사흘밖에 묵지 않았지만, 헤어지는 것이 섭섭했다.

미스티 산을 배경으로 릴리와 함께

숙소에서 주는 간소한 아침식사

오후 2시 30분에 푸노에 도착했다. 아레키파에서 9시경 출발했으니 약 5시간 반 정도 버스로 온 것 같다. 푸노는 페루 남부 안데스 산맥의 거의 중앙에 위치하는 인구 10만의 작은 도시이다. 그러나 표고 3,855m로 세계에서 가장 높은 곳에 위치한 티티카카 호와 접하고 산으로 둘러싸여 마치 조그만 항구도시 같은 느낌을 준다. 현재 푸노는 쿠스코, 아레키파와 볼리비아의 라파스를 잇는 통과 지점일 뿐 아니라, 거대한 티티카카 호의 여러 섬들의 거점도시 역할을 하고 있다. 시내의 구조는 리마, 쿠스코, 아레키파와 같은 남미의 도시와 같이 중앙에 아르마스 광장이 있고 그 옆에 성당과 교회가 있었다.

푸노 시의 원경

숙소는 릴리가 소개해준 아담한 여행자 호텔로 정했다. 이름은 아레키파와 같이 marlon's House였다. 1층에 각종 패키지여행 팸플릿이 비치되어 있고 여행사도 알선해준다. 영어를 할 줄 아는 소냐라는 여직원에게 아레키파의 릴리 소개로 왔다고 하니 웃으며 반긴다. 아레키파의 마론즈 하우스와 체인점이냐고 했더니, 이름만 같지 소유자는 관계가 없다고 한다. 푸노에서의 관광은 일반적으로 여행 가이드북에서 추천하는 티티카카 호수 위의 우로스 섬과 아만티니 섬 투어(1박 2일에 180솔, 한화 72,000원, 2인)를 하기로 하고 예약은 소냐를 통해서 했다.

1월 29일
고지대 호수 티티카카

아침 8시에 약속 장소로 가보니 가이드가 나와 있었다. 우리 일행은 프랑스 부부(남편 77세, 부인 76세), 미국인 부부(남편 65세, 부인 56세), 그리고 우리 부부와 가이드 모두 일곱 명이었다. 서로 간단히 인사하고 기념촬영 후 섬까지 이동해줄 보트에 올랐다.

배를 타고 약 1시간을 이동하여 '토토라'라고 불리는 갈대를 엮어 만든 섬에 도착했다. 작은 섬인데 원주민 여인이 마중 나와 이것저것 보여주고 기념품도 팔고 사진촬영을 위해 포즈도 취해주고 하는데, 너무 관광지화 되고 기계적이어서 소박한 원주민 삶의 모습 보기를 원했던 나의 순진한 기대는 어긋나고 말았다.

'토토라'로 만든 우로스 섬의 작은 집 모형

'토토라'로 만든 보트

티티카카 호수는 해발 3,890m 고지대에 위치하며 면적은 8,300㎢(서울 면적의 13배), 최대 수심이 281m이고 페루와 볼리비아 두 개 나라에 걸쳐 입지하는 거대한 호수다. 흐리다가 날씨가 개이면서 드러난 그 호수의 모습은 장관이었고 매우 아름다웠다. 파란 하늘과 순백색의 하얀 구름이 비친 티티카카는 거울처럼 잔잔한 바다 같았다.

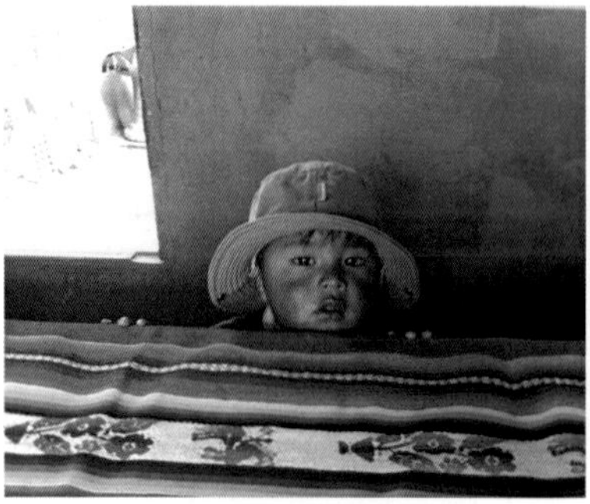

섬의 원주민 아이

민박집 저녁식사 스프

우리 일행은 다시 배를 타고 아만티니 섬으로 향했다. 이곳에는 8개의 마을이 있고, 인구는 4,000명 정도라고 한다. 섬에 상륙하여 걸어서 횡단한 후 조그만 마을에 도착하여 숙소를 배정받았다. 민박집 주인이 나와 우리를 환영하고 방까지 안내한다. 섬의 풍경은 매우 단조로웠으며, 이런 작은 섬에서 수백 년 동안 살아온 원주민들의 생활은 가난할 수밖에 없었을 것이란 생각이 든다. 농업과 어업이라야 자급자족 수준 정도라고 짐작이 된다. 이렇게 저렴한 비용의 관광객 민박이 그래도 꽤 좋은 부업이라는 느낌이 들었다.

가이드가 숙소에 짐을 풀고 마을 앞 광장에 모이라고 한다. 이 섬 정상에 있는 잉카의 유적지를 보러 갈 것이란다. 완만한 경사로를 따라 올라가는 길은 커다란 타일 크기의 돌로 포장되어 있었는데, 이는 관광객들을 위하여 주민들이 공동으로 작업한 결과라고 했다. 정상에는 돌로 쌓은 담장으로 둘러싸인 작은 공간이 있는데, 가이드 설명에 의하면 이곳은 매년 신에게 제사를 지냈던 곳으로 주민들이 이곳을 매우 신성하게 여긴다고 한다. 가이드의 설명은 대략적으로만 이해할 수 있었다. 가이드나 나나 영어가 서툴러서 정확한 내용은 파악하기 어려웠다. 내가 여행했던 곳의 남미 사람들 중에서 영어를 할 수 있는 사람은 고급식당 종업원, 호텔 프런트 근무자, 가이드, 여행사 직원 정도였다. 푸노라는 페루에서도 지방도시의 저렴한 패키지 관광 가이드에게 유창한 영어를 기대한다는 것은 무리라는 생각이 든다.

이곳에서 바라본 티티카카 호는 정말 장관이었다. 이후에 남미의 여러 곳에서 여러 번 느낀 점이지만, 사방이 탁 트이고 경관이 좋은 위치에는 잉카인들의 숭배 대상이었던 태양을 위한 제단이나 피

제단이 위치한 곳에서의 환상적인 전망

라미드가 있었다. 이곳의 구조물들은 신이나 태양을 숭배하는 의식이 행해진 장소로서는 너무 조잡하고 보잘것없었다. 인구가 적고 경제적으로 열악할 수밖에 없었던 이 지역의 사정으로서는 이럴 수밖에 없었을 것이라고 추측해본다.

유적지에서 휴식하는 관광객들

원주민들의 이동하는 모습

돌아와 씻고 방에서 쉬는데 저녁식사를 하란다. 식당으로 가니 스커트를 겹겹이 껴입은 까무잡잡한 원주민 아주머니가 나무를 때서 식사를 준비한다. 주방이라고 해야 부뚜막과 땔감으로 쓸 나뭇가지더미, 칼 외에 냄비, 접시와 같은 몇 가지 주방도구만 있을 뿐이었다. 아주머니가 스커트를 겹겹이 껴입은 이유가 궁금했지만, 말이 안 통하니 대화가 안 됐다. 저녁은 스프와 빵, 감자 등으로 차려진 조촐한 식사였다. 우리나라 돈으로 1인당 35,000원에 불과한 패키지 여행비에서 얼마나 돈을 받을 수 있겠는가 생각하니 측은하게 여겨져 식사 후 약간의 팁을 놓고 나왔다.

1월 30일

타킬레 섬의 전통의상

아만티니 섬에서 하룻밤을 보낸 뒤 배를 타고 타킬레 섬으로 출발, 그 섬 일대를 구경한 후 그곳에서 점심을 먹었다. 아만티니 섬은 약 8개 마을이 있고 거주민이 4,000명 정도인데 타킬레 섬은 그보다 작아 인구가 1,600명 정도였다. 타킬레 섬의 주민들은 모직 판초와 모자, 직물 등의 수공예품 판매와 농업을 생업으로 하여 살아간다. 우리는 섬의 이곳저곳을 돌아다니며 구경했다. 이 섬은 전기도 수도도 없다고 한다. 원주민들이 걸어 다니면서도 뜨개질하는 모습이 인상적이었다.

점심을 먹으면서 미국인 부부, 프랑스인 부부와 많은 대화를 나누었다. 미국인 남편 이름은 리차드(Richard)이고 부인은 레베카(Rebeka)이다. 재혼한 사이로서 2개월째 남미를 여행 중이라고 했다. 그들은 에콰도르에서 오래 머물렀는데, 경치도 좋고 물가 수준도 낮아 장기 여행지로서 추천한다고 했다. 서로 이메일 주소를 교환하고 나중에 사진도 보내왔다. 레베카가 만든 블로그에 가보니 아름다운 여행 사진과 간단한 여행기로 멋지게 꾸며져 있었다.

프랑스인 부부는 이름이 어려워 기억을 못 하겠다. 부인은 은퇴한 교사인데, 그들도 남미를 장기 여행 중이었다. 영어가 서툴러 서로 대화는 잘 안 되었으나 얼굴 표정이나 제스처로 재미있게 간단한 의사소통은 된 것 같았다.

내가 리차드에게 결혼 30주년 기념으로 장기 여행을 한다고 하니 은퇴했느냐고 묻는다. 그래서 그게 아니라 나중에 회사로 복귀할 것이라고 했더니, 그렇게 당신 사업 파트너를 믿을 수 있느냐며 의미심장하게 씩 웃는다. 레베카가 남자는 고집이 세고 합리적이지 않으니 부인 말을 잘 들어야 한다고 하자, 프랑스인 부인과 우리 집 사람까지 이구동성으로 그 말이 맞는다고 모두 고개를 끄덕인다. 어색한 자리가 될 수도 있었는데 여행지라는 환경이 동서양을 막론하고 허심탄회하게 대화의 장을 마련할 수 있게 했던 것 같다.

식사 후에 타킬레 섬의 전통의상에 대해서 가이드가 설명했다. 그 중 재미있었던 것은 원주민 남자가 솔방울 같은 장식이 달린 모자를 쓰고 다니는데, 그것이 우리가 바라볼 때 왼쪽으로 기울어져 있으면 "I'm looking for girl friend(나는 여자 친구를 찾고 있어요)." 라는 뜻이라고 한다. 우리는 모두 박장대소했다. 프랑스인 남편은 77세 고령인데도 남미를 장기 여행 중이며, 자기는 지금도 하루에 와인을 꼭 2잔씩 마신다고 자랑한다. 그런데 영어가 전혀 안 돼 좀 답답했다. 그 후에도 많은 대화를 나누었는데, 리차드가 나보고 1부터 5까지 손가락으로 세어보라고 한다. 그래서 오른쪽 엄지 검지 순으로 손가락을 구부리며 세었더니, 프랑스에서는 주먹을 쥐고 엄지부터 검지 순으로 손가락을 펴며 센다면서, 레베카에게 1부터 5까지 세라고 하니 검지부터 세우며 세는 것이 아닌가. 우리는 모두 크게 웃었다. 매우 유쾌한 점심이었다.

점심 후에 우리 일행은 다시 푸노로 출발했다. 배로 약 3시간 후 푸노에 도착하니 오후 4시 30분이었다. 일행들과 아쉬운 작별을 하고 호텔로 돌아왔다.

내일은 볼리비아의 라파즈로 출발할 예정이다. 여행기에서 보면 이 나라는 남미에서 가장 경제적으로 열악하고 치안도 불안하다고 해서 걱정이 많이 되었다. 호텔 데스크에 부탁해서 라파즈행 버스표를 예약했다. 버스표는 2장이었다. 한 장은 푸노→코파카바나(볼리비아), 또 한 장은 코파카바나→라파즈까지 가는 것이다. 저녁은 티티카카 호수에서 잡은 송어로 만든 요리가 유명하다고 해서 푸노 시내를 헤매다가 어느 식당에서 먹었는데 그렇게 맛있지는 않았다.

VOLIVIA

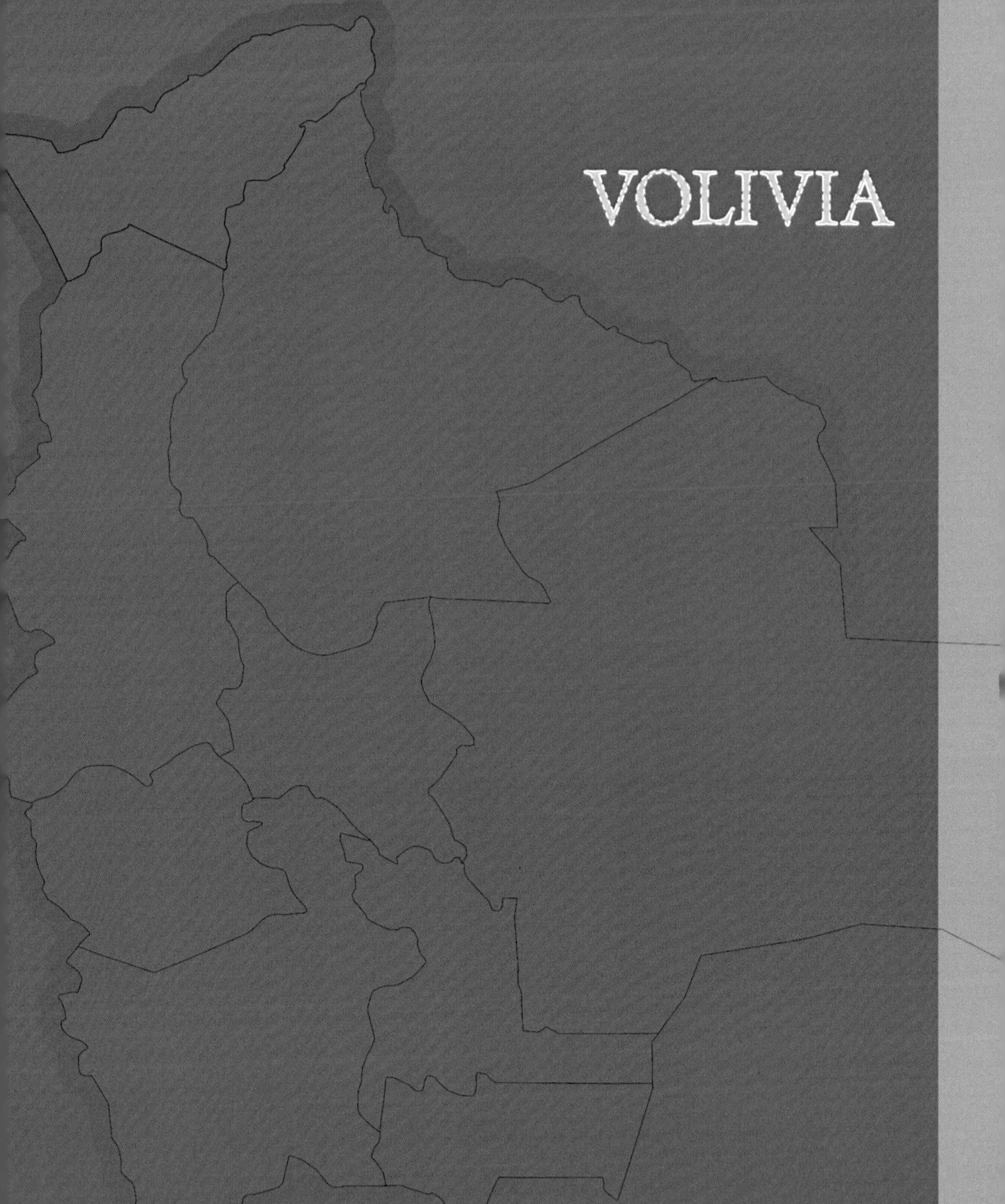

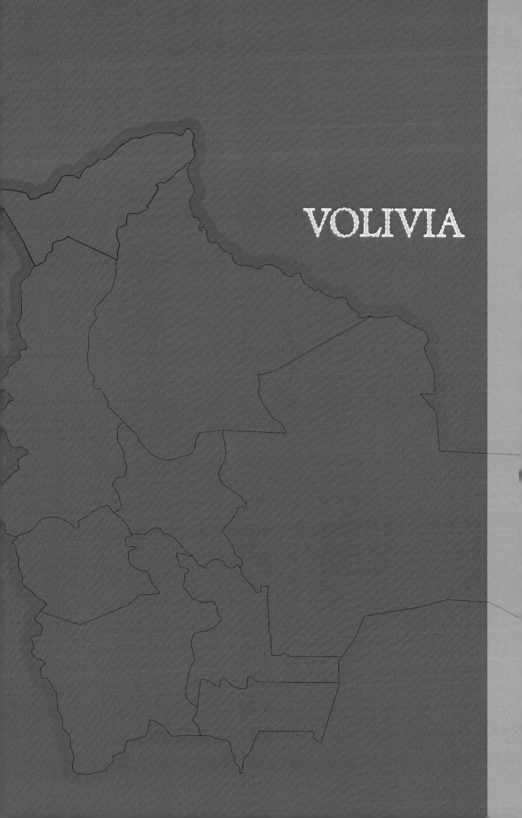

Ⅱ
볼리비아

정식 명칭 볼리비아 공화국은 바다에 접하지 않은 내륙국으로서 면적은 한반도 크기의 5배 정도 되고 인구는 약 1천만 명 정도이다. 인구의 구성은 인디오 50%, 혼혈인 메스티조(Mestizo) 35%, 유럽계 백인 15%로 구성되어 있다. 대외교역 규모는 수출입 합해서 150억 달러이며 국민소득은 2012년 기준 2,468달러로 남미에서 제일 낮은 수준이다. 현재 행정수도는 라파즈이며 국민의 95%가 기독교인이다(인용 : 『두산백과』).

1월 31일

볼리비아 입국

아침 5시에 기상해서 6시까지 짐을 꾸리고 식당에서 간단히 아침식사를 마친 후, 택시를 타고 터미널로 가서 7시 30분 'Titicaca Bolivia' 버스로 출발했다. 몇 시간을 가다가 볼리비아 국경마을 융구요(Yunguyo)에서 하차해 경찰서(Polica)와 이민국(Immigration)을 거쳐 페루 출국 신고를 했다. 그리고는 걸어서 페루와 볼리비아의 국경을 넘은 후 볼리비아 이민국에 입국 신고서와 볼리비아 비자 도장이 찍힌 여권을 제시하여 볼리비아 입국 절차를 마쳤다. 그리고 기다리고 있던 버스에 승차한 후 코파카바나로 향했다.

도중에 기사가 스페인 말로 뭐라고 한참 말을 하더니, 한 사람당 1/Bs(1볼리비아 솔: 한화 160원)을 걷는다. 이유를 몰라서 어리둥절해 있는데 누가 공원 입장료라고 한다. 아마 코파카바나가 무슨 자연공원쯤 되는가 보다. 코파카바나 버스 정류장에 정차하더니 꽁지머리를 하고 남미 갱 영화에 나옴 직한 안토니오 반데라스의 못생긴 사촌 동생같이 생긴 친구가 스페인어로 한참 뭐라고 떠드는데, 모두 짐을 가지고 내린다. 바로 이 자리에서 오후 1시에 라파즈로 떠난다는 내용이란다. 그런데 현재 시각은 11시. 아, 2시간 정도 여유가 있구나 생각했는데, 그게 아니라 페루 시간은 11시이나 시차 때문에 여기 볼리비아 시간은 12시라고 한다. 그러니 여유시간은 2시간이 아니라 1시간인 것이다.

이런 내용은 주로 영어가 되는 유럽 젊은 여행객들에게 물어 확인했고, 마침 혼자 여행하는 우리나라 젊은이가 있어 도움이 되었다. 점심을 먹으려고 해변 쪽으로 걸어가니 많은 식당과 기념품 가게 등이 줄지어 있다. 푸노와는 또 다른 분위기였고, 유럽 젊은이들과 관광객들이 푸노보다 훨씬 많이 보였다. 티티카카 호수 관광은 여기서 하는 것이 더 좋을 것 같았다. 다니다 보면 유럽 관광객이 몰리는 곳이 대부분 명소로서 볼 것이 많았다.

식사 후 버스 정류장으로 돌아오니 벌써 일행들이 버스를 기다리고 있었다. 그런데 승차하는 과정이 매우 무질서했다. 줄도 없고 버스 승무원들의 안내도 형편없고, 한마디로 짐 싣고 타느라 아수라장이었다. 결국, 20분 정도 지연되어 출발했다. 간신히 타고 이제 라파즈까지 가는가 보다 했더니 티퀴나 버스 선착장에 도착해 모두 하차하라고 한다. 버스 따로 승객 따로 배를 타고 티티카카 호해협을 건너는 것이다.

도강 후 버스가 오기를 한참 기다리는데 우리 버스가 어느 것인지 헷갈려 하마터면 다른 버스를 탈 뻔했다. 내 좌석 주위의 승객들을 눈여겨보고 그들을 따라서 행동하느라 무척 신경을 썼는데도 말이다. 좁은 좌석에 4시간 정도 시달리다 거의 6시가 다 되어 라파즈 버스 터미널에 도착했다.

푸노(Puno)에서 국경마을 윤구요(Yunguyo)까지 136km, 여기서 코파카바나(Copacabana)까지 10km, 코파카바나에서 티퀴나(Tiquina) 선착장까지 54km, 선착장에서 라파즈(La Paz)까지 162km, 총 362km의 여정 후에 볼리비아의 라파즈에 도착한 것이다.

잊지 못할 여행 구간이었던 것 같다. 이렇게 어렵게 볼리비아에 입국하는 과정을 쓰다 보니 너무 고생담만 이야기하는 것 같다. 하지만 나중에 돌아보니 남미 여행에서 제일 고생한 부분이었던 같아 자세히 기술했다. 볼리비아 입국의 중요한 목적이 유명한 우유니 소금호수 관광과 사막 투어에 있는데, 만약 다른 루트가 있다면 그 루트를 이용하길 권한다. 비행기로 볼리비아에 입국하는 것도 한 방법이라 생각된다.

우유니에서 만난 일본 청년은 비행기로 라파즈에 도착했는데, 자기 짐이 엉뚱한 나라로 가서 그걸 기다리느라 라파즈에서 3일 정도 묵었다고 했다. 하여튼 페루에서 국경을 넘어 볼리비아로 들어서는 순간 공공질서가 잘 지켜지지 않았고, 라파즈까지 가는 도로 포장 상태도 매우 좋지 않았다.

라파즈는 볼리비아의 수도로 인구는 약 110만 명 정도이다. 이 도시는 표고가 3,650m로 세계에서 제일 높은 곳에 있는 수도이다. 고지대에는 주로 빈민들이 살고, 저지대에는 백인 같은 부유층이 산다. 라파즈 종합 버스 터미널은 매우 복잡하고 이 도시 자체가 산간지역에 위치해 공간이 부족해 보였다. 이 도시의 첫인상은 거대한 달동네 같았다. 비좁은 도로가 많은 차량과 인파로 붐볐으며 소음과 매연이 매우 심했다.

배낭을 메고 조금 좋은 호텔에 묵으려고 '아부엘라'라는 호텔 앞에서 택시를 세우고 숙박비를 물어보니 1박(조식 포함)에 미화 $36이라고 한다. 한 군데 더 알아보려 했지만 너무 피곤해서 결국 푸노의 데스크 아가씨가 소개해준 '밀턴(Milton)' 호텔로 결정했다. 오래된 호텔이기는 하지만 1층에 여행사가 있고 여종업원의 영어가 훌륭했다. 1박에 조식 포함, 2인 기준 미화 $22이라고 한다. 여기서 묵기로 하고 방을 안내받아 가는데 배낭이 왜 그렇게 무겁던지….

2월 01일

전봇대 위의 사람인형

조식은 천편일률적인 페루의 메뉴와 대동소이했으나 양이 많고 맛이 좀 나았던 것 같다. 어제 버스 타고 오면서 라파즈 외곽 주거

지역을 지날 때 무심코 창밖을 보니 거리의 전봇대 맨 위에 실물 크기의 목맨 사람인형이 걸려 있었다. 이러한 장면을 여러 번 목격했다. 도시의 분위기가 으스스한 것이 무서운 느낌이 들었다. 호텔 종업원에게 물어보니 '멘사헤(mensaje)'라는 스페인어 단어를 반복하면서, 그것은 나쁜 짓(예를 들면 도둑질 같은)을 하지 말라는 경고라고 한다. 스페인어 사전을 찾아보니 이 단어는 '전언', '메시지' 등의 의미였다. 서로 의사소통이 안 돼 그 이상의 대화는 나누지 못했다.

오후 3시 시티투어(City Tour)를 예약했다(110/Bs: 1인당 한화 16,000원). 가이드와 운전사, 우리 부부, 이렇게 단출하게 네 명이 소형 승용차를 타고 달의 계곡, 전망대, 무리요 광장, 대성당, 미라플로레스 지구, 박물관 거리 등을 보았다.

1 2
3 4

① 달의 계곡
② 조밀한 라파즈 구시가
③ 박물관 광장
④ 시청사 입구 경비병

2월 02일

라파즈 거리의 소년

아침을 먹다가 어제 우유니(Uyuni) 투어를 한 한국 청년 2명을 만났다. 그들은 우유니 소금호수 관광은 우유니 사막투어의 일부이며, 적어도 1박 2일은 해야 소금사막의 진수를 느낄 수 있다고 했다. 그런데 정작 사막투어에 대해서는 언급이 없어 물어보니 자기들의 20일 정도의 여행일정으로는 시간이 없어 일정에 넣지 못했다고 아쉬워한다.

여행기에서 보니 라파즈에서 우유니까지 싼 버스를 이용할 경우 고생이 많다고 해서 가장 비싼 버스를 이용하기로 하고, 1층 프런트 옆에 있는 여행사를 통해 'Todo Turismo' 버스 티켓 2장을 구입하기 위해 460/Bs(한화 약 74,000원)을 지불했다.

라파즈에 온 이유는 이곳이 우유니 소금호수에 가기 위한 경유지이기 때문이다. 그래서 시내 관광에 큰 기대는 걸지 않았다. 그러나 버스 출발이 저녁 7시 30분이어서 그동안 시내 여기저기를 걷거나 택시를 타고 돌아다녔다. 우연히 신시가지의 Plaza Hotel(5성급)에서 뷔페식으로 점심을 먹었는데, 1인당 75/Bs(한화 약 12,000원)이었다. 매우 훌륭한 식사와 서비스를 받았다. 팁을 얼마나 줄 것인가 고민하다 20/Bs 놓고 나왔다.

숙소 주변의 구시가지

맥주를 곁들인 푸짐한 점심식사 2인분이 80/Bs(한화 약 13

시내를 여기저기 돌아다니다가 우연히 축제 행렬과 마주쳤다. 화려한 의상의 여인들과 요란하게 분장한 남자들이 악대의 음악에 맞추어 춤을 추며 행진을 한다. 카마초 시장 점포에서 사람들이 나오고 시장 부근에서 출발해 주위를 행진하는 것으로 봐서 시장 상인들이 주축이 된 행사처럼 보였다.

신시가지는 깨끗한 가로와 공원 빌딩 등으로 형성되어 있어 산동네의 빈민 거주지와 대조적이었다. 거리에서 흔히 볼 수 있는 사회주의적인 내용의 커다란 벽화에서 빈부격차의 갈등을 읽을 수 있었다. 공원이나 광장 같은 데는 구두통을 든 허름한 옷차림의 청소

넌들이 있었는데, 구두를 신은 관광객들을 보면 달려가 구두를 닦으라고 했다. 가장 가슴 아팠던 장면은 기껏해야 초등학교 4~5학년 정도의 어린이가 뒷골목 인도에 앉아 새로 만든 구두 통을 앞에 놓고 눈물을 훔치던 모습이었다. 가난 때문에 길거리로 내몰렸을 그 어린이의 모습이 지금도 눈앞에 선하다.

숙소로 돌아와 배낭 4개를 정리하고 프런트 아줌마에게 택시를 불러달라고 부탁했다. 교통이 복잡해 차가 막힐 것을 감안해서 일찌감치 버스회사에 도착했다. 이 버스회사 승차장은 저렴한 일반 버스 승차장과는 떨어져 별도의 건물에 있었는데, 깨끗하고 직원들이 영어를 잘했다.

1 2
3 4

① 거리축제에 참가한 여인들의 아름답게 치장한 모습
② 가장행렬 페레이드
③ 행렬 맨 뒤에서 행진하는 악사들
④ 전통의상으로 치장한 여인

대기실에서 기다리고 있는데 일본 아가씨 2명이 엄청나게 큰 배낭을 낑낑거리며 들고 들어와서는 이메일로 예약한 종이를 내밀며 티켓을 끊으려 했다. 그러나 이미 저녁 7시 30분차는 다 매진되어 내일 차편밖에는 없다고 한다. 한참을 데스크에서 이야기하더니 돌아와 그 큰 짐을 메고 다시 나가려 한다. 경과를 물으니 내일 차편을 예약하고 이 근처 숙소에 묵을 예정이란다. 그리고는 그 엄청나게 큰 배낭을 메고 다시 나간다. 내가 그 처지가 아니라 다행이라는 생각밖에는 들지 않았다. 큰 배낭을 짐칸에 부치고 짐표를 받았다. 7시 30분이 출발시간인데 좀 늦게 출발했다.

2월 03일

푸른 천국 우유니 소금호수

밤새 14시간을 달려 오전 9시 30분경에 우유니에 도착하였다. 이곳은 표고 3,660m에 위치한 황량한 벌판의 조그만 마을이라고 생각하면 된다. 인구는 약 만 명 정도인데, 우유니 호수와 사막투어 관광이 주 수입원인 도시 같았다. 서둘러 숙소를 잡고 우선 우유니 1일 투어(2인 40$)를 예약했다. 여행계획을 짤 때 우유니에서의 숙소와 현지 패키지 여행사를 어떻게 찾고 계약할 것인지 참 막연했었는데, 버스에서 내려 택시 운전사에게 가이드북에서 찾은 숙소 이름을 대고 그곳에 가보니 여행사가 그 주변에 모두 몰려 있었다. 오전 11시 8인승 지프차를 타고 우유니 1일 투어를 출발했다. 일행은 일본인 부부와 청년, 말레이시아에서 온 중년 남성, 아르헨티나 아가씨, 그리고 우리 부부, 모두 일곱이었다. 일본인 아내는 우유니 소금호수 여행을 오래전부터 꿈꿔왔다며 꿈이 실현되었다고 기뻐했다.

우유니 염호는 볼리비아 남서부를 덮고 있던 호수가 말라가면서 수분 중 염분이 뭉쳐져 형성되었다고 한다. 면적은 약 12,000㎢라고 하는데, 소금호수의 풍경은 매우 환상적이었다. 소금호수는 군데군데 소금을 채취한 흔적이 보이고 대부분은 얕은 두께의 물로 그 넓은 호수가 덮여 있어, 파란 하늘과 흰 구름이 비쳐 매우 아름다웠다. 저 멀리 사방팔방 눈이 닿는 곳까지 하얀 구름이 떠 있는 파란 하늘과 땅의 그림이 같은 이 경치를 나는 푸른 천국이라고 부르고 싶었다. 해가 뜰 때와 질 때 더욱 아름답다고 하는데, 단 하나의 호텔은 미리 예약을 해야만 숙박할 수가 있어서 그 장면은 보지 못했다. 호텔 앞에는 여러 나라의 국기가 계양된 장소가 있었는데, 우리나라 국기는 3개나 펄럭이고 있어 기분이 좋았다. 기념사진 촬영시 조그만 공룡인형을 이용해 나란히 포즈를 취하고 사진을 찍으면 공룡에 올라탄 것 같은 장면이 찍히기도 해서 신기했다.

오후 6시 경에 숙소로 돌아와 2박 3일 사막투어를 1인당 650/Bs에 예약하다. 여행사 3곳을 들러 가격비교를 하고 정했는데, 가격대는 전부 비슷했다. 그 과정에서 남미를 혼자서 여행 중인 우리나라 아가씨를 만났는데, 컴퓨터 프로그래머로 다니던 회사에 사표를 내고 혼자서 남미를 여행 중이란다. 그녀도 사막을 건너 칠레로 넘어갈 예정이라고 해서 우리와 동행하기로 했다.

3개나 걸려 있는 태극기 앞에서

하늘과 땅이 같아 보여 아내의 모습이 마치 하늘을 나는 듯하

2월 04일

우유니 투어 첫째 날

9시 좀 넘어 집합 장소인 여행사 앞에 가보니 아무도 나와 있지 않았다. 벤치에 앉아 한참 기다리니 영선 씨가 온다. 반갑게 인사를 하고 이런저런 얘기를 나누었다. 낯선 곳에서 우리나라 사람과 일행이 되어 2박 3일 동안 같이 여행을 한다고 생각하니 서로 의지도 되고 무엇보다도 집사람 말동무가 되어주어서 좋았다.

우리 일행은 Julia라는 스위스 아가씨와 Adi, Adir, Gilad(이 세 사람은 20대의 이스라엘 청년들인데 군에서 제대한 지 몇 개월 안 됐다고 한다), 그리고 우리 부부와 영선 씨까지 일곱 명, 거기다 운전기사까지 합하면 모두 8명이었다. 각자 통성명하고 간단히 인사를 나눈 다음 차에 올랐다. 차는 어제와 마찬가지로 지프차였는데 어제 보니 맨 뒷자리는 매우 불편했다. 아내는 어제 맨 뒤에서 고생을 많이 했는지 운전석 옆자리에 앉아서 가겠다고 한다. 그래서 내가 자리배치에 대해서 미리 제안을 했다. 아내는 몸이 불편하니 앞으로 여행기간 동안 운전석 옆에 앉게 해주고, 그 대신 나를 포함한 나머지 일행은 중간 좌석과 맨 뒤 좌석을 하루씩 번갈아가며 타는 것이 어떠냐고 했더니 모두 흔쾌히 동의해주어서 참 고마웠다.

그러니까 이스라엘 젊은이 3명이 한 조가 되고 나, 영선 씨 그리고 Julia가 한 조가 된 것이다. 짐은 차 지붕에 모두 실었으나 차 내부는 비좁았다. 3일 동안 어떻게 1,000km 정도를 여행할 것인가 걱정되었으나 곧 잊어버렸다. 힘들다고 돌아갈 수는 없지 않은가. 여기서 칠레의 산 페드로 데 아타카마(San Pedro de Atacama)로 넘어가는 길은 이 사막투어밖에는 없는 것을 여행계획 세울 때 이미 알고 오지 않았는가.

여행 코스는 어제 1일 투어를 했던 소금호수를 거쳐 석호(Lagoon)와 플라밍고를 보고 라마와 거친 사막 풍경을 보는 것이었다. 좁은 차 안에서 몇 시간씩 달리다 보니 서로에 대해서 많은 이야기를 나누게 되었다. 이스라엘 청년들은 고등학교를 졸업하고 군대에 입대해서 36개월간 복무하고 제대한 지 얼마 안 됐다고 했다. Julia도 고등학교를 졸업하고 장차 무엇을 할 것인가 구상도 할 겸해서 남미여행을 한다고 한다. 우리는 고등학교에서 대학입시 준비를 하고 그 과정에서 자기의 적성이나 소질을 잘 파악하지 못한 채 바로 대학에 가는데, 이들처럼 고교 졸업이나 군대를 제대하고 여행기간과 같은 얼마 동안 자기에 대해 생각할 시간을 가진 후 장래 진로를 결정하는 것이 보다 합리적인 방법이라는 생각이 들었다.

차창 밖을 스치는 황량한 사막 풍경, 끝없이 펼쳐지는 거친 황야…. 간혹 우리와 같이 안데스 사막을 횡단하는 지프차와 조우하거나 앞서거니 뒤서거니 하고 달릴 적도 있으나, 광활한 사막에서 오직 이 오래된 지프차만을 믿고 달린다는 게 문득 황당하다는 생각이 들었다.

오늘 우리가 묵을 숙소에 도착하여 차 지붕에서 각자 배낭을 내리고 방 배정을 받았다. 우리 부부와 영선 씨, 셋이서 한 방을 쓰게 되었다. 짐을 풀고 싸고 하는 것이 너무 피로해서 귀찮았지만, 무겁다고 이 짐일랑 벗을 것인가, 괴롭다고 이 길일랑 아니 걷겠나 하는 심정으로 움직였다. 밤이 되니 우박이 내리면서 슬레이트 지붕을 때리는 소리가 기관총 사격소리 같았다. 하지만 저녁 후 모두 곤히 잠들었다.

가끔씩 정차를 하고 휴식을 취하기도 한다.

2월 05일

우유니 투어 둘째 날

2일차가 되니 예쁜 스위스 아가씨가 잘생긴 이스라엘 청년과 눈이 맞아 손잡고 다닌다. 나머지 두 청년들에게 '패배자(loser)'라고 내가 놀리니 그 말이 맞는다며 낄낄거린다. 8시 40분 숙소 출발. 오늘도 우리 일행은 저 광활한 안데스 산맥의 고원지대를 달려간다.

안데스 산맥은 남북으로 그 길이가 약 7,000km에 이르는 거대한 산맥으로서 거봉들과 고원지대로 이루어져 있다. 거봉들은 5,000~6,000m에 이르며 안데스 산맥의 평균 높이는 대략 4,000m 정도라고 하니, 우유니 투어 코스는 이 정도 높이의 고지대를 통과한다고 추측된다. 어제 숙소에서 다시 고산증세를 느꼈는데, 옆에 있던 이스라엘 청년이 자기가 준비했다는 고산병약을 주며 먹어보라고 한다. 신통하게도 두통이 금방 없어졌다. 하도 효능이 좋아 약 이름이 뭐냐고 했더니 '아드빌'인데 미국산이라고 한다.

우유니 사막투어의 코스는 우유니에서 남남서측으로 안데스 고원지대를 통과하는 것이다. 가는 도중에 사막과 몇 개의 석호(lagoon), 그리고 활화산을 지난다. 석호라는 것은 염분이 많은 바다와 격리된 호수를 말하는데, 여기에 서식하는 플라밍고(홍학)를 볼 수 있었다. 이 석호에는 플랑크톤이 많아 이를 먹이로 갑각류가 많고, 그 때문에 플라밍고가 서식한다고 한다. 이 고원지대가 아주 먼 옛날 한때는 바다였다는 사실이 믿기지 않는다.

오늘 본 풍경들은 그 느낌을 글로 표현하기가 어려울 정도로 아름다웠다. 눈 덮인 안데스 산맥과 석호들, 기암괴석의 바위, 플라밍고와 라마들. 자연 상태에서 라마와 플라밍고를 보는 것은 매우 어려운 일이라고 한다. 날씨가 갠 파란 하늘과 구름 그리고 황량한 사막의 모습은 정말 감동적이었다.

기암괴석이 많은 지대에는 여러 대의 투어 차량들이 정차해 있었다. 우리 일행도 사진촬영을 위해 잠깐 정차했다. 아마도 인증 샷을 찍기 위한 장소인가 보다. 우리 일행도 여러 장의 사진을 찍었다. 여기서 혼자 오토바이를 타고 오는 사람을 볼 수 있었는데, 하도 신기해 여러 사람이 둘러싸고 이것저것 물어본다. 프랑스 청년으로 혼자 숙식을 하면서 오토바이를 몰고 안데스 산맥을 횡단하는 중이란다. 길을 어떻게 찾느냐고 물었더니 GPS로 찾았다며 목에 걸고 있는 기계를 보여준다. 오토바이에 실려 있는 장비도 별것 없이 단출해 보인다. 오토바이를 프랑스에서부터 가져왔느냐고 물었더니 라파즈에서 우리나라 돈으로 약 100만 원 정도에 샀다고 한다. 이야기를 들어보니 자기는 번잡한 도시가 싫어 이렇게 오토바이로 전 세계 오지를 여행한다고 한다. 이 황량한 지역을 혼자서 몇 주간씩 여행하는 용기에 놀라지 않을 수 없었다.

1 2
3 4

① 사막횡단 도중에 만남 기암괴석들
② 안데스 산맥 고지대의 설경과 야생 라마들의 모습
③ 혼자서 오토바이로 안데스 산맥을 넘어왔다는 프랑스 청년
④ 석호에 사는 플라밍고들

야생 라마, 플라밍고, 석호 그리고 멀리 보이는 산들의 조화가 아름답다.

명소에서의 짜릿한 경험을 하기 위해 계획을 세우고 경제적, 육체적 대가를 치르지만, 명소에서의 순간은 매우 짧은 것이 아닌가. 그러나 짧다고 해서 가치가 없는 것은 아니라고 생각한다. 그 순간 우리는 한 단계 성숙하는 것이라고 믿는다. 자기도 모르는 감동이 나 자신을 서서히 변화시킴을 여행 후 느꼈다. 삶의 다양성이라는 측면을 몸으로 체험했고 믿음을 갖게 되었다는 것이 무엇보다도 소중한 경험이었다. 그곳에 도달하기까지 스스로 계획하고 노력하는 과정에서 자신에 대한 믿음도 생기고, 한국에서의 삶을 보다 높은 관점에서 바라볼 수 있게 되고, 객관적으로 판단할 수 있게 되는 것 같았다.

오늘 숙소는 사막투어를 하는 거의 대부분의 여행객들이 묵어 사람들이 많았다. 식당은 매우 바쁘고 저녁식사도 한참 기다린 끝에야 나왔다. 사막투어의 하이라이트가 끝나서인지 저녁식사 후에도 잠자리에 들지 않고 군데군데 모여 와인이나 맥주를 마시며 담소를 즐겼다. 우리도 맥주 몇 캔을 사서 마시며 동석한 독일 청년들과 이야기를 나누었다. 그들은 아르바이트를 해서 돈을 모아 남미여행을 하는 중이라고 했다. 그들은 여행 중에 쓴 메모를 보여주며 또 열심히 무언가를 적었다. 나도 내 다이어리를 보여주었다. 한글을 보고 이것이 중국 글자냐 일본 글자냐 묻는다. 그래서 한글에 대해서 한참 설명해주었다. 세종대왕이 발명했고, 자음과 모음이 있으며, 이것이 결합하여 글자가 되고, 이것이 모여 단어와 문장이 된다고 설명했더니, 매우 신기해하면서 한글로 격려의 글을 써달란다. 그래서 "너는 성실하고 착해서 나중에 반드시 성공할 것이다."라고 쓰고는 날짜와 내 이름을 그의 노트에 써주었더니 고맙단다. 이 광경을 지나가던 사람이 보다가 자기도 격려문을 써달라고 한다. 약 30대 중반으로 보이는 남자인데, 자기는 이스라엘 사람으로 의사인데 무슨 시험을 준비하고 있단다. "이 세상에 노력하면 안 되는 일은 없다."라고 써주었다. 그러자 그는 고맙다고 인사하고는 간다.

방으로 돌아오니 우리 일행은 모두 한 방에서 자도록 배정되어 있었다. 아내와 영선 씨가 웃으며 손가락으로 가리킨 건너편 침대를 보니 잘생긴 이스라엘 청년 아디르와 율리아가 한 침대에서 자고 있었다.

2월 06일
우유니 투어 셋째 날

모두 곤하게 자고 있는데 누군가 문을 박차고 들어와 "**바모**

스!(Vamos: 스페인 말로 '가자'라는 말) 하고 큰소리로 외치고 가는 것이 아닌가. 단 한 번뿐이었음에도 모두 일어나서 짐 정리를 하고 부산하게 움직인다. 시계를 보니 새벽 4시 30분.

졸린 눈을 비비며 옷을 주워 입고 밖으로 나갔다. 비가 부슬부슬 내리고 운전기사는 그 비를 맞으며 짐을 차 지붕에 싣고 있었다. 운전기사의 역할은 그야말로 1인 4역이다. 운전과 차량 정비, 점심 준비에다 각종 짐을 차 지붕 위로 올리고 내리는 짐꾼 역할까지 매우 바빴다. 영어는 전혀 못 하는데도 일행과의 의사소통에 문제가 별로 없었다.

우리 배낭 4개와 영선 씨의 짐까지 싣고 차에 타니 이스라엘 청년들은 벌써 차에 타고 있었다. 어떻게 그렇게 동작이 빠른가 했더니 그들은 짐이 매우 간단해 각자 작은 배낭 하나가 전부였다.

5시 10분, 우리는 출발했다. 어떻게 그 짧은 시간에 짐정리하고 차에 탈 수 있었는지 참 신기하다. 한참을 달려 땅에서 증기가 솟아나오는 활화산 지대에 도착하여 잠깐 정차했는데, 어둡고 추워서 밖으로 나가지 않고 그냥 차에 머물렀다. 약 3시간을 달려 8시경에 야외 온천이 있는 곳에 도착했다. 이곳이 우유니 투어의 종착역이었다. 주차장에는 고원지대를 달려온 지프차들이 줄지어 주차해 있고 목조 휴게소 건물이 있었다. 모두들 여기서 아침식사를 하느라 법석이었다. 우리 일행도 자리를 간신히 찾아 아침식사를 할 수 있었다.

아침식사 후 운전기사가 우리 부부와 영선 씨만 짐을 가지고 차에 타란다. 조금 가니 다른 지프차가 기다리고 있었다. 그 차로 우리 짐을 옮겨주더니 기사가 "Adios(안녕)!" 한다. 그동안 고생한 것이 생각나 약간의 팁(30/Bs: 한화 4,800원)을 기사 손에 쥐어주었다. 바꿔 탄 차로 다시 한 시간 남짓 달리니 허름한 볼리비아 국경 출입국 사무소가 나온다. 우리를 태워다준 기사는 여기서 볼리비아 출국 수속을 마치고 기다리고 있으면 칠레의 'San Pedro de Atakama'행 버스가 올 것이라며 그것을 타고 칠레로 가라고 한다. 그런데 아무리 기다려도 버스가 오질 않는다. 불안해서 이리저리 왔다 갔다 하고, 이 사람 저 사람에게 물어가며 혹시 우리가 잘못 온 것은 아닌가 하고 불안에 떨기를 2시간. 드디어 칠레행 버스가 도착했고, 우리는 버스에 올라탔다. 이 버스는 칠레에서 볼리비아로 입국하는 관광객을 싣고 돌아가는 길에 우리를 태우고 가는 것이었다.

이 버스회사는 칠레 소속이었다. 볼리비아와 칠레의 국경을 넘으니 분위기가 확 달라지는 것을 느낄 수 있었다. 일단 새 차인 데다 깨끗하고 운전기사가 영어를 할 줄 알아 답답하지 않아 좋았다. 무엇이든 물으면 웃으며 시원시원하게 대답해준다. 차표를 보자고 하지도 않았다. 도로도 아스팔트로 포장이 잘 돼 있고, 중앙선이 하얀 페인트로 선명하게 그어져 있었다. 약 2시간 정도 달려 칠레 출입국 사무소에 도착했는데, 입국 수속은 비교적 간단했다. 짐 검사도 X-ray로만 했다. 입국신고 후 다시 그 버스는 우리를 시내 중심가에 내려주었다. 여기서 영선 씨와 나중에 이메일로 연락하기로 하고 아쉬운 작별을 했다. 회자정리(會者定離)라더니, 이렇게 사람이 쉽게 헤어지는 것인가. 배낭을 메고 밀짚모자를 쓴 채 걸어가는 그녀의 뒷모습을 보니 왠지 슬픈 생각이 들었다. 그러나 그러한 감상은 오늘 밤 숙소를 해결해야만 한다는 중압감 때문에 오래 계속되지 않았다.

San Pedro de Atacama는 건조하고 더웠다. 볼리비아는 안데스 산맥의 고원지대로서 추웠으나 이 도시는 표고가 낮아 온도가 높았다. 거리도 먼지가 풀풀 날리고 배낭 두 개를 앞뒤로 메고 다니려니 몹시 힘들었다. 아내의 얼굴을 보니 피곤한 기색이 역력했다.

노천 온천의 원경

볼리비아 국경의 출입국 사무소 건물

사막투어의 마지막 종착역

버스에서 내리는데 꽁지머리를 한 친구가 방을 구하냐고 묻는다. 그렇다고 하니 자기를 따라오란다. 짐이 무거워 아내에게 우리가 내린 버스 터미널(말이 버스 터미널이지 그냥 길가)에서 배낭과 함께 기다리라고 하고 그를 따라갔다. 비교적 깨끗한 숙소였으나 하루에 48$(미화)이란다. 도미토리도 30$(미화 2인). 유명 관광지라고 물가가 매우 비쌌다. 저렴한 볼리비아의 물가에 익숙해져서인지 굉장히 비싸 보였다. 그래서 그냥 돌아왔다. 지금 생각해보면 그 상황에서는 숙박비가 비싸더라도 거기서 하루 묵으면서 다음 여행지의 이동계획을 세워야 했다. 결국 바로 다음 목적지인 산티아고로 가기로 결정했는데, 2군데 버스회사를 물어물어 가보니 오늘은 산티아고행 버스 티켓이 매진되고 없다고 한다.

낙심하여 버스회사를 나오는데, 한 서양 아가씨가 어디까지 가느냐고 유창한 영어로 묻는다. 산티아고까지 가는데 오늘 티켓도 숙소도 구하지 못해 문제라고 했더니, 오늘 꼭 버스를 타려면 산 페드로(S. Pedro)→갈라마(Calama)→안토파가스타(Antopagasta)→라세레나(La Cerena)까지 가서 산티아고행 버스를 타면 어떻겠느냐고 제안한다. 자기들이 동행이 되어 안토파가스타까지 가줄 수 있다는 것이다. 그 대신 자기네 일행 중 두 사람이 안토파가스타까지의 표를 샀으나 일정에 변경이 생겨서 그들이 못 가게 되었는데, 그 티켓은 환불이 안 되니까 나더러 그 티켓을 사달라는 석연치 않은 조건을 달았다. 하여튼 그 제안을 받아들이기로 하고 카드로 돈을 찾아 현금으로 표 값을 지불한 뒤 안토파가스타까지 동행하기로 했다. 그들 일행은 3명인데 독일에서 왔단다. 이름을 물어보니 줄리아, 요한나, 카롤리나라고 한다. 20대 아가씨들인데 아주 씩씩하고 시원시원했다. 2주 동안 남미를 여행 중이란다.

저녁 6시경에 버스 터미널에서 만나 갈라마로 가는 버스를 탔다. 갈라마에서 안토파가스타까지 가고, 안토파가스타에서 라세레나까지 가는 버스로 갈아탈 예정이었다.

안토파가스타에서는 새벽 2시 10분에 출발 예정인 버스가 한 시간이나 늦게 출발해 사람 애간장을 녹였다. 기다리는 동안 독일 아가씨들은 대합실 바닥에 담요를 깔고 눕거나 앉아 노트북을 꺼내 인터넷을 하거나 책을 읽는 등 여유가 있었다. 장거리 버스 도착과 출발시간의 지연은 남미에서 자주 있는 일이라서 그렇게 신경 쓰지 않는다고 한다.

산티아고 가는 길에 라세레나라는 예정에 없던 도시를 하나 더 보고 가자는 느긋한 심정으로 버스 안에서 잠을 청했다. 약 한 시간 늦게 출발하여 다음 날 오후 2시 30분에 라세레나에 도착했다. 버스 두 번 갈아타고 버스 기다리는 시간까지 합해서 산 페드로에서 라세레나까지 약 18시간가량 걸린 셈이다.

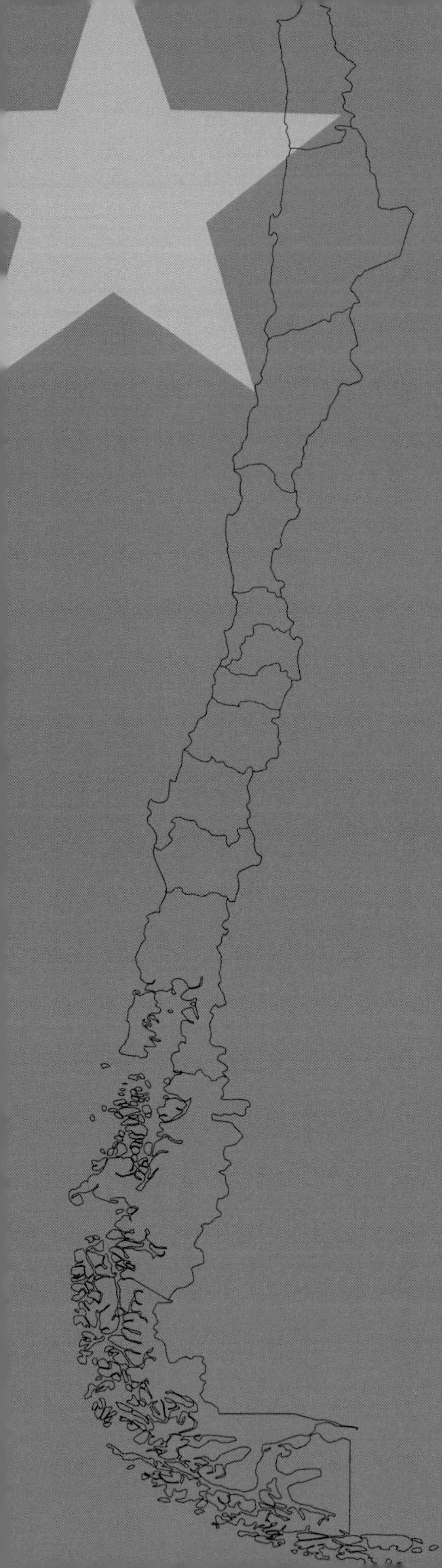

CHILE

Ⅲ 칠레

정식 명칭 칠레 공화국은 동쪽으로 태평양 연안에 남북으로 길게 접한 나라로서 면적은 756,102㎢로 한반도의 3.4배, 인구는 약 1,700만 명이다. 경제 규모는 연간 수출입을 합해서 1,500억 달러, 1인당 국민소득이 15,000달러로 남미에서 제일 잘사는 나라이다. 인구 구성은 백인의 구성이 압도적으로 높아 백인 및 그 혼혈이 95% 이상을 차지하고 있다. 수도는 산티아고다.

2월 07일

예기치 않은 여행지

아침에 여전히 달리고 있는 TUR-BUS(버스회사 이름)에서 눈을 뜨니 눈부신 태양이 빛나고 있었다. 버스회사에서 주는 아침을 먹으면서 창밖을 보니 건조한 다갈색의 사막 풍경이 끝도 없이 이어지고 있었다. 오늘로 남미에 도착한 지 한 달이 되었다. 힘든 여정을 어떻게 이겨내고 있는지 나 자신이 생각해도 신통할 정도다. 매일 아침 눈을 뜨면 새로운 세계가 펼쳐지고, 미지에 대한 호기심이 여행의 모든 어려움을 이겨내게 하는 에너지의 원천이 되어준다.

간혹 태평양과 가까워지는 해안도로를 달릴 때면 서측으로는 황량한 사막지대, 동측으로는 파란 태평양 바다가 보였다. 칠레는 남북의 길이가 4,329km이고 동서의 폭은 평균 175km 정도인 좁고 매우 긴 나라다. 칠레 하면 칠레산 홍어와 와인밖에는 생각나지 않는다.

남미를 여행하면서 리마에서 쿠스코, 리우데자네이루에서 멕시코시티, 칸쿤에서 리마까지만 비행기로 이동하고 나머지 구간은 전부 장거리 버스를 이용했는데, 버스이동 구간이 길어 버스 속에서 다음 여행지의 계획을 구체적으로 정리하곤 했다.

칠레에서의 여행 계획은 우선 다음 목적지인 라세레나에서 하루 정도 묵은 다음 산티아고로 가서 시내관광을 하고, 아우가 이야기한 교민회장을 만난 다음, 나비막 크루즈(Navimag Cruise) 3박 4일 투어를 예약하고, 크루즈 여행 출발지인 푸에르또 몬트로 떠난다. 그리고 크루즈 여행 종착지인 푸에르토 나탈레스에서 파타고니아의 대표적 국립공원인 토레스 델 파인(Torres Del Pine)을 2박 3일 일정으로 트레킹하고 아르헨티나로 넘어가는 것이었다.

오후 2시 라세레나 종합 터미널에 도착했다. 이 도시는 산 페드로 데 아타카마(San Pedro de Atacama)와는 전혀 다른 분위기였다. 우선 녹색의 가로수와 잔디밭이 많고, 도로와 공공시설이 깨끗하며, 지나다니는 차량도 새것이고, 사람들도 원주민이나 혼혈인은 드물고 거의 백인이었다. 라세레나는 산티아고 북쪽 470km 지점에 위치하는 아열대 기후의 도시로서 주변 지역은 포도 산지로 유명하다고 한다. 라세레나는 인구 약 20만 명 정도 크기의 작은 도시로 깨끗한 휴양도시라는 느낌을 받았다. 기후는 우리나라 5월 상순경의 날씨로, 한낮에는 약간 더웠으나 그늘은 시원했다. 해가 기울면 서늘하고 밤에는 약간 쌀쌀하여 일교차는 높지만 전반적으로 맑고 쾌적했다.

터미널에서 내리면서 맨 먼저 해야 할 일은 숙소를 잡는 것이다. 가이드북에서 찾은 숙소 두 곳에 전화하니 모두 방이 없다고 한다. 우선 무거운 배낭을 터미널 로커에 맡겨놓고 방을 잡으러 시내를 걸어서 돌아다녔다. 마땅한 숙소가 나타나지 않아 짜증나려는 순간 한 Hostal이 눈에 띄어, 1일 20,000칠레페소(한화 45,000원)에 1베드 숙소를 구했다. 구석진 방에 침대도 하나여서 불만이었지만, 너무 피곤해서 묵기로 했다. 앞으로 숙소는 전화로 반드시 예약해야겠다는 생각이 들었다.

다시 터미널까지 걸어가 짐을 찾고 택시로 숙소까지 왔다. 인근 쇼핑센터에 가서 컵라면 2개와 포도주 1병, 과일 등 먹을 것을 사고, 식당에서 맥주를 곁들여 샌드위치를 먹고 숙소로 와서 샤워 후 9시 20분경부터 그대로 깊은 잠에 빠졌다.

2월 08일
쾌적한 휴양도시 라 세레나

아침 9시에 일어나 컵라면 2개로 아침을 때웠다. 아내와 상의해 하루 더 묵기로 하고 숙박비 2일치를 미리 지불한 후 관광을 위해 숙소를 나섰다. 바다가 인근에 있다고 하여 걸어서 가보기로 했다. 숙소에서 도보로 20분 정도 걸으니 바다가 나온다. 탁 트인 태평양 바다를 보니 여태까지 고생한 것이 일시에 해소되는 느낌이었다. 연무가 낀 바다에는 해수욕하는 사람들이 꽤 있었다. 한 쌍의 남녀가 춤 연습을 하는 모습은 파란 바다와 어우러져 한 폭의 그림이었다. 모래밭에 앉아 멀거니 한참 동안 바다를 바라보았다. 드넓은 바다를 보기만 해도 피로가 풀렸다. 점심은 해변에서 돌아오는 길에 중국집 코스 요리를 먹었는데 사람들이 매우 붐볐다. 칠레인 가족들이 모여 앉아 중국요리를 시켜먹는 모습이 이채로웠다. 시내에서는 행인들의 행동이나 모습이 매우 밝고 평화롭게 보였다.

시내 중심가 아르마스 광장에 가보니 장터마당 같은 행사를 하고 있었다. 귀걸이, 목걸이 같은 장식품과 간단한 먹을거리 옷, 책 등을 팔고, 젊은이들이 밴드를 갖추어 길거리 공연을 하는데 아마 선교활동을 하는 것 같았다. 한참을 둘러보다가 아내는 목걸이, 귀걸이를 1,000페소에 샀다. 한 서점에서는 나이 지긋한 아저씨가 나를 손짓하며 부르더니 영어로 어디서 왔느냐고 묻는다. 한국에서 왔다고 하니 자기가 한국을 안다며 책 한 권을 집어주고 보라고 한다. 나는 사고 싶지 않다고 했더니 그냥 가지고 가란다. 숙소에 와서 보니 지구 종말론에 관한 서적이었다. 아무 근심 없이 평화로워 보이는 이들도 인간사에 있게 마련인 고민에는 예외가 없나 보다.

라세레나는 우연히 들른 도시인 데다 특별한 볼거리나 기억나는 유적은 없었지만 왠지 푸근하고 여유가 묻어나는 곳이었다. 아름다운 거리를 개를 끌고 천천히 산책하는 젊은 부부의 모습이 매우 보기 좋았다. 라 세레나(La Serena). La는 스페인어의 여성을 의미하는 관사이고 Serena는 스페인어로 '조용하고 차분하다'는 의미라고 한다. 그런데 이 도시의 분위기가 바로 그러한 분위기였다.

터미널로 다시 가서 오늘 11시 45분 산티아고행 버스표를 내일 12

해변에서 매우 진지하게 춤 연습을 하는 한 쌍의 젊은 커플

중심가 거리

공원에서 문신을 해주고 돈 받는 아가씨들(문신 하고 일주일 후면 지워진다고 한다)

시 표로 교환하고, 전화로 산티아고 숙소를 예약했다. 전화로 호텔 예약하는 것에는 세 가지 소소한 어려움을 극복하는 노력이 필요했다. 첫째, 산티아고의 숙소 전화번호를 여행기에서 찾는 것. 예산 범위 내의 저렴하면서도 시내에서 가깝고 시설이 좋은 숙소를 찾는 것이 관건이었다. 둘째, 어떻게 전화를 걸 것인가. 지역마다 다른 지역번호를 찾고 동전을 바꾸어 몇 번의 시행착오 끝에 간신히 전화를 걸 수 있었다. 그래도 이 과정에서 스페인어를 조금 한다는 것이 큰 도움이 되었다. 셋째, 언제 어떤 방이 필요하다는 의사전달을 어떻게 하느냐 하는 것이었는데, 통화가 되자 문법을 전혀 고려하지 않은 단어 나열식의 영어로 훌륭히 숙소 예약을 마칠 수 있었다.

2월 09일

파리풍의 거리

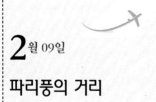

산티아고의 지리적 위치를 설명하자면, 북쪽으로는 아타카마 사

막, 남쪽으로는 멀리 빙하가 있는 지구의 마지막 청정지대 파타고니아, 동쪽으로는 안데스 산맥의 최고봉 아콩카과 산(6,960m), 서쪽으로는 드넓은 태평양이 펼쳐져 있다. 좁고 긴 칠레의 한가운데 위치한 표고 520m의 산티아고에는 550만 명의 인구가 살고 있다. 이는 칠레 전인구의 약 3분의 1에 해당한다. 아마도 이 도시 주변이 칠레에서 가장 살기 좋은 지리적 여건을 갖추고 있기 때문이 아닌가 한다. 산티아고는 황금을 찾아 남미로 온 스페인인 페드로 데 발디비아에 의해 1541년에 건설되었다. 그때 원주민들의 저항을 막기 위해서 요새를 구축했는데, 그 요새는 지금 산타루치아 공원으로 꾸며져 있다.

오후 12시에 라세레나를 출발하여 산티아고에 오후 7시 도착. 예약한 Residensial Rondrez 호텔까지 택시로 이동했다. 호텔 주소

Residensial Rondrez 호텔 앞에서 한 컷(아내 뒤로 보이는 건

가 적힌 쪽지를 운전기사에게 내미니 조잡하게 생긴 작은 내비게이션에 입력시키고 호텔 앞에 정확히 내려준다. 약간의 팁을 고마움의 표시로 주었다. 이 호텔은 구시가지의 오래된 파리풍 건물이 늘어선 곳에 위치하고 있었다. 건물은 꽤 오래전에 지어진 것으로 보이나 관리는 그런대로 잘되어 있었다. 숙박비는 하루에 미화 50$로 대도시답게 비쌌다.

방은 트윈베드에다 욕실이 널찍했으나 시설은 낡았다. 아침은 포함되어 있었고 Wi-Fi가 잡혔다. 프런트의 직원은 영어가 가능해서 좋았다.

저녁을 먹으려고 밖에 나가서 가까운 거리를 둘러보니 한 곳에서 야외에 식탁을 내놓고 유럽식으로 맥주와 음식들을 팔고 있었다. 여기서 맥주와 안주를 시켜서 저녁 대신 먹었다.

산티아고는 번잡한 대도시로서 고색창연한 유럽식 거리와 수많은 차량과 인파를 볼 수 있었다. 페루나 볼리비아의 여러 도시에 비하면 훨씬 부유하다는 느낌을 받았다. 칠레는 남미에서 경제가 제일 안정적이란 소리를 나중에 교민회장한테서 들었다.

아름다운 이 거리에서 사진을 찍고 있는 신혼부부

여기서 우리나라 기아차(스포티지)를 보니 반가웠다.

2월 10일
산티아고

Wi-Fi가 되니 참 편리했다. 아이패드로 인터넷 사이트에 들어가서 Navimag Cruise를 예약했다. 일정은 3박 4일에 2인 기준해서 1,180$(미화)라고 한다. 2월 17일 오후 2시 푸에르토몬트 나비막 전용 항구에서 출발하고, 출발 전에 전액을 입금 완료해야 확실하게

대리석으로 지은 성당 내부의 아치

승선을 보장한다고 한다. 우선 계약금만을 신용카드로 송금하고 시내 관광에 나섰다.

산티아고의 도시 구조도 남미의 다른 도시와 같은 몇 가지 공통점이 있는데, 그 중 하나가 도심에 있는 광장이다. 아르마스 광장이라고 불리는데, 산티아고의 아르마스 광장은 구시가지의 중심에 위치하면서도 나무가 많아 시민들의 좋은 휴식처가 되고 있는 것 같이 보였다.

아르마스 광장 옆의 대성당

그리고 광장 옆에는 성당이 있기 마련이다. 남미의 성당들은 어디를 가나 규모가 웅장하고 내부 장식이 호화로워 매우 아름다우며, 들어가 의자에 앉아 있으면 마음이 경건해지고 믿음이 절로 굳어지는 느낌이 들었다. 대부분의 성당 입구에는 거지가 몇 명씩 있어 구걸을 한다.

햄버거 거리

햄버거 거리라는 곳을 가보았다. 중앙시장 한 귀퉁이에 각종 햄버거 가게만을 모아놓은 곳인데 싸고 맛도 좋았다. 그래서인지 많은 사람들로 붐볐다. 중앙시장은 해산물과 야채, 과일 등을 우리나라 재래시장 스타일로 파는 곳인데, 그 안에 노량진

차가 없는 보행자 전용 거리의 노점상

수산시장 횟집 타운과 비슷하게 관광객을 상대로 해물 요리를 파는 곳이 있었다. 뚱뚱하게 생긴 종업원이 다가오더니 어디서 왔느냐고 묻는다. 코레아라고 했더니 엄지손가락을 쳐들며 친한 척을 한다.

아름다운 모네다 대통령궁

첫날 구시가지는 숙소에서 멀지 않아 걸어서 다녔다. 아름다운 모네다 궁 앞에서 기념촬영을 하는데, 지나가는 사람에게 사진을 부탁했더니 쾌히 승낙하며 어디서 왔느냐고 묻는다. 코레아라고 했더니 자기는 우리나라 아이돌 그룹 '슈퍼 주니어'를 좋아한다며 웃는다.

① 유럽 분위기가 나는 구시가지의 거리
② 거리를 순찰하는 경찰들
③ 칠레 독립의 영웅 산 마르틴 장군의 동상

1
2 3

2월 11일

지하철의 소매치기

아침에 일어나 호텔에서 주는 식사를 하고 장홍근 칠레 교민회장에게 전화하니 반갑게 받는다. 내일 오후 4시에 하얏트 호텔에서 만나기로 약속했다. 그리고 오래전(약 30년 전)에 브라질로 이민 가서 지금은 상파울로에 살고 있는 당고모에게 우리 여정을 알리고 브라질 리우데자네이로로 가는 길에 만나고 싶다는 내용의 메일을 보냈다.

오늘은 산토 크리스토발 언덕(산티아고를 조망하기 좋다고 함)을 관광하기로 했다. 지하철 노선을 확인하고 날씨가 더워 반팔 남방에 반바지 차림으로 카메라를 메자 전형적인 관광객 행색이 되었다. 지하철역을 향해 숙소를 나섰다.

지하철 차량 내부는 사람들로 붐볐다. 목적지에 가기 위해서는 한번 환승을 해야 했기 때문에 옆에 서 있던 여성에게 내가 알고 있는 환승역이 맞는지 물어보았다. 스페인어로 물어보았는지 영어로 물어보았는지 기억이 잘나지 않는다. 그런데 그 옆의 인상이 그리 좋아 보이지 않는 까무잡잡한 얼굴의 사내가 자꾸 영어로 뭐라고 뭐라고 알아들을 수 없는 말을 시킨다. 그러더니 선철역에 지하철이 서는 순간 나를 툭 치고 바닥을 가리키고는 황급히 내리는 것이 아닌가. 그가 가리킨 바닥을 보니 내 접는 지갑이 떨어져 있었다. 순간 기분이 이상해서 열어보니 현금(80,000칠레 페소)만 없어졌다. 소매치기를 당한 것이다. 지갑을 반바지 옆 주머니에 허술하게 보관한 게 잘못이었다. 신용카드와 체크카드는 무사한 것이 그나마 다행이었다. 필요한 여행경비를 그때그때마다 소액으로 현금 지급기에서 인출해 썼는데, 카드마저 잃어버렸다면 여행에 큰 차질을 빚을 뻔했다.

점심은 여행기에서 본 한식당(숙희네)에서 김치찌개와 비빔밥에 소주도 1병 시켜 먹었다. 그리고 그 옆의 한국 슈퍼에서 컵라면 7개를 샀다.

정상에서 바라본 산티아고 시의 모습

2월 12일
교민회장

산티아고에서 5일 밤을 잤다. 사실 여기서 5일씩이나 머무를 필요는 없었는데 나비막 크루즈가 17일 출발하는 일정에 맞추다 보니 이틀 정도 더 있게 되었다. 산티아고 버스 터미널로 가서 2월 14일 6시 30분 푸에르토 몬트행 버스표를 끊고 장 회장을 하얏트 호텔에서 만났다. 나이가 70세 이상 되셨는데 현재도 교민들을 위해서 활발히 활동한다고 했다. 칠레에는 교민이 약 2천 명 정도인데, 거의 산티아고에 모여 살며 의류 판매업에 많이 종사한다고 했다. 경제 수준은 중상류급 이상이라고 한다.

식당 앞에서 장 회장님, 아내 그리고 나

저녁은 한식당 '대장금'에서 연어회와 은대구탕을 먹고 소주를 3병이나 마셨다. 그분은 술을 거의 안 드시고 나와 아내가 다 마셨다. 오랜만에 한식으로 잘 먹었는데 초면에 너무 신세를 많이 져서 미안했다. 장 회장께서 그분의 차(제네시스)로 숙소까지 데려다주고 내일 저녁에 또 온다는 말을 남기고 가셨다.

2월 13일
산타루치아 공원

나비막 크루즈 여행경비 잔액을 카드로 결제하려 했으나 결제가 되지 않았다. 국민 비자카드가 비밀번호를 입력하면 자꾸 에러 메시지가 나와, 여태까지 여행경비는 거의 체크카드로 현찰을 찾아 쓰고 다녔었다. 결국 나비막 호 본사를 방문하기로 했다. 인터넷에서 산티아고 주소를 알아내 메모지에 적고 택시 기사에게 보이니 그 빌딩 앞에 세워준다. 사무실로 들어서니 중년의 백인 여자가 친절하게 처리해준다. 어제 오늘 사무실 컴퓨터에 문제가 있어 이메일 이용이 불가했다고 설명한다. 비자카드로 결제하면서 애로사항을 설명했다. 리마에서 소액결제를 하며 여러 번 비밀번호를 잘못 입력하다 보니 락(lock)이 걸려 결제에 에러가 난다고 했더니 여궈

사본을 보자고 한다. 그녀는 나를 믿는다며 비밀번호 입력절차 없이 비자카드로 여행경비 잔액을 결제해주었다. 그 사무실을 나와 3개 전철역 정도의 거리를 걸으며 시내 관광을 하고 산타루치아 공원에 갔다. 나비막 호 본사가 있는 지역은 신시가지였는데, 현대식 건물이 많아 구시가지와는 대조적이었다.

주유소의 기름 값
(한화 1,700~1,800원/리터)

시에서 운영하는 여행자 정보센터

아름답게 꾸며진 공원 출입구

산타루치아 공원을 갔다. 여행기에 의하면 산티아고의 기초를 세운 정복자 발디비아가 요새를 설치한 곳이라고 한다. 지금은 아름나운 공원으로 조성되었고, 정상에 올라서 보면 근처의 시내가 내려다보인다. 여기서 우연히 코파카바나에서 만났던 혼자 여행하는 한국인 청년을 다시 만났다. 그는 산티아고까지 비행기로 왔으며 파타고니아 지방을 여행할 예정이란다.

귀족이 살았다는 집 앞의 아름다운 분수대

숙소로 돌아오면서 중국인이 주인인 일식집에서 라면과 김밥으로 점심을 먹고 나중에 계산 할 때 큰돈을 냈는데, 10% 봉사료를 공제한 후 거스름돈을 내주었다. 보통 남미에서는 식당에서 10% 정도의 팁을 주는 것이 일반적이나, 그것은 어디까지나 손님이 자발적으로 주는 형식을 벗어나지 않는 게 여태까지 페루나 볼리비아에서의 나의 경험이었다. 그래서인지 야박한 느낌을 지울 수 없었다.

호텔에서 돌아와 쉬고 있는데 장 회장이 호텔로 찾아와서, 그가 살고 있는 부촌의 복합 상가를 구경했다. 그곳에는 세계 각국의 명

부촌 주택가 근처의 복합 상가
(쇼핑센터와 식당으로 이루어짐)

관광 식당에서 민속공연을 보면서 식사 중인 서양 관

품 브랜드 가게가 즐비했다. 저녁은 전통무용 공연을 관람하면서 식사를 하는 관광 식당에서 먹었다. 가보니 서양 단체 관광객이 많이 와 있었다. 식사 때 포도주를 2병이나 마셨다. 한국에서 왔다고

너무 융숭한 대접을 받아 어떻게 보답을 해야 할지 모르겠다. 극장식당은 매우 컸다. 몇 가지 민속무용 공연을 하고, 그 다음에는 홀을 돌면서 손님들에게 민속의상인 모자와 판초를 입게 하고, 남자 무용수는 여자 손님과, 여자 무용수는 남자 손님과 함께 춤을 추는 순서가 있었다. 이런 기회가 자주 오는 것도 아니고 언제 남미에 와서 춤을 추어보겠냐며 장 회장이 자꾸 나가라고 한다. 좀 쑥스러웠지만 용기를 내어 나와 아내도 여자 무용수와 남자 무용수의 인도에 따라서 춤을 한 곡 추었다. 마지막 순서는 손님끼리 악단의 음악에 맞추어 남녀노소가 홀에 나가 함께 춤을 추는 것이었다. 온 가족이 함께 손을 잡고 흥겹게 춤을 추며 즐기는 문화가 보기 좋았다.

2월 14일
한인 의류상가

오늘은 오후 6시 30분 푸에르도몬트행 TUR SUR 버스를 탈 예정이어서 별도로 관광은 하지 않고 장 회장과 함께 교민들이 사는 모습을 둘러볼 계획이었다. 오전 11시경 장 회장이 호텔로 우리를 데리러 왔다. 칠레의 한인들은 대부분 산티아고에 살며 의류 판매(도매)업에 종사한다고 한다. 장 회장을 따라가 보니 마치 우리나라 평화시장 같은 분위기의 상점이 빼곡히 들어찬 거리가 있는데, 그곳이 한인 타운이라고 한다. 여기에는 한식당과 한국 식품만을 전문으로 파는 슈퍼도 있었으나 규모는 그리 크지 않았다.

한인들이 운영하는 옷 상가

의류 상가를 구경한 후 우리는 한식당으로 가서 청국장을 먹었다. 그리고 장 회장이 다니는 교회를 방문하고, 동생분이 경영하는 잡화가게와 주변상가를 구경했다. 버스 터미널 주변이어서 그런지 매우 혼잡했다. 단가가 낮은 상품을 취급하는지 거래량이 많아 무척 바쁜 것 같았다. 죽 둘러보고 가게 운영하시는 분들과 인사도 하고 했지만, 전반적인 인상은 이민 생활이라는 것이 녹록치 않은 것임을 느낄 수 있었다. 생업에 매달려 여행은 거의 가지 못한다면서 이렇게 우리같이 부부가 장기간 남미여행 하는 것을 상당히 부러워했다.

터미널까지 동생분이 우리를 태워다 주었고, 한참 동안 콜라를 마시면서 담소를 나누다가 아쉬운 이별을 했다. 정말 머나먼 지구

반대편 칠레의 산티아고에서 동포를 만나 이리 융숭한 대접을 받으니 감회가 남달랐다. 우리 민족과 나라가 있다는 것은 얼마나 좋은 것인가.

산티아고에서 푸에르토몬트까지는 약 13시간 정도 걸린다고 한다. 밤 버스를 타면 단점은 바깥 풍경을 보지 못하는 것이고, 장점은 하루 숙박비를 절약할 수 있다는 점이다. 장거리 버스는 보통 2층인데 그 안에 화장실이 있고, TUR SUR 정도의 회사 버스에서는 보통 한두 끼의 간단한 식사를 제공하기도 한다.

버스 예약은 보통 출발 하루 전에 터미널에 가서 했다. 출발 당일 버스표는 불확실하고 표를 구하지 못할 경우 숙소를 구해야만 한다는 복잡한 문제가 생기기 때문이다.

2월 15일
항구도시 푸에르토몬트

오전 7시, 푸에르토몬트 버스 터미널에 도착했다. 우리가 여기 온 이유는 파타고니아(남미의 남위 40도 이남 지역을 말하며 면적은 약 110만㎢로 한반도의 약 11배) 지방의 일부를 3박 4일 동안 크루즈 여행하기 위한 것이다. 버스에서 내리니 우선 기온이 낮아져 등산복을 꺼내 입었다. 칠레는 4가지 기후를 다 겪을 수 있는 나라라는 말이 실감났다.

짐을 터미널에 맡겨놓고 근처의 숙소를 찾으러 걸어 다녔는데, 몇 군데 보고 나서 1박에 10,000칠레페소(한화 22,000원) 하는 허름한 숙소를 잡았다. 그리고 나비막 페리호가 출발하는 항구의 위치를 알아보았는데 터미널에서 별로 멀지 않았다.

푸에르토몬트는 작은 항구도시로 시내 관광은 걸어서 반나절이면 충분했다. 아르마스 광장 등 시내 중심가와 해변을 산책한 뒤 내일의 당일 투어 '페테로우에'를 16,000칠레페소(한화 35,000원)에 예약하고, 저녁은 앙엘모 수산시장에서 먹기로 했다.

작은 여행사 모습

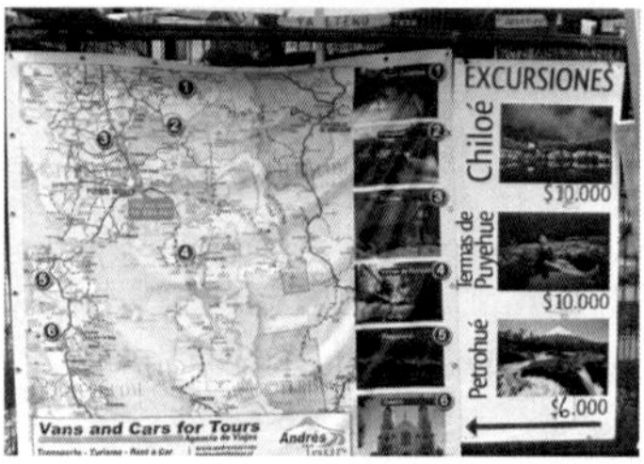

'페테로우에' $6,000라고 쓰여 있다.

당일 투어는 터미널에 있는 여행사에서 계약했다. 보통 버스 터미널에 작은 여행사들이 있었다. 그런데 터미널에서 좀 떨어진 길가에 작은 여행사들이 있었는데, 당일 투어가 더

쐈다. 패키지 '페테로우에 12,000칠레페소'라고 쓰여 있었다.

앙헬모 수산시장은 아주 규모가 작았고 도리어 식당가는 매우 커서 수산물 판매보다는 관광객 유치가 주업 같은 인상을 받았다. 한 식당에 들어가 화이트 와인(120 Santa Rita)과 유명하다는 해산물 찌개를 먹었는데 찌개는 별로였다. 9시경 숙소로 돌아와 취침했다.

1 2
3 4

① 맛있는 화이트 와인 120 Santa Riata
② 친절하고 명랑한 치즈 가게 아저씨
③ 앙헬모 수산시장 입구
④ 터미널에 있는 숙소 선전 포스터

2월 16일
'페테로우에' Day Tour

아침 10시 45분, 여행사에 도착했다. 가이드의 안내로 버스에 오르며 오소르노 산의 웅대한 모습과 아름다운 호수 풍경을 기대했으나, 출발부터 비가 내리더니 하루 종일 내려 별 재미를 못 봤다. 칠레 북부는 거의 사막지대로 녹음을 보기 어려웠는데, 남부 지방은 비가 많이 내리고 나무가 많고 호수도 많아 아름다운 경치를 즐기려는 사람들이 몰리는 것 같다. '페테로우에' 당일 투어는 아름다운 호수를 작은 보트를 타고 한 바퀴 돌기, 얀키우에 호수 경치 감상, 페테로우에 폭포 감상 등이었고 점심이 포함되어 있었다.

경치가 아름다운 호수변의 관광도시는 부유층이 주로 이용하는 것 같았다. 카지노와 멋진 호텔이 전망 좋은 호수변에 자리 잡고 있고 고급식당과 상점가도 완비되어 있어서 고급 휴양지 분위기였다. 비가 오지 않았더라면 훨씬 더 아름다운 풍경을 감상할 수 있었을 텐데 참 아쉬웠다.

저녁 8시경에 숙소에 도착해서 들어가려는데 비를 철철 맞으며 무거운 배낭을 지고 숙소를 찾아 헤매는 한국 여학생 2명을 만났다. 이제 막 버스에서 내렸는데 싼 숙소를 찾을 수 없다는 것이다. 내일 나비막 크루즈 배가 출발하는 전날이라서 방이 귀하다고 한다.

우리가 배낭을 맡아주고 있을 테니 방을 알아보라고 하고 기다리는 중에 우리 방에라도 재우려고 민박집 아줌마에게 물었더니, 1인당 우리와 똑같이 10,000칠레페소를 내라고 한다. 얼굴은 예쁘장한 아줌마가 인심이 야박한 것 같아 그 애들한테는 말도 하지 않았다. 한참을 기다리니 결국 30,000칠레페소에 방을 잡았다고 한다. 비싸지만 할 수 없지 않느냐며 씩씩하게 인사를 하고 간다. 야무진 대한의 딸들답다는 생각이 들어 기분이 좋아졌다.

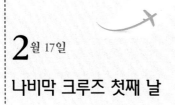

2월 17일
나비막 크루즈 첫째 날

오전 9시, 나비막 호 사무실에 도착했다. 이미 많은 사람들이 와서 짐을 부치고 있었다. 우리도 줄을 서서 차례를 기다려 짐을 부치고 나자 10시경에 나비막 호 직원이 나와 1시 30분까지 이 자리로 다시 오라고 한다. 밖에는 거의 소낙비가 줄기차게 내리고 있고, 마땅히 갈 곳도 없어 출발할 때까지 3시간 30분 동안 시간 죽이느라고 혼났다.

버스를 타고 배가 정박한 곳으로 이동한 후 2시부터 승선하기 시작했다. 모든 절차가 느리게 진행되어서 매우 답답했다. 배정받은 좁은 선실에 가보니 1층과 2층 침대가 각각 2개 있는 4인용 방이었다. 이미 우리 배낭은 와 있었고, 방을 같이 쓸 사람들의 짐도 와 있었다. 배는 오후 6시가 되어서야 출발하기 시작했다.

저녁 7시 30분, 회의실 겸 식당에서 선장의 인사말과 안전교육, 직원 소개 등이 약 1시간 정도 이어졌고 저녁을 먹었다. 저녁식사 때 우리와 같은 방을 쓰는 독일 노부부와 서로 인사를 했는데, 할아버지는 은퇴한 지질학자로 65세 정도 되었고, 할머니는 초등학교 선생님이었다. 할아버지 가죽 등산화에서 나는 냄새가 심해 방문을 열어놨더니 할머니가 매우 미안해했다.

푸에르토몬트와 푸에르토 나탈레스를 왕복하는 이 루트는 원래 화물선이 다니던 뱃길인데 경치가 좋아 여객들을 태우게 되었다고 한다. 그래서 이 코스를 운항하는 선박의 이름이 Navimag Ferries이다. 배의 시설이 궁금해서 배의 이곳저곳을 돌아다녀보았는데, 일반적으로 크루즈 여행을 하는 대형 유람선과는 규모와 시설 면에서 차이가 많았다. 배의 구조는 선실과 그에 딸린 공동 화장실과 공동 욕실, 커다란 회의실 겸 식당, 맨 위층이 휴게실 겸 Bar, 그리고 갑판이 전부인 소박한 시설이고, 크루즈 여행을 하는 승객의 수는 약 250명 정도라고 한다.

내 경우 이 루트를 선택한 이유는 칠레 파타고니아 지방의 대표적인 국립공원 Torres Del Paine까지 뱃길로 가면서 느긋하게 피오르드식 해안을 감상하고 휴식도 겸하자는 것이었다. 동행한 승객들은 대부분 서양 관광객들이었고, 동양인은 우리 부부밖에 없었다.

선실로 돌아와 침대에 누우니 이런저런 생각이 스쳐간다. 앞으로 어떤 풍경이 전개될 것인가. 또 어떤 사람들을 만나게 될까. 벌써 여행한 지 한 달이 넘었는데 앞으로 잘해낼까. 걱정 반 기대 반으로 뒤척이다가 아무튼 3일 밤 3일 낮은 어디서 잘까, 무엇을 먹을까 하는 걱정 없이 스쳐지나가는 풍경이나 감상하리라 맘먹고 잠을 청했다.

배의 후미 모습
(화물선을 겸하기 때문에 컨테이너도 같이 실려 있다)

갑판에서 바라본 아름다운

2월 18일

나비막 크루즈 둘째 날

아침은 오전 8~9시 사이라는 구내방송 소리에 깨어 8시 30분 자리에서 일어나 식당으로 아침 먹으러 갔다. 잠자리와 식사, 교통, 화장실 문제가 한방에 해결되니 갑자기 한가해졌다. 갑판에 올라가보니 쾌청한 날씨에 호수같이 잔잔한 바다 위를 나비막 호가 미끄러지듯이 지나고 있었다. 멀리 보이는 섬들의 숲과 바위가 손에 잡힐 듯이 보이고, 벤치에 앉아서 아무것도 할 것 없이 경치 감상만 하는 여유를 즐기는 것이 색다른 경험이었다.

아름다운 경치를 카메라에 담고 아무 생각 없이 햇볕을 즐기며 벤치에 앉아 있는데, 옆에 아줌마 셋이 앉아서 서로 스페인어로 대화를 즐겁게 주고받는다. 그냥 앉아만 있는 것이 어색해 내 왼쪽에 앉아 있는 아줌마를 향해 웃으면서 무심코 한국말로 "어디서 오셨어요?" 하고 물으니 금방 "산티아고."라고 한다. 그러더니 뭐라고 뭐라고 하는데 잘 못 알아듣겠고 그냥 "꼬레아."라고 하니 웃으며 고개를 끄덕인다. 이번 여행 중에 느낀 것이지만 말(스페인어)이 서툴더라도 서로의 눈을 바라보며 대화를 하면, 말 이전에 이미 상당한

의사가 표정이나 상황에 의해서 상대방에게 전달되기 때문에 소통에는 크게 어려움이 없었던 것 같다.

갑판에서 만난 산티아고에서 온 아줌마들과 함께

갑판에서 경치 구경을 하던 중 바다에 한 줄기 누런 띠가 발견되어 선원에게 물으니 연어 양식장에서 흘러나오는 사료 찌꺼기라고 한다. 이런 청정 지역에도 공해 문제는 예외가 아니었다. 연어 양식은 칠레의 중요한 산업 중의 하나라고 한다.

저녁식사는 방을 같이 쓰는 독일인 부부와 함께 했다. 할아버지 이름은 홀가라고 하고 할머니는 엘리자벳이라고 했다. 그들은 인구 천여 명의 작은 마을에 살고 딸이 둘 있다고 한다. 할아버지는 지질학자 출신으로 정부를 위해서 일했고 또 캐나다, 키르키즈스탄, 베트남 등에서 일했다고 한다. 술을 좋아하는 것 같아 내가 가지고 온 와인을 권했는데, 할머니가 자꾸 못 마시게 눈치를 준다. 부인이 술 마시는 남편 싫어하는 것은 동서양을 막론하고 같은가 보다.

2월 19일

나비막 크루즈 셋째 날

아침에 일어나니 날씨가 흐리고 바람이 많이 분다. 9시 50분, 승객 전부 식당에 모여 약 20분간 선장이 항해 일정에 대해 이야기하는 것을 들었다. 밖을 보니 비가 오기 시작한다. 그리고 어제 하던 요가를 다시 한다고 방송을 한다.

날씨가 안 좋아 식당에서 가이드북을 보고 다음 일정 계획을 세우거나 아이패드에 저장해온 영화를 보거나 하고, 간간이 날씨가 개면 갑판에 나가 경치 구경을 하거나 사진을 찍으면서 시간을 보냈다. 갑자기 밖이 시끄러워져서 왜인가 했더니 빙하가 보인단다. 서둘러 오리털 파카를 입고 카메라를 챙겨 갑판으로 나갔다. 모두 빙하를 보느라 야단이었다.

빙하에 근접하여 찍은 사진

배가 남쪽으로 갈수록 추워져 눈 덮인 산들의 모습도 카메라에 담을 수 있었다. 날씨가 좋았더라면 더 아름다운 풍경을 카메라에 담을 수 있었을 텐데, 매우 흐린 날씨가 아쉬웠다.

나비막호의 식사

저녁식사 때는 우연히 스위스인 부부와 합석해서 대화를 많이 나누었다. 그는 65세 정도의 은퇴한 사업가라고 하는데, 자기의 인생 모토에 대해서 이야기해주었다. 하도 진지하게 말하기에 대충 영어로 받아 적었다.

요가 강습을 받는 승객들

눈 덮인 산봉우리들. 날씨가 흐려 매우 아쉬웠다.

다이어리에 메모해둔 것을 기초로 대략 적어보면 다음과 같다.

① 돈은 자기가 관리해야만 하고, 배 주고 배속 빌어먹는 짓은 하지 말아야 한다. ② 당신이 무언가 할 수 있다는 것은 당신에게 무언가 남아 있다는 것이다.

이해가 안 돼서 다시 설명해달라고 했더니, 만약 팔이 없더라도 당신이 무언가 할 수 있으면 다 잃은 것은 아니라는 것이다. 경제관념이 매우 독립적이라는 느낌을 받았고, 유럽의 경제 공동체에 대해 매우 부정적인 견해를 갖고 있는 것 같았다. 경제 수준이 다른 나라가 경제적으로 통합해서 잘되겠느냐는 것이다. 그래서 스위스는 유럽 경제 공동체에 가입하지 않았다고 한다.

그리고 자기 며느리에 대해서 이야기하는데, 며느리가 프랑스 여자이며 학교 교사란다. 손자가 있느냐고 묻자, 자기 며느리는 외모에 민 신경을 쓰고 아이를 싫어한다며, 자신은 며느리를 스위스에 9번이나 초대했는데 한 번도 파리에 초대하지 않아서 섭섭하다고 했다.

그리고 한번은 메일이 왔는데 그 내용인즉 다음과 같았다고 한다.

며느리가 매우 비싼 고양이를 키우는데 그 고양이와 며느리가 함께 파리 시내를 드라이브했고 고양이가 매우 행복해 했다는 내용이었다고 한다. 자기 아들은 국제 변호사인데 매우 바빠서 딱하다는 것이다. 그래서 싱가포르에 출장 갔을 때 일이 끝난 후 바로 귀국하지 말고 좀 즐기다가 오라고 자기가 조언해주었다고 한다. 고부간의 갈등이나 자기 자식을 더 사랑하는 것은 세계 공통인 것 같다.

저녁식사 후 빙고 게임을 했는데 내가 맞춰서 나비막 로고가 새겨진 조끼를 상품으로 탔다. 그 기념으로 스위스 아저씨(나중에 보니 이름이 크리스티앙이었다)와 3층 바에 가서 칵테일을 한 잔 더했다. 오늘밤이 지나고 내일이면 하선하는 마지막 밤이라 아쉬웠는지 많은 사람들이 술을 마시며 방으로 돌아갈 생각을 하지 않고 흥청거리고 있었다.

2월 20일
푸에르토 나탈레스

배가 선착장에 다가가면서 자그마한 도시 푸에르토 나탈레스의 모습이 시야에 들어온다. 푸른 하늘과 상쾌한 바람이 코끝을 스치는 가운데 청정지역 파타고니아의 광대한 자연의 한 장면을 볼 수 있었다. 이 도시는 파이네 국립공원의 거점 도시이지만, 규모는 인구가 2만이 안 될 정도로 작다. 이도시를 지탱하는 중요한 산업의 하나가 국립공원 관광산업이라고 한다.

아침을 먹고 짐을 정리해서 다시 싼 후 오전 9시 30분, 식당에 앉아 쉬며 푸에르토 나탈레스의 숙소를 전화로 예약했다. 내 전화가 안 돼서 엘리자벳의 전화를 빌려야 했다. 숙소 이름은 '세실리아 카사(가이드북에서 찾음)', 하루에 25,000칠레페소(한화 55,000원)다.

오후 2시경부터 하선하기 시작하여 완전히 배에서 내리기까지는 한 시간도 더 걸린 것 같다. 또 짐은 항구 근처의 호텔에 가서 따로 찾아야 한단다. 승하선 절차나 방법이 세련되지 못하고 느렸다.

푸에르토 나탈레스 원경

짐을 찾은 후 걸어서 숙소까지 갔다. 푸에르토 나탈레스는 매우 작은 도시로 걸어서 다녀도 거의 불편이 없었다. 앞으로 갈 토레스 델 파이네 국립공원의 산장 예약과 버스티켓 예약 관계로 여기서 오늘과 내일 이틀 묵기로 하고, 슈퍼에서 산 카레와 와인으로 저녁식사를 한 후 일찍 잠자리에 들었다.

2월 21일 · 파이네 국립공원 트레킹

아침식사 후 토레스 델 파이네 국립공원 산장 운영회사에 가서 22일, 23일의 산장 숙박과 23일 저녁식사 티켓을 2인 기준 미화 204$(한화 225,000원)에 예약하고 비자카드로 결제했다. 여기서 국립공원 내 숙박 시설은 별도의 개인 회사가 운영하고 있었다. 산장 예약은 가능하면 좀 일찍 해야 좋은 산장을 원하는 시간에 이용할 수 있었다. 그런 다음 버스회사로 가서 푸에르토 나탈레스↔토레스 델 파이네 왕복 버스표와 2박 3일 트레킹을 마치고 갈 다음 목적지인 갈라파테까지의 버스표(24,000칠레페소: 한화 53,000원)도 미리 예매했다. 토레스 델 파이네 국립공원 2박 3일 트레킹 일정을 요약하면 다음과 같다.

2월 22일: 푸에르토 나탈레스→ Sede 공원 관리국 본부→ Puedo 선착장
→ Paine Grande 선 착장→ Cuernos 산장
2월 23일: Cuernos 산장→Torres 산장
2월 24일: Torres 산장→ Torres 정상→ Torres 산장→ Laguna Amarga
→ 푸에르토 나탈레스

점심과 저녁은 모두 슈퍼마켓에서 닭고기와 소고기를 사다가 숙소 주방에서 요리해 해결하고, 내일 가지고 갈 짐과 두고 갈 짐을 분리하여 싸놓고 Pisco를 먹고 일찍 잤다. (※ Pisco: 페루 산 포도주로 만든 무색투명한 증류주 도수가 40도 이상임.)

2월 22일
Are you from Nepal?

8시경에 공원에 데려다줄 버스가 도착했다. 원래는 7시 30분에

온다고 했으나 각 숙소마다 들러서 승객들을 픽업하다 보니 우리 숙소에는 좀 늦게 도착한 것 같았다. 자! 이제 파타고니아 지방의 대표적 공원이랄 수 있는 토레스 델파이네 국립공원으로 출발이다 생각하니 기대감으로 가슴이 설렌다.

오전 10시 45분에 사데 공원 관리국 본부에 도착해서 공원 입장권을 2명에 24,000칠레페소(한화 53,000원)에 구입하고, 버스를 타고 다시 달려 푸에도 선착장에 도착하니 12시가 되었다. 공원 내로 들어서서 달리는 도중에 군데군데 야생동물이 눈에 띄었다. 이곳은 파타고니아를 대표하는 청정지역으로 많은 자연 동식물이 서식한다고 했다.

막상 선착장에 도착하니 선착장 주변은 산불이 나서 나무가 시커멓게 죽어 있었다. 작년 이스라엘 청년이 트레킹 도중에 휴지를 태우다 큰 불을 냈다는 것이다. 이 이야기는 산티아고 시내 관광 안내소에서 들은 이야기다. 좀 기다리니 보트가 와서 일행들과 함께

호수를 건너는 보트

선착장 모습

선상에서 찍은 쿠에르노 봉우리 모습

파이네 그란데 선착장에 도착하니 참 황량한 벌판에 덜렁 사무실 건물 하나가 서 있을 뿐, 사방을 둘러보아도 벌판 외에 아무것도 보이지 않았다. 안내원이나 안내판 같은 것은 눈을 씻고 보아도 볼 수 없었다. 바람을 피해 사무실 건물 밖 구석에 쭈그리고 앉아 있는데, 맞은편에서 점심을 먹던 백인 아주머니가 나에게로 다가와 한마디 던진다. "Are you from Nepal(네팔에서 왔어요)?" 농담을 하는 건지 하는 생각이 들어 웃으며 간단히 "노!" 하고 말았다.

내 모습이 꽤 추레하게 보였나 보다. 황당한 마음을 추스르고 일단 숙소까지 걸어가려면 점심을 먹어야 하므로 준비해온 음식으로 대충 먹고 출발하려는데, 막상 어디로 방향을 잡아야 할지 막막했다. 가만히 보니까 여기서 방향은 우리가 가려는 쿠에르노 산장 방향과 그 반대 방향뿐이었다. 또 마침 출발하는 일행들이 같은 방향이라고 해서 일단 그들을 따라서 가기로 했다.

파이네 그란데 선착장에서 쿠에르노 산장으로 가는 길

호수와 산이 보이는 트레킹 코스에서 멋지게 포즈를 취한 아내

곳곳에 산불 흔적이 있었다.

쿠에르노('뿔')라는 이름의 봉우리에 쌓인 빙하

여기서 오늘 숙박할 쿠에르노 산장까지는 약 13km이다. 가는 길은 평지에 가깝고 길이 좋아 그리 어려움은 없었다. 맑은 날씨에 오른 쪽으로 보이는 호수의 빛깔은 초록색으로 파란 하늘과 어울려 매우 아름다웠다. 맞바람이 불었다면 더욱 힘들었을 텐데 바람을 등지고 걸어서 좀 나았다. 한참을 가다가 배에서 같은 선실을 사용한 독일 노부부를 다시 만났다. 세상이 좁다고 그 누가 말했던가. 여기서 또 만나리라곤 꿈에도 생각지 못했는데, 나중에 알고 보니 그들의 트레킹 일정도 우리와 비슷해서 후에 토레스 정상으로 가는 길에 또 마주치게 된다.

배에서 같은 선실을 사용한 독일 노부부와 함께 한 컷

멀리서 바라본 노르덴페르드 호(湖)

자갈이 깔린 트레일

6시 30분경에 쿠에르노 산장에 도착하여 예약 서류를 보이니 우리가 잘 방을 안내한다. 방에는 2층과 3층 침대 5개가 있어서 아내는 2층, 나는 3층 침대에 배정되었다. 공동 샤워장과 화장실이 있었는데 먼저 온 사람들로 북적였다. 이게 43$(미화)이라니, 비싼 감이 들었다. 예약을 여유 있게 했으면 좀 따져보고 좋은 숙소를 구했을 텐데 하는 생각이 들었다.

컵라면과 준비해온 음식으로 저녁을 밖에서 먹고 씻은 후 잠자리에 들었다. 식사를 산장에서 하는 사람들도 많았다. 많은 젊은 트레킹족들이 밖에서 텐트를 치고 잤다.

2월 23일

환상의 트레킹 코스

오전 9시 30분경 Torres 산장을 향해 석호 변으로 난 트레킹 코스를 걷고 또 걸었다. 오늘의 최종 목표지는 Torres 정상 2,700m

와 2,800m, 2,850m 3개의 바위탑 봉우리를 조망할 수 있는 표고 1,000m에 위치하는 전망대이다. 지도를 보니 우리가 묵은 쿠에르노 산장에서 토레스 산장 갈림길까지 11km(4시간 30분 소요), 여기서 칠레노 산장까지 5km(2시간 소요), 토레스 캠핑장까지 4.9km(1시간 30분 소요), 토레스 전망대까지 1km(1시간 소요), 가는 데까지만 총거리가 21.9km(9시간 소요)이고 숙소인 토레스 산장까지의 소요시간 약 3시간 30분을 예상하니 오늘 토레스 전망대까지 가는 것은 무리였다.

하여튼 가는 데까지 가보고 내일 다시 토레스 정상 전망대를 갈 심산으로 걸었다. 그렇다면 오늘 걸은 길을 일부 중복해서 걸어야 하는데, 칠레노 산장에서 숙박해야만 이러한 비능률을 제거할 수 있었다. 미리 예약하지 못한 결과다. 늦게 예약해서 칠레노 산장을 잡을 수 없었다. 텐트에서 잘 계획이었다면 이러한 예약의 굴레에서 벗어날 수 있으나, 우리 나이에 텐트를 짊어지고 트레킹을 한다는 것은 체력적으로 어려운 일이다.

트레킹 코스에서 만난 말

어제보다는 비교적 평원에 가까운 코스를 걸었다. 사진에서 보다시피 편편한 길에 경사도 매우 완만했다. 가는 도중에 방목 중인 말들과 이름 모를 새들을 많이 만났다.

이렇게 걷다가 칠레노 산장이 멀리 보이는 지점에서 오늘의 숙소인 토레스 산장으로 발길을 돌리고 내일 다시 토레스 전망대를 오르기로 했다. 하산하는 시간도 만만치 않았다. 갈림길에서 토레스 산장이 가까운 줄 알았는데 한참을 더 가야만 했다. 피곤한 몸을 이끌고 목장 옆 비포장 길을 30분 정도 걸어 숙소에 도착, 뜨거운 물로 샤워를 하니 좀 피로가 풀리는 것 같았다.

저녁식사 중에 옆자리의 중년부부와 이야기를 나누었다. 슬로베니아에서 아들과 함께 여행을 왔다고 한다. 우리가 한국에서 왔다고 하니 2002년 한일 월드컵 이야기를 꺼낸다. 영어가 좀 돼서 서로 많은 이야기를 나누었다.

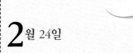

2월 24일

토레스 봉우리의 감동

아침 일찍 일어나 아주 가벼운 차림으로 물과 간단한 요기 거리

만 챙기고 오전 7시 20분에 토레스 정상을 향해 산장을 나섰다. 나

출발하면서 바라본 산봉우리들

머지 짐은 산장 프런트에 맡겼다. 나중에 다시 이 산장으로 돌아와 여기서 버스를 타고 Laguna Amarga로 가서 푸에르토 나탈레스행 버스를 타야 한다.

토레스 정상의 산봉우리들은 붉은 아침 햇살에 신비한 자태를 보이고, 해가 높이 뜨니 또 다른 모습으로 다가온다. 이 산을 배경으로 큰 배낭을 메고 두 손에 스틱을 든 서양의 젊은이들이 열을 지어 지나가는 모습은 매우 낭만적으로 보였다.

우리는 토레스 전망대까지 가는 동안 많은 사람들과 마주쳤는

올라가는 도중의 고사목들

세 개의 봉우리와 빙하가 녹아서 생긴 에메랄드빛의 호수

데, 모두 만나는 사람들마다 Holar! Holar!(스페인어로 '안녕')를 외쳤다. 올라가는 도중에 독일인 노부부를 또 만날 수 있었다. 우리더러 자기네는 걸음이 늦으니 먼저 가라고 손짓한다. 여기서 내려오는 한국인 아가씨를 만날 수 있었는데, 토레스 전망대는 동틀 녘의 붉은 햇살에 비친 모습이 장관이라며 새벽같이 보고 내려오는 길이

날이 맑아 멀리 보이는 눈 덮인 산들과 초원의 조화가 아름답다.

'누구를 위해 종은 울리나'라는 영화 분위기가 나는 친구와 산장으로 짐을 나르는 말들

란다. 혼자서 파이네 국립공원을 트레킹 중이라는데, 스틱에 헤드램프까지 찬 완벽한 등산복 차림의 참 씩씩한 대한의 아가씨다.

11시 30분경 토레스 전망대에 도착했다. 스페인어로 Torre란 '탑'을 의미하는데, 꼭 인수봉같이 생긴 봉우리가 3개 있어 Torres란 이름을 붙였나 보다. 빙하가 녹은 호수 위로 멀리 우뚝 선 이 봉우리들을 보았을 때 받은 느낌은 감히 범접할 수 없는 신성함이었다. 신이 하늘에서 내려와 땅에 머문다면 그 장소가 바로 여기일 것 같았다. 여태까지 한 고생의 보람을 찾은 것 같고 정말 잊을 수 없는 한 장면을 가슴에 안고 가는구나 하는 생각이 들었다. 3개의 봉우리를 바라보면 경건한 마음이 들고, 무언가 소원을 빌면 성취될 것 같았다. 여기에 있었다는 사실 하나만으로도 이 트레킹의 의미는 충분했다.

토레스 봉우리의 감동을 되새기며 칠레노 산장에 내려오니 오후 4시쯤 되었다. 하산 기념으로 맥주를 마시다 산티아고에서 온 Nazi라는 아가씨와 인사를 하고 이야기를 나누었다. 한국의 옷가게에서 일한 적이 있다고 한다. '안녕하세요', '감사합니다' 같은 간단한 한국말을 쓰는데 매우 반가웠다.

우리는 산장으로 내려와 맡겨둔 짐을 찾고 산장 근처 버스 정류장에서 7시 30분, Laguna Amarga까지 가는 공원 버스를 다시 차비를 내고 탔다. 거기서 푸에르토 나탈레스까지 가는 버스를 타고 10시경에 숙소인 Casa Cesilia에 도착해서 내일 일찍 출발하기 위해 짐을 정리하여 싸놓고 잠자리에 들었다.

ARGENTINA

Ⅳ
아르헨티나

아르헨티나의 정식 명칭은 아르헨티나 공화국(Argentine Republic)이며, 총 인구는 약 4,090만 명(2009년 추정치)이다. 수도는 부에노스아이레스로 수도에만 305만 명이 거주한다. 아르헨티나의 면적은 2,780,400㎢로 한반도의 약 12.5배, 남한의 약 28배 크기이다. 전국토의 61%가 비옥한 경작 가능지인 평원(Pampa)으로 구성되어 있다. 인종 구성은 이탈리아계 및 스페인계, 유럽계 백인이 97%를 차지하고, 종교도 92%가 가톨릭교이다.

국제통화 기금(IMF) 기준 세계 국가별 1인당 국민소득 순위에 따르면, 아르헨티나의 국민소득은 1만 1,582달러(2013년 기준)이며 농·목축업 중심의 경제적 특징을 보이고 있다. 아르헨티나는 대부분의 중남미 국가들과 마찬가지로 소득 분배의 빈부격차가 심해 사회적, 정치적 불안 요소로 작용하고 있다. 10% 최상위 부유층이 국민소득 전체의 35% 이상을 차지하고 있는 반면, 최하위 10% 계층은 1.2%를 차지하고 있을 정도로 빈부의 격차가 심한 편이다(인용 : 『지식백과』)

2월 25일

빙하 관광 거점도시 갈라파테

푸에르토 나탈레스 터미널에서 오전 8시 30분에 갈라파테행 버스를 타고, 칠레와 아르헨티나의 국경을 넘어 오후 2시경 아르헨티나의 작은 도시 갈라파테에 도착했다. 칠레의 출국과 아르헨티나의 입국 절차는 짐 검색 절차도 없을 정도로 매우 간단했다. 국경을 넘었다는 것이 전혀 실감나지 않았다. 갈라파테는 아르헨티노라는 큰 호수 옆에 위치하는 인구 4,000명 정도의 매우 작은 도시였으나 시내는 매우 깨끗하고 잘 정돈되어 있었다. 이 도시는 빙하 관광의 거점도시로서 이곳에서 투어를 시작하는 사람도 많았다.

우선 배가 고파서 탁자에 식탁보가 덮여 있는 길거리 카페에서 햄버거와 콜라를 시켰는데, 2인에 140아르헨페소(한화 약 38,000원)나 한다. 아르헨티나의 물가가 칠레보다 높다고 하더니 비싼 것 같다. 나중에 알았지만 아르헨티나는 인플레가 매우 심했다.

여기는 바릴로체로 가기 위한 통과도시인데, 가이드북에 의하면 페리토 모레노 빙하와 엘찰텐(피츠로이 산)을 둘러보는 것이 일반적인 관광 코스라고 한다. 우리는 모레노 빙하만 보기로 하고 숙소를 잡았다.

터미널에서 숙소를 잡기 위해 여기저기 알아보던 중, 한 젊은 친구가 방을 찾느냐면서 숙소 광고 팸플릿을 준다. 괜찮은 것 같아 이곳으로 정하고 배낭을 멘 채 한참 헤매다가 간신히 찾았다. 방값은 1박에 200아르헨페소(한화 약 53,000원)였다. 터미널에서 좀 멀고 비쌌지만 깨끗했다. 원래 계획은 이곳이 통과도시이기 때문에 가이드북에 소개되어 있는 Fuji라는 도미토리에 묵으려 했는데, 전화해보니 침대가 1개밖에 없다고 해서 터미널에서 만난 한국 청년에게 소개해주고 말았다.

아르헨티나의 젊은이들과 함께 한 컷

내일 계획은 모레노 빙하 1일 투어로, 아침 일찍 빙하를 보고 갈라파테에 오후 3시 30분에 도착해서 오후 4시에 바릴로체를 향해 출발하는 것이다. 짐은 터미널에 맡겨두고 모레노 빙하를 보고 와서 바릴로체행 버스를 타기 전에 짐을 찾아 옮겨 실을 예정이다. 이렇게 빡빡한 일정은 숙소 로비에서 커피를 마시다가 옆 테이블에서 노트북으로 인터넷을 하고 있는 그리스 청년의 계획을 듣고 그대로 따라한 것이다. 친절하고 영어도 잘하는 숙소 카운터의 아주머니가 모레노 빙하 1일 투어와 바릴로체행 버스표 예약을 친절하게 대행해주었다. 갈라파테에서 바릴로체까지 버스 탑승 시간은 약 28시간이라고 한다. 버스티켓 값으로 2

인 기준 1,468아르헨페소(한화 39만 원)를 지불했다.

2월 26일
지구의 나이테 모레노 빙하

오전 7시 45분, 버스가 우리 부부와 그리스 청년을 픽업하러 왔다. 로스글레시아레스 국립공원(Parque Nacional Los Glaciares) 입구에 도착하니 공원 관리인이 승차하여 버스 안에서 공원 입장 티켓을 판다. 입장료는 1인당 120아르헨페소(한화 32,000원)로 비싼 편이었다.

버스에서 내리니 이미 많은 관광버스가 와서 관광객들이 전망대로 향하고 있었다. 전망대는 매우 규모가 커서 많은 사람이 동시에 빙하를 볼 수 있었다. 남녀노소 모두 편리하게 빙하에 근접해 관람할 수 있는 구조였다. 도로 옆 맨 위에서 본 모레노 빙하의 모습은 장관이었다. 문학적 표현에 서툰 나로서는 그 감동을 뭐라고 말할 수가 없다. 멀리 만년설에 덮인 산봉우리와 수만 년에 걸쳐 형성된 넓은 모레노 빙하의 모습은 굳이 다르게 표현한다면 지구의 나이테라고 부르고 싶다.

가이드북의 설명에 의하면 페리토 모레노 빙하의 길이는 총 36km이고 전망대에서 보는 끝부분의 폭이 5km, 높이는 60~100m라고 한다. 전망대가 있는 부분의 빙하는 빙하의 끝부분으로서 조금씩 호수로 움직이는데, 그 결과 빙벽이 떨어지는 모습을 볼 수 있었다. 그 소리는 둔탁하고 생각보다 컸다. 작은 천둥소리 같다고나 할까. 그럴 때마다 사람들이 환성을 지르고 그 장면을 카메라에 담기 바빴다. 그러나 그 타이밍을 맞추기 어려워 카메라에 담는 데 실패했다.

빙하를 관람하고 갈라파테 버스 터미널로 와서 짐을 찾아 바릴로체행 버스(Las Manos)로 갈아탄 후, 오후 4시에 바릴로체로 출발했다. 칠레의 푸에르토몬트에서 푸에르토 나탈레스까지, 남쪽을 향해 배로 3박 4일간의 거리 정도를 버스로 북쪽으로 28시간 동안 간다고 생각하면 되겠다.

아름다운 모레노 빙하와 멀리 보이는 만년설 덮인 산의 모습

빙하의 끝 부분 모습

푸르스름한 빙하의 속살

2월 27일

28시간의 버스 여행

현재 오후 4시 30분. 어제 이맘때쯤 출발해서 24시간이 지났다. 아직도 버스는 황량한 평원을 달리고 있다. 누런 벌판이 끝없이 이어지고 있었으나 바릴로체에 가까워올수록 조금씩 녹색 기운이 짙어졌다. 버스 안에서 잠자는 시간 외에는 6일치의 다이어리 메모를 정리하고 아이패드에 저장한 영화와 버스에서 틀어준 영화를 보면서 시간을 보냈다. 그렇게 오래 달리고 달렸건만 창밖의 풍경은 비슷했다. 버스에서 어제 저녁과 오늘 아침 그리고 점심을 주었다. 음식은 먹을 만했고 좌석은 우리나라 우등버스 수준 이상으로 매우 편했다. 먹고 자고 창밖의 풍경을 바라보고 바릴로체에서의 여행 일정을 구상하고….

드디어 오후 7시 30분 바릴로체에 도착, 택시를 타고 예약한 Casita Hostal로 갔다. 가이드북에서 소개받은 숙소로서 2박에 500아르헨페소(환화: 132,000원)로 좀 비싸긴 했지만, 건물이 예쁘게 꾸며져 있고 시내 중심부에 있어 편리했다. 바릴로체는 부에노스아이레스에서 1,720km 떨어진 표고 770m, 인구 7만의 관광도시이다. 거리의 상점과 호텔은 목조 식 건물로서 아름다운 호수와 산과 어우러져 '남미의 스위스'라는 이름이 어울리는 도시였다. 전반적으로 도시 인상이 깨끗하고 예쁘다.

이름 모를 붉은 꽃나무가 있는 숙소 Casita Hostal

2월 28일

남미의 스위스 바릴로체

버스를 오래 타서 피곤했나 보다. 샤워 후 잠들었다가 깨어보니 오전 9시 30분, 밖을 내다보니 비가 많이 오고 바람이 심하게 분다. 아침식사 후 시내 관광을 나섰다.

깨끗한 시내 풍경
(나비막 호 빙고 게임에서 딴 조끼를 입은 아내)

호수가 보이는 도심 저녁풍경

점심은 가이드북에서 소개해준 식당에서 먹었는데 그렇게 맛있지는 않았다. 식사 후 터미널까지 산책 겸 걸어가서 멘도사행 버스(2월 29일 16:00)표를 끊었다. 비가 계속 많이 왔다. 저녁식사 후 숙소 건너편에 있는 세탁소에 들러 속옷 등 세탁물을 찾고 돌아와 아이패드로 1시간 동안 씨름하여 멘도사에 있는 'Chimbas'라는 호스텔을 1박에 48$(USD)로 예약했다.

2월 29일

재수 없는 날

아침식사를 호스텔에서 하고 Cerro Otto 산을 가기로 했다. 시내에서 약 5km 떨어진 곳으로서 곤돌라를 타고 정상에 오르면 나우엘우아피 호(湖)와 바릴로체 시내, 근처의 산들을 조망할 수 있다고 한다.

걸어가서 구경하고 올 때는 버스를 탈 심산으로 출발했는데 생각보다 시간이 많이 걸렸다. 그래서 택시를 타려는데 시 외곽 지대여서인지 택시를 잡을 수 없었다. 시내 중심가에서 출발하는 Cerro OTTo↔바릴로체 왕복 셔틀버스를 탔어야 했다.

숙소에 가서 짐을 찾고 터미널까지 오후 4시 전에 도착해야만 멘도사행 버스를 탈 수 있는데, 교통수단을 확신할 수 없어 오후 2시경 다시 숙소로 돌아가기로 하고 시내 버스 정류장을 물어 물어 찾았다. 한참을 기다리니 20번 시내버스가 와서 올라탔다. 그런데 이 버스는 현금은 안 받고 카드만 받는다고 하여 난감한 판에, 어떤 청년이 자기 교통 카드를 두 번 찍어준다. 고맙다고 하고 5아르헨페소를 그 청년에게 주었다. 버스요금은 1인당 2.25아르헨페소(한화 590원)였다.

터미널에 도착하자 버스 승무원이 이 버스는 1시간 늦게 출발한다고 스페인어로 떠들다가 그냥 간다. 무슨 소린지 몰라 영어를 하는 젊은이에게 물어 내용을 알아냈다. 오늘은 뭐 하나 제대로 되는 일이 없는 날이었다. 버스는 오후 5시에 출발했다.

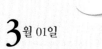

3월 01일

멘도사에서의 부부싸움

약 16시간을 달려 오전 9시경 멘도사에 도착했다. 가이드북에 의하면 멘도사 주(州)는 아르헨티나 와인 생산의 중심지라고 한다. 멘도사는 건조한 지중해성 기후로 강우량이 매우 적어서 안데스 산맥의 눈 녹은 물로 관개를 하여 광대한 포도밭을 일구고 녹음이 푸른 와인의 도시를 탄생시켰다고 한다. 멘도사는 멘도사 주의 주도(州都)로서 인구는 약 11만 명 정도이다. 칠레 국경에서 가까운 교통의 요지이며 안데스 산맥의 최고봉 아콩카과 산의 입구이기도 하다.

숙소는 터미널에서 매우 가까웠다. 2일을 묵으려고 했으나 내일 시작되는 포도수확 축제로 인근의 숙소가 대부분 예약이 완료된 상태여서 방을 구할 수가 없었다. 인터넷으로 이 숙소를 예약할 때 3월 2일에 방이 없었던 이유는 축제 때문이었던 것이다.

프런트의 젊은이들은 영어를 잘했다. 오후 3시에 출발하는 와이너리 견학 투어를 신청하고 그동안 다시 터미널에 가서 내일 오후 6시 출발하는 부에노스아이레스행 버스를 820아르헨페소(2인 기준, 한화 216,000원)에 예약했다.

1 3
2

① 숙성 중인 오크통 속의 포도주
② 병째로 지하실에서 장기 숙성 중인 포도주
③ 포도밭

와이너리 견학 일정은 포도 농장과 양조장 방문, 와인 시음, 와인 제조과정 설명 등으로 이어졌다. 멘도사는 예전에 전부 사막이었으며 '아콩카과' 산의 빙하 녹은 물을 끌어다가 포도농사를 짓는다고 한다. 멘도사에서는 '물이 곧 금'이라고 한다. 포도는 일자형 부채 모양으로 식재를 하는데, 동서로 스퀘어 되게 심는 이유는 일조가 하루 종일 가능하도록 하기 위해서란다. 일조량이 많아야 포도의 당도가 높아지기 때문이다. 그들은 영어와 스페인어권 관광객, 두 부류로 나누어 설명했다. 밭에 들어가 포도를 직접 따서 맛보았는데 설탕처럼 당도가 매우 높았다

몇 종류의 와인을 시음해보았지만 솔직히 맛의 차이를 잘 느낄 수 없었다. 와인에 문외한으로서 '쇼비뇽'이 레드와인을 생산하는 대표적인 포도 품종 이름이라는 것과 '와이너리'가 포도주를 생산하는 양조장이라는 의미라는 것을 아는 정도로 만족해야만 했다.

이 숙소에서는 와이파이가 잘 터져 저녁에 아들과 아이폰 페이스타임으로 화상통화를 했다. 이 먼 지구의 반대편에서 한국의 가족들과 무료로 화상통화를 할 수 있다는 것이 신기했다. 큰애가 용돈을 30만 원 송금해주어 그 기념으로 인근 식당에 가서 별식을 시키고 와인도 한 병 시켜 먹었다. 비프스테이크와 와인 한 병을 시켰는데, 밑반찬 비슷하게 나오는 음식 하나가 우리나라 젓갈 맛과 매우 흡사하여 놀랐다. 이 모두가 100칠레페소(한화 26,000원)로 매우 저렴했다.

오늘도 바쁜 하루였다. 숙소마당의 파라솔 아래서 사온 음식에 와인을 곁들여 저녁을 먹으며 이런저런 이야기를 하다가 무슨 말끝에 아내가 나한테 섭섭한 속내를 털어놨다. 이유를 물었더니 "왜 나한테 소리치고 명령조로 이야기하느냐?", "이렇게 고생스러운 여행이었으면 자기는 오지 않았을 것이다." 등등 그동안의 불만을 쏟아놓았다. 나로선 말도 잘 안 통하는 머나먼 남미에서 여행 계획 짜고 잠자리, 교통, 식사 등 모든 문제를 해결하느라 심적·육체적으로 얼마나 고생했는데, 수고한다고 말은 못할망정 뭐 그리 불만이 많으냐고 되받아쳤다. 그렇게 서로 말이 오고가다 보니 언성이 높아지고, 이 여행 중에 당신이 한 게 뭐 있냐는 식으로 말이 나왔다. 아내는 눈물을 보이며, 그러면 자기는 여행을 중단하고 한국으로 돌아가겠다고 한다. 말도 안 통하는 당신이 여기서 어떻게 한국으로 갈 수 있느냐고 했더니, 다음 여행지인 부에노스아이레스에 가면 무조건 택시를 타고 한국 대사관을 찾아가 귀국을 도와달라고 하면 될 것이라고 하는 게 아닌가. 그 순간 머릿속이 하얗게 되면서 '이거 큰일이구나' 하는 생각이 들었다. 그러면서도 입으론 "그래 부에노스아이레스에 가면 당신은 한국으로 가고 나는 혼자서 계획대로 여행을 할 테니까 맘대로 해!" 하고 자리에서 일어섰다. 그 순간에는 내 입장을 이해 못 하는 아내가 정말 못마땅하고 미웠다.

다음날 멘도사 시내 관광을 할 때도 어색하게 말도 없이 다녔고, 부에노스아이레스까지 가는 버스 안에서도 꼭 필요한 말 외에는 서로 대화를 하지 않았다. 장시간 동안 버스 속에서 생각을 정리할 수 있었다. 아내 입장에서 보면 여자 몸으로 이런 개별 자유여행이 힘든 것은 당연하고, 또 지금껏 그 어려운 여행 일정을 아무 탈 없이 따라와 준 것만도 고마운 것이 아닌가 하고 생각을 고쳐먹으려 노력했다. 여기서 자존심 세우고 각자 헤어진다는 것은 말도 안 된다. 장기간의 여행에서는 외로움이라는 것이 무시 못 할 애로사항이다. 아무리 천하 절경을 본다 하더라도 매일매일 밤은 찾아오고, 그때마다 혼자였다면 그 고독을 이겨낼 수 없었을 것이다.

결론적으로, 내가 먼저 사과하기로 했다. 목적지에 도착할 즈음해서 아내의 손을 잡고 내가 잘못했다고 말하고, 앞으로는 큰소리로 이래라 저래라 하지 않을 테니 나하고 여행을 끝까지 계획대로 마무리하자고 말했다. 그랬더니 아무 말도 하지 않고 가만히 있는데, 잡은 손은 뿌리치지 않는다. 한 이틀 동안의 냉각기에 아내도 여러 가지 생각을 해본 눈치였다.

여행을 끝내고 우리가 이 글을 쓰면서 아내에게 왜 그때 그렇게 화를 냈었느냐고 물으니 잘 기억도 나지 않는단다. 부부싸움이라는 것이 대부분 이런 게 아닌가. 사소한 말 한마디에 상처를 입고, 서로간의 인내심과 신뢰감이 없을 때 이것이 증폭되어 파경으로까지 이르는 거라고 생각된다. 이 이야기를 쓰지 말까도 생각했지만, 석 달 반이나 해외여행을 하면서 부부갈등에 대해 전혀 언급하지 않는 것은 나의 여행기를 지나치게 미화하는 것 같아서 쓰기로 했다.

3월 02일

붉은 포도주 빛깔 분수

붉은 포도주 빛의 분수가 이채롭다

아침식사 후 독립광장(La Plaza Independense)과 멘도사 시 동쪽에 자리 잡고 있는 산마르틴 공원 내 영광의 언덕(Cerro de Gloria)을 관광했다. 산마르틴 거리를 따라 독립광장까지 걸어서 갔다. 가는 도중에 주택가를 지나게 되었는데 예쁘게 지어진 집들이 많았다.

산마르틴 공원 입구에서 버스를 타고 영광의 언덕에 올라 남미 독립의 영웅 산마르틴 장군을 기리는 탑을 보았다. 페루, 칠레, 아르헨티나 광장이나 언덕 곳곳에서 산마르틴 장군의 업적을 기리는 동상을 많이 볼 수 있었다.

화려한 산마르틴 공원 입구

영광의 언덕 위에 세워져 있는 산마르틴 장군의 동상

공원 내에서는 내일 있을 포도수확 축제 준비로 시끌벅적했다. 페레이드 할 미인들이 리허설을 위해서 모여 있는데, 방송사에서 나와 취재를 하고 야단이었다. 이 지역에서는 매우 큰 행사인 것 같았다. 여기 멘노사 포도주 아가씨들은 우리나라 기준으로 보면 좀

영광의 언덕에서 바라본 멘도사

뚱뚱한 편이었다.

독립광장 아래 식당에서 비프스테이크 1인분(58칠레페소, 한화 15,000원)과 맥주를 시켜 먹었는데, 양이 많아 둘이 먹어도 충분했다. 오후 5시에 숙소에 도착해서 짐을 가지고 택시로 이동해 오후 6시쯤에 부에노스아이레스행 버스를 탔다.

미인들을 취재하는 장면

3월 03일

남미의 파리 부에노스아이레스

오전 9시 부에노스아이레스 버스 터미널에 도착했다. 버스터미널은 대도시답게 매우 크고 복잡하였으나 구도심의 쇠퇴 하는 지역에 위치하여 주변의 시가지 모습은 노후해 보였다. 숙소는 아내가 인터넷에서 찾은 우리나라 사람이 운영하는 민박집 '남미사랑'으로 정했다. 주소는 멘도사에서 전화로 미리 알아놓았다.

민박집 베란다에서 찍은 거리 사진

민박집 내부(앉아 있는 이는 털보 사장)

묵고 있던 한국 청년들

역 앞 택시 정류장에서 택시 운전사에게 주소 적은 메모지를 보이고는 얼마냐고 하니까 터무니없이 높은 금액을 부른다. 그 택시는 보내고 다른 택시를 잡아 40칠레페소(한화 10,500원) 주고 민박집까지 갔다.

안으로 들어가니 시설은 낡고 소음이 심했지만, 방에서 샤워를 할 수 있고 공용으로 주방 겸 식당이 있어 좋았다. 오랜만에 라면과 김치밥으로 식사를 하고 낮잠을 잔 후, 오후 4시경에 일어나 가까운 시내 관광을 나갔다. 숙소가 대통령궁에서도 매우 가까운 구도심 중심가 후면지에 위치하여 도보로 관광하기가 매우 편리했다.

대통령궁 앞에서 한 컷

붉은색 외벽의 대통령궁까지 걸어서 10분 정도밖에는 걸리지 않았다. 투명한 햇살 속에 부에노스아이레스 거리가 빛나고 있었다. 아름다운 유럽풍의 건물이 줄지어선 거리는 '남미의 파리'라고 불릴 만하다고 느껴졌다.

우리는 운 좋게 대통령궁 내부를 관람할 수 있었다. 가이드의 인솔 하에 건물 내부를 구경했다. 대통령궁내부는 매우 호화로웠다. 로비, 방문객 대기실, 대통령 집무실, 회의실, 기자회견장, 발코니 등의 순서로 둘러보았다. 포퓰리즘 정치인의 대명사와 같은 에바 페론의 대형 초상화가 걸려 있는 것으로 보아, 내가 생각하는 것과는 달리 그녀에 대한 향수 같은 것이 아르헨티나 사람들에게는 있는 것 같았다.

1 2
3 4

① 대통령궁 경비병과 한 컷
② 대리석과 금으로 장식된 계단
③ 에바 페론의 초상화
④ 화려한 대통령 집무실

궁2층에서 내려다보이는 광장(여기서 에바 페론은 군중을 향해 손을 흔들었다고 한다)

대통령궁 관람 후 대통령궁 우측에 있는 대성당(Catedral Metropolitana)을 구경했다. 1827년에 완공된 네오클래식 양식의 성당이다. 페루의 리마, 쿠스코, 아레키파, 볼리비아의 라파즈, 칠레의 산티아고 등에서 훌륭하게 지어진 성당을 많이 보아왔지만, 여태까지 보아온 성당 중 가장 화려하게 지어진 성당 같았다. 이후에 유럽을 여행하면서 또 여러 성당을 볼 기회가 있었지만, 규모 면에서는 유럽의 성당보다 떨어질지라도 화려함에 있어서는 결코 뒤지지 않았다.

예수의 12제자를 상징하는
12개 기둥으로 장식된 성당 전면

아름다운 대리석과 금박으로
장식된 성당 내부

화려한 아치 천정

대리석으로 바닥 장식된 내부

성당 출입구에 담배를 피우며 아기를 돌보고 있는 금발머리의 30대 거지가 있었다. 보통 성당 출입구의 걸인들을 많이 봤지만, 대부분 할머니나 할아버지 같은 노인들이 대부분이었다. 하지만 이 여자는 목욕을 하고 옷만 갈아입는다면 고급 레스토랑에 앉아 있어도 손색이 없을 것같이 멀쩡하게 생겼다. 그런 여자가 거리에서 구걸한다는 게 이상하게 보였다. 그러나 그것은 잠깐 스쳐 지나가는 여행자의 시선이고 그 여인의 기구한 사연을 내가 어찌 알 것인가 하는 생각이 들었다.

유럽풍의 건물로 채워진 아름다운 거리
(멀리 7월 9일 거리에 있는 오벨리스크가 보인다)

숙소로 돌아오는 길에 본 부에노스 아이레스의 거리는 참 아름다웠다. 과거의 영광을 대충 짐작할 수 있을 것 같았다. 이렇게 넓은 국토를 가진 한때 세계 4위의 경제 대국이었던 나라가 인플레에 허덕이는 경제난을 겪는 것을 이해할 수 없었다. 돌아오면서 중국인이 운영하는 슈퍼에 들러 맥주를 사와서 숙소 사장과 매니저(민박집에서 일 보는 아가씨), 숙소에 묵는 젊은이들과 맥주를 마시면서 담소를 나누었다. 숙소 사장은 여행 마니아로서 남미를 많이 돌아다녔다고 했다. 영선 씨 같이 혼자서 남미 자유여행을 하는 여성도 몇 있었다. 맥주를 같이한 젊은이들은 대부분 한 달 정도의 여정으로 남미를 여행하고 있었다.

3월 04일
탱고의 발생지 까미니또

8시 30분 기상하여 베란다에서 내다본 부에노스아이레스의 날씨는 변함없이 화창하다. 주방에서 아내가 준비한 아침을 먹었다. 택시로 라보까(La Boca) 지구의 까미니또(Caminito) 거리로 이동했다.

까미니또는 아르헨티나 최초의 항구가 있었던 곳으로, 노동자와

뱃사람이 모이는 어두컴컴한 바(Bar)에서 관능적인 춤 '탱고'가 태어났다고 한다. 이 지역은 규모가 작은, 관광객을 위한 거리로서 알록달록하게 칠한 집들, 탱고 춤을 보여주는 식당, 기념품을 파는 상점, 거리의 화가가 그린 그림을 파는 노점 등으로 형성되어 있었다.

1
2
3 4

① 알록달록하게 칠한 구 건물들
② 일하는 부두 노동자
③ 닻을 들어 올리는 노동자
④ 거리 모습과 관광객들

거리 곳곳에서 이민 초기에 힘들게 일하는 노동자를 주제로 한 조각과 그림들을 볼 수 있어 과거에 이곳이 어떤 곳이었는지 짐작할 수 있었다.

삐끼들과 함께 한 컷

관광객들을 식당으로 안내하는, 말하자면 삐끼 노릇을 하는 젊은이들이 많았는데, 한국에서 왔다고 하니까 우리나라 돈 천 원짜리를 꺼내 보이며 포즈를 취해주었다. 여기는 우리나라 관광객들이 좀 오는지 간단한 한국말 몇 마디씩은 구사할 줄 알았다. 거리에는 탱고 춤을 추는 여자 댄서들이 관광객들과 파트너가 되어 탱고 춤 포즈를 취해주고 돈을 받기도 했다. 하여튼 여기서 탱고는 없어서는 안 될 중요한 관광 자원이었다.

탱고와 아르헨티나 전통춤을 보여주는 식당에서 식사를 하고 택시로 도레고(Dorrego) 광장까지 간 다음, 거기서 숙소까지 걸어서 갔다. 우리가 걸은 거리 이름은 볼리바르(Bolivar)였는데 거리 전체가 벼룩시장이었다. 대부분 수공예 액세서리와 장식품을 팔고 있었다. 광장에는 탱고거리 공연이 있었는데, 여기는 까미니또 식당에서 보여준 탱고보다 수준이 높아 보였다. 나이 든 남녀 댄서가 아주 심각한 표정으로 탱고를 추고, 추고 난 뒤 환하게 웃으며 춤을 즐기는 모습이 보기 좋았다. 거리를 한참 걷다 보니 이러한 거리의 즉석 탱고 춤을 몇 번 더 볼 수 있었다. 거리의 탱고 댄서들은 대부분 나이가 많아(50대 이상) 보였다. 식당이나 상점 앞에서 관광객들을 끌어 모으는 것이 이들의 역할 같았다.

그림을 파는 노점상

상점과 노점상 관광객들로 바쁜 볼리바르 거리

나이 든 댄서들의 거리탱고

거리를 걷다가 엘 잔욘(El Zanjon)이라는, 주택과 하수도 등 도시의 기반시설을 복원해놓은, 말하자면 유적지를 관람했다. 잔욘은 지명 같았다. 이곳은 1536년도 부에노스아이레스의 역사적인 이민자들의 첫 정착지였다고 한다. 이곳의 건축구조물은 1830년대 주택과 하수도 시설 등을 복원해놓은 것으로서 고고학적인 가치가 매우 높다고 한다. 그 당시의 주택 규모와 사용 자재(벽돌) 등을 볼 수 있었다. 하수도의 규모는 차가 교행할 수 있을 정도의 넓이와 높이로서 놀라웠다. 특이한 것은, 그 당시 쓰레기는 하수도로 그냥 투기하고 오수와 함께 바다로 보내지도록 설계됐다고 가이드가 설명한다.

복원된 1830년대 당시의 하수도

숙소로 돌아가는 길에 까르푸(슈퍼마켓)에 들러 둘이서 먹을 수 있는 스테이크용 고기와 와인을 한 병 샀는데, 우리나라 돈 15,000원밖에 들지 않았다. '남미사랑' 사장이 여기서 묵을 때는 매일같이 스테이크를 먹을 수 있다고 했는데 그 말이 실감났다.

3월 05일

죽은 자들의 도시

어젯밤 새벽에 창밖의 소음이 유달리 크게 들려 몇 번씩 잠에서 깨어났다. 늦게까지 고성방가하며 거리를 배회하는 무리들이 있었다. 잠을 설쳐 오전 9시 30분에야 일어났다.

수브테(Subte: 지하철 명칭) D라인을 대통령궁 앞에서 타고 푸에이르돈(Pueyrrdon) 역에서 내려 레골레타 지구(Barrier Recoleta)의 에바 페론 무덤이 있다는 공동묘지까지 걸어서 갔다. 이 공동묘지는 약간 과장한다면 '죽은 자들의 도시'라 이름 붙여도 될 만큼 규모가 크다. 여기 묻히려면 1기당 5억 원 가량을 지불해야 한다고 한다. 이 공동묘지는 명실공히 부자들의 안식처로서 파리와 밀라노에서 수입한 대리석으로 치장했다고 한다.

수브테라고 불리는 지하철

갖가지 조각상과 기둥, 탑 등으로 장식된 묘들

각 묘마다 사용 자재가 고급이고 장식이 호화스러우며 장식 모양도 각양각색이었다. 이 공동묘지에 묻힌 인사는 아르헨티나의 권력자, 재력가, 전쟁 영웅들이라고 한다. 각각의 묘가 작은 건물이라고 부를 수 있을 만큼 컸다. 전체 묘를 둘러보고 에바 페론의 묘소도 찾아보았다. 묘 내부도 오밀조밀하게 잘 꾸며져 있었다. 갖가지 형태의 묘들을 보며 고인을 그리는 유족들의 마음을 묘의 장식을 통해 읽을 수 있었다.

1 2

① 에바 페론의 묘(친척들과 같이 묻혔

② 잠자는 모습의 조각이 살아 있는 듯

'죽은 자들의 거리'라는 표현이 어울리는 묘들의 거리

요절한 신부와 그녀의 애견

공동묘지에서 나와 벤치에서 쉬고 있는데, 아름다운 흰색의 성당(성모 필라르: Senora de Pilar) 건물이 눈에 들어온다. 독특한 1개의 종탑 성당으로 그 소박함이 기억에 남는다. 1716년에 건축되어 한 때는 군인 병원으로 사용된 적도 있다고 한다. 아래 사진을 찍을 때 갑자기 날씨가 흐려져 그 아름다움을 다 카메라에 담지 못해서 아쉬웠다.

순백색의 성모 필라르(Senora de Pilar) 성당 모습

레콜레타 지구(Barrier Recoleta) 동쪽에 위치한 팔레모 지구(Barrier Palermo)에는 이곳의 반 이상을 차지하는 팔레모 공원이 있고, 그 안에 일본이 만들어 부에노스아이레스 시에 기증한 일본 정원

이 있다고 해서 택시를 타고 갔다. 택시 운전사는 일본 정원이 시민에게 인기가 많다고 했다. 공원은 일본풍으로 정교하게 연못, 다리, 수목, 돌 그리고 정자 등으로 꾸며져 남미 속의 일본 분위기를 보여주고 있었다. 아주 동양적인 분위기가 짙었다.

입장료 16칠레페소(한화 4,200원)를 내고 들어가 구경 좀 하려니까 비가 오기 시작한다. 비를 피하느라 그 공원 안에 있는 작은 규모의 일본 문화원에서 책을 보며 한 시간 정도 보냈다. 일본의 역사, 그림, 요리, 건축, 여행 등에 관한 일본책이 고루고루 깔끔하게 구비되어 있었다. 지루한 시간을 보내기 위해 펼쳐든 일본 요리책에 스시 밥 만드는 법이 상세히 적혀 있었다. 스시 밥을 만들기 위해서는 쌀, 식초, 설탕, 그리고 소금이 필요하다고 적혀 있었다. 귀국하면 꼭 한번 만들어보리라 맘먹고 진지하게 읽으며 메모했다. 계속 비가 오는 바람에 더 이상의 관광은 포기하고, 공원 입구 직원에게 콜택시를 불러달라고 부탁해서 숙소로 돌아왔다.

저녁때 같이 묵고 있던 안경 쓴 아가씨가 저렴한(100칠레페소: 한화 26,000원) 타악기 연주 공연을 가지 않겠냐고 했다. 그래서 그녀의 안내로 아내와 같이 'La Bomba'(bomba란 스페인어로 펌프, 양수기 등의 의미이다)라는 이름의 공연을 보러 갔다. 공연은 두 개의 파트로 나누어져 있는데, 첫 파트에는 3명의 무희가 아프리카 원주민 복장을 하고 레게 머리를 한 몇 명의 타악기 주자 리듬에 맞추어 일정한 동작을 격정적으로 반복하는 춤을 추었다. 관객은 대부분 젊은 백인 남녀들로, 한 손에는 커다란 맥주잔을, 다른 한 손에는 담배를 들고 어깨춤을 추며 흥겹게 공연을 보았다. 원래는 야외 공연이었는데 비가 와서 실내에서 한다고 했다. 자욱한 연기에서 나는 냄새는 담배만은 아닌 것 같았다.

두 번째 파트는 한 명의 지휘자와 14명의 커다란 봉고 연주자가 합주하는 것으로, 사운드가 심장을 뛰게 만들어 젊은이들은 신이 나서 몸을 흔들며 춤을 추었다. 스토리 없는 아르헨티나식 난타 공연이라고나 할까. 우리는 나이가 나이인 만큼 11경에 먼저 숙소로 돌아왔다. 다음날 식당에서 만나 물으니 그 아가씨는 새벽 2시가 넘어서야 숙소로 돌아왔다고 한다. 무섭지 않았느냐고 물으니 '뭐 괜찮았다'고 씩씩하게 대답한다.

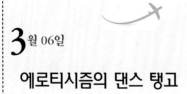

3월 06일
에로티시즘의 댄스 탱고

레콜레타 지구에 있는 국립미술관(National Museum of Fine Arts)

을 관람했다. 램브란트, 루벤스, 로뎅 등의 진품 그림과 조각을 감상할 수 있었다. 그러나 영국의 내셔날 갤러리나 프랑스의 오르세 미술관과는 비교 자체가 될 수 없는 소규모였다. 여기 전시된 귀중한 예술품은 대부분 Hirsh 가(家)에서 수집한 것인데, 1983년에 부에노스아이레스 시에 기증했다고 한다. 전시장 입구에 이 작품들을 수집한 부부의 대형 초상화가 걸려 있었다. 전시실 입구에서 가방 등 소지품을 전부 맡겨야만 하고 절대 사진촬영이 허락되지 않아 안에서는 한 컷도 찍을 수 없었다.

미술관 건물

미술관 관람 후 아우가 전화로 소개해 준 평화통일 위원 부부를 만나러 갔다. 지하철을 타고 한인촌 역(Medalla Milgrosa)에서 내려 오후 5시에 전화하기로 하고 갔다. 지하철에서 내려 역을 빠져나오니 주변은 빈민가 분위기로 통행인들이 별로 없고 분위기가 으스스했다.

간혹 보이는 한글 간판의 상점들(식당이나 슈퍼)만이 이곳이 한인들이 사는 지역이구나 하고 짐작케 할 뿐이었다. 점포마다 보이는 쇠창살과 커다란 자물통으로 잠긴 출입문 등이 살벌함을 느끼게 했다. 조 위원 부부와 우리 부부는 즐거운 저녁시간을 함께했다. 한식당(대원정)에서 식사를 했는데, 무엇이 먹고 싶으냐고 해서 제육볶음을 말했더니 메뉴에도 없는 것을 사장에게 특별히 부탁해서 시켜주었다. 소주와 함께한 그 맛은 쉽게 잊히지 않을 것 같다.

이분들은 사업에 성공해서 윤택하게 사는 것 같았다. 예전에는 이곳에 한국인이 많이 살았었는데, 소득 수준이 높아지면서 타 지역으로 많이 이사 갔다고 한다. 이런저런 이야기를 하다가 이민자의 유형에 대해서 말이 나왔다. 이민자는 3가지 유형이 있다고 한다. 첫째는 한국 정치가 싫어서 이민 온 사람, 둘째는 돈 벌려고 온 사람, 셋째는 불미스러운 일을 벌이고 도피해 온 사람이라고 한다. 이 말이 맞을 수도 틀릴 수도 있지만, 초기 이민 역사의 어두운 그늘을 이야기하는 것 같아 씁쓸했다. 식사 후 예약한 탱고 쇼를 보러 극장식 식당까지 택시를 타고 갔다. 비가 부슬부슬 오는 날씨인데 어찌나 차를 험하게 몰던지 겁이 나서 혼났다.

탱고 쇼, 여기서는 '땅고 쇼'라고 발음한다. 이 춤의 가장 큰 특징은 남녀 간의 성적인 사랑 표현이 노골적이어서 매우 섹시하다는 점이다. 힘든 부두 노동자의 생활 속에서 피어나 하나의 춤 장르를 이루고 음악의 한 장르로까지 승화시키려는 의도를 볼 수 있었으나 춤 자체는 단순한 것 같았다. 춤의 역사까지 탱고 쇼의 한 부분을 이루어 필요 없는 곁가지가 많은 느낌을 받았다. 차라리 길거리 나이 든 댄서들의 탱고가 이 춤의 본질을 더욱 잘 표현했다고 본다. '에로티시즘의 댄스 탱고'라는 표현이 이 춤에 딱 맞는 표현인 것 같다.

탱고 쇼 공연을 하는 식당

3월 07일

Aumento 35%

오늘 오후 6시 30분 브라질 포스 이과수(Pos Icuazu)로 출발할 예정이다. 이과수까지의 버스티켓 값은 2인이 580칠레페소(환화: 153,000원)로 내가 타려고 했던 Pluma 버스비의 반값에 불과했다. 이 버스표는 김 군('남미사랑'에 묵고 있던 젊은이로 이름은 기억이 안 나고 성이 김 씨였던 것만 생각난다)의 도움으로 구입할 수 있었다. 김 군은 제대 후 취업을 해놓고 출근하기 전까지의 공백을 이용해 유럽과 남미를 여행한다고 했다. 그는 시간을 절약하기 위해 장거리 버스보다는 항공편을 많이 이용했다고 했다. 김 군과 오후 5시에 '남미사랑' 숙소에서 만나기로 하고, 그동안 팔레모 지구의 'El Rosedal' 공원으로 가서 느긋하게 구경하고 공원 숲속에서 낮잠이나 자면서 시간을 보내기로 했다. 그동안 너무 바쁘게 돌아다녀 피곤하기도 하고 의욕도 떨어진 상태였다. 이 공원은 장미와 연못, 분수, 조각상 등으로 이루어진 아름다운 공원으로 도시의 삭막함을 달랠 수 있는 좋은 휴식공간이었다.

풍만한 여인의 누드 조각상

공원 내 연못

남미의 중요한 특징의 하나는 쾌청한 날씨이다. 푸른 하늘에서 내리쪼이는 태양은 우리나라의 가을 날씨가 항상 계속되는 느낌이다. 햇볕을 쬐고 있으면 덥지만, 그늘에 들어가면 서늘한 느낌으로 더위를 못 느낀다. 걷다가 쉬다가 조각상, 장미꽃, 아름다운 수목, 분수 등을 감상하면서 아무 생각 없이 시간을 보냈다. 스케줄에 쫓기지 않고 나의 컨디션에 맞추어 일정을 내 마음대로 조정할 수 있는 것이 자유여행의 매력인 것 같다.

이 아름다운 공원은 원래 아르헨티나 권력자의 사적인 공원이었는데 부에노스아이레스 시민을 위해 기증한 것이라고 한다. 이 공원은 정말 아름다웠다. 특이한 수목과 각종 장미꽃이 만발한 장미정원, 거위가 한가로이 거니는 호수, 분수와 예술성 높은 조각상 등은 매우 인상 깊었다. 우리나라에서도 새로운 도시의 공원을 설계할 때 한번쯤 참고할 만한 공원이라고 생각되었다.

공원 내의 아름다운 꽃나무

느긋하게 공원에서 쉬다가 '남미사랑' 숙소로 돌아가는데, 거리가 소란스럽고 지저분하며 'Aumento 35%'라고 쓰인 노란 종이쪽지들

뿌리의 형상이 독특한 나무

이 거리에 널려 있었다. 나중에 숙소에 가서 물어보니 인플레에 대한 시민들의 항의 시위가 있었다고 한다. Aumento라는 것은 스페인어로 '증가', '상승'이라는 뜻이다. 이러한 뜻으로 미루어 짐작하면 35%의 물가 상승이 있었다는 것인데, 생각보다 물가 상승으로 인한 시민들의 고통이 큰 것 같았다. 숙소에서 Retiro 버스 터미널까지 가면서 인플레에 대해 택시 운전사에게 물어보니 벌어도 물가 상승이 심해서 살기 어렵다며 분통을 터트린다. 신용카드를 받지 않는 이유를 짐작할 수 있었다. 남미의 은행들은 주식이 공개되지 않고 소수가 소유하고 있는데, 이들은 권력자들과 밀접한 관계에 있는 것이 일반적이라고 한다.

아름다운 부에노스아이레스 뒷골목에 가면 건물마다 출입구에 커다란 자물통이 매달려 있고 견고한 쇠창살 덧문이 있는 것을 곳곳에서 볼 수 있었다. 그것은 사회 분위기가 불안정하다는 느낌을 주었다. 이렇게 넓고 아름답고 풍요로운 땅을 가지고도 경제적으로 어려움을 겪는 이유가 무엇일까? 스쳐지나가는 여행자로서는 알기 어려운 문제이겠지만, 아마도 정치적인 부패가 원인이 된 빈부격차의 심화 때문이 아닐까 추측해본다. 하여튼 이러한 아쉬움을 남기고 아르헨티나에서의 여행 일정을 서서히 마감할 시간이 다가왔다. 우리를 브라질로 데리고 갈 버스 터미널에 도착한 것이다.

김 군과 아내 그리고 나는 5시에 터미널에 도착해서 탑승 시간을 기다리고 있었다. 탑승 시간 임박해서 김 군이 버스 스케줄에 대해 알아본다고 버스회사 사무실에 헐레벌떡 다녀오더니, 여행사에서 산 바우처를 버스 승차권으로 교환해야 하고 짐 검사 등 간략한 출국 절차를 거쳐야만 한다고 말하는 것이었다. 여행사는 이러한 사실을 우리에게 알려주지 않았고, 우리도 이 버스가 아르헨티나에서 브라질로 가는 국제 버스라는 사실을 간과한 결과였다. 아내더러 배낭을 지키게 하고 김 군과 나는 허둥지둥 서둘러 버스회사까지 뛰어가서 승차권을 바꾸고 버스 탑승 게이트로 갔다. 그런데 버스회사 직원이 딴 곳을 가리키며 그곳을 거쳐서 오라는 것이다. 이유를 몰라 당황했는데 출국 절차를 밟고 오라는 뜻이었다. 절차는 간단했다. 여권과 버스표를 보여주고 짐 검사를 하는 것이 전부였다.

이번 여행에서 볼리비아의 입·출국을 빼고는 국경을 넘는 절차가 매우 간단해서 다른 나라를 가는 것이 실감나지 않는 경우가 대부분이었다. 그래서 방심한 결과 이런 고생을 한 것이다. 6시 30분 출발 버스를 6시 45분에 간신히 승차했다. 진땀나는 순간이었다. 브라질까지는 약 19시간 정도 걸린다고 한다.

3월 08일
상상 이상의 폭포 이과수

또 하루 밤을 버스에서 보내고 오후 3시경에 브라질의 포스 도 이과수(Foz Do Iguazu) 시외버스 터미널에 도착했다. 이 도시는 아르헨티나와 브라질의 경계 부근에 위치하는 작은 도시로서, 우리가 여기 온 이유는 이과수 폭포를 브라질 쪽에서 보기 위해서이다. 이과수 폭포를 완전히 감상하려면 브라질 쪽에서 원경을 보고 아르헨티나 쪽에서 근경도 봐야 한다고 한다.

여기서 우리 일행은 택시로 시내 다운타운의 버스 터미널로 이동했고, 여기 기념품 가게에 배낭을 맡겨놓고 시내버스를 타고 이과수 국립공원까지 갔다. 버스 요금은 1인당 12레알(브라질 화폐 단위는 레알이고 약자는 R$로 표시한다)이었다. 환율은 1R$이 우리나라 돈으로 약 590원이니까, 1인 버스요금은 한화 7,000원 정도인 셈이다. 서둘러 국립공원 티켓을 사고 바쁜 걸음으로 이과수 폭포로 향했다. 브라질 쪽에서 폭포를 보고 아르헨티나의 국경도시 푸에르토

브라질 쪽에서 본 이과수 폭포 원경

이과수(Puerto Iguazu)로 넘어가야 하기 때문이었다. 국립공원 입장료는 1인당 41R$(한화 24,000원)이었다.

부푼 기대를 안고 관광객들을 따라 공원 입구를 지나 폭포 쪽으로 가는데, 갑자기 눈앞에 이과수 폭포의 장관이 펼쳐진다. 믿을 수 없는 거대한 폭포의 집단이 녹색 정글 속에서 나타났다.

이과수 폭포는 한마디로 상상 이상의 폭포였다. 어마어마한 수량도 장관이지만 수백 개에 달하는 폭포 집단을 한눈에 볼 수 있다는 것이 대단했다. 도대체 어떻게 이러한 폭포가 생겨날 수 있었을까. 이 폭포를 보는 순간 "야!", "허-걱!" 하는 여러 종류의 감탄사가 절로 나왔다. 가장 큰 폭포 앞으로 갔을 때 쏴-아 하는 소리와 함께 물보라가 바람에 일어 옷이 다 젖었다. 여행기에서 본 설명을 약간 덧붙이자면, 이과수 폭포의 폭은 약 4km이고 높이는 80m, 폭포의 수는 대소를 합쳐서 약 300여 개에 이른다고 한다.

이과수 폭포를 급하게 보고 다시 시내버스를 타고 다운타운의 버스 터미널에 도착하니 오후 7시였다. 마지막 버스가 있다고 해서 기다렸는데 오지 않아 불안했다. 한참을 더 기다리니 마지막 버스가 왔다. 이 버스를 타고 아르헨티나의 푸에르토 이과수로 향했다.

푸에르토 이과수까지는 얼마 걸리지 않았다. 여기까지의 일정은 김 군이 거의 주도를 했는데, 템포가 빨라서 나이 많은 우리가 따라다니기 힘들었다. 푸에르토 이과수 버스 터미널에서 김 군과 작별을 하고, 우리는 택시를 타고 아이패드로 인터넷에서 찾은 숙소로 갔다. 김 군은 터미널 근처의 도미토리에서 묵을 예정이라고 한다.

돈을 더 주더라도 좀 쾌적한 곳에서 묵으려고 한참을 갔다. 그런데 방이 없다고 한다. 거의 밤 9시가 다 된 시각이라 커다란 배낭 2개와 보조배낭 2개를 가지고 이 한밤 낯모르는 이국땅에서 어떻게 하나. 참 황당한 상황이었다. 택시 운전사에게 이 근처에 있는 좀 싸고 좋은 숙소를 소개해달라고 부탁했다. 차를 돌려 밤길을 한참 가더니 우리나라 1층 펜션 같은 건물 앞에 내려놓는다. 들어가 보니 주방이 딸린 숙소인데 괜찮아 보였다. 방값은 1일에 200아르헨페소(한화 53,000원)로 비싼 편이었지만, 이 상황에서는 다른 대안이 없었다.

짐을 풀고 저녁식사를 하려고 숙소 근처를 한 바퀴 돌아보니, 터미널과도 그리 멀지 않고 늦게까지 하는 길거리 식당이 있어 샌드위치와 맥주를 시켜 저녁을 먹었다.

3월 09일

악마의 목구멍

아르헨티나 쪽의 이과수 폭포를 보기 위해 버스 터미널로 갔다. 우리와 같이 이과수 국립공원(Parque Nacional Iguazu)에 가기 위해 버스를 기다리는 사람들이 있었다. 가이드북에서는 Cataratas행 버스를 타면 된다고 해서 물어물어 티켓을 구입했다. 버스티켓은 왕복표로서 돌아오는 시간은 정해져 있지 않고, 오후 7시 전에만 탑승하면 된다고 한다.

공원 입구에 도착하니 브라질 포스 도 이과수의 국립공원보다 주차장, 공원관리 사무실 등의 규모가 훨씬 컸다. 입장료는 현찰로

커다란 야생 도마뱀

오소리같이 생긴 야생동물

사야 하기 때문에 사무실에 있는 ATM기에서 아르헨페소를 찾았다. 국경을 넘을 때마다 전에 있던 나라의 화폐를 앞으로 갈 나라의 화폐로 바꾸는데, 여기처럼 하루에 두 나라를 다니면서 돈을 쓰니까 화폐 단위 때문에 헷갈릴 적이 있었다.

공원 입장료는 1인 기준 100아르헨페소(한화 26,000원)였다. 브라질 포스 도 이과수의 입장료가 1인 기준 한화로 24,000원이니까 거의 비슷한 수준이었다. 그러나 아르헨티나 쪽에선 공원의 규모도

이과수 폭포의 원경

훨씬 크고, 전용 철도와 각종 탐방로 및 전망대 시설 규모로 볼 때 브라질과는 매우 대조적이어서, 아르헨티나 쪽의 이과수 국립공원 관람료는 하나도 아깝지 않았다.

탐방로는 크게 낮은 탐방로와 높은 탐방로로 구분되는데, 먼저 여기를 보고 나서 공원 내 전용 열차를 타고 한참 이동한 후 이과수 강 다리를 건너서 이과수 폭포 관람의 꽃이랄 수 있는 '**악마의 목구멍**(Garganta de Diablo, Throat of Devil)'을 보기로 했다.

낮은 산책로는 거의 전부 인공으로 만든 구조물이었다. 폭포를 보기 위해 강가까지 가는 도중에 많은 야생동물들을 볼 수 있었다. 이곳 자연은 오염되지 않은 것 같았다. 낮은 탐방로는 이과수 강의 폭포보다는 정글의 생태계 탐방을 위한 코스인 것 같았다. 낮은 산책로를 한 바퀴 돌고 높은 산책로로 들어섰다. 이 탐방로는 이과수 강 위에서 이과수 강의 작은 폭포들과 하단의 작은 섬 산마르틴을 조망하기 위해 만들어진 것 같았다.

여기서 작은 폭포라고 표현한 것들은 딴 곳에서는 명소라고 불리는 유명 폭포 수준이었다. 미국 루즈벨트 대통령 영부인이 이과수 폭포를 보고 한 첫 말이 "Oh poor Niagara(오, 초라한 나이아가라 폭포여)!"였다고 한다. 산마르틴 섬

폭포 바로 앞까지 접근한 보트

1
2 3
4

① '악마의 목구멍' 모습
② 아름다운 장관을 연출하는 이과수 폭포
③ 고요한 이과수 강
④ 이과수 강에 사는 대어

으로 내려가면 관광 보트를 타고 폭포 바로 밑까지 가는 폭포 체험을 할 수 있었다. 많은 젊은이들이 옷이 젖은 채 올라왔다. 비용이 상당히 비싸 우리는 조망만으로 만족하기로 했다.

멀리 보이는 산마르틴 섬(영화 '미션'의 일부를 여기서 촬영했다고 한다

'악마의 목구멍' 광경을 어떻게 표현해야 될까? 누구는 뛰어들고 싶은 충동을 느꼈다고 했는데 그 말도 일리가 있다고 보고, 굳이

내 식대로 표현한다면 "헉-! 세상에 뭐 이런 게 있었어!"라고 말하고 싶었다. 이 엄청난 양의 물이 낙하하는 모습과 소리는 실제로 보고 듣지 않으면 그 감동을 전달하기가 쉽지 않다고 본다. 동영상으로 찍은 것도 나중에 집에서 보았는데 현장의 느낌과는 매우 차이가 있었다.

오후 5시, 공원 내 마지막 열차를 타고 국립공원 게이트를 향했다. 7시 버스를 타고 숙소로 돌아왔다. 숙소 근처 슈퍼에서 스테이크용 쇠고기와 맥주(78아르헨페소, 한화 21,000원)를 사서 아내가 만들어준 푸짐한 저녁을 먹고 잠자리에 들었다.

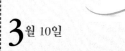

3월 10일
스페인어와 포르투갈어

리우 데 자네이로(Rio De Janeiro)행 예약버스 출발 시간은 12시이지만, 다시 브라질의 포스 도 이과수로 가야 한다는 마음의 부담 때문에 오전 7시 서둘러 버스 터미널로 갔다. 푸에르토 이과수와 포스 도 이과수는 국경 통과하는 절차에 걸리는 시간을 포함해서 1시간 20분 정도밖에 걸리지 않았다. 이 두 개의 도시를 출퇴근하는 사람도 많아 보였다. 우리는 귀찮기도 하고 브라질로의 재입국이기 때문에 재입국 절차를 밟지 않고 버스에 그냥 앉아 있었다.

포스 도 이과수는 브라질의 소도시로서, 쓰는 말이 남미의 다른 나라와 달리 포르투갈어를 사용하고 있었다. 스페인어와 포르투칼어가 유사하다고는 하나, 아는 말이라고는 따봉(땡큐)밖에 모르는 나로서는 전혀 의사소통이 안 돼 매우 불편하고 불안했다.

버스 탑승시간까지 거의 3시간을 버스 터미널에서 지루하게 보냈다. 그런데 예쁜 아가씨가 다가와 자기는 아르바이트 대학생인데 이과수 관광에 대한 설문조사에 응해줄 수 있느냐고 영어로 묻는다. 설문 내용은 꽤 자세한 문항으로 구성되어 있었다. 국적, 여행의 종류(패키지여행, 자유여행, 연수여행), 포스 도 이과수의 숙박, 교통, 관광 안내 서비스 등에 대한 만족도 등을 묻는 것이었다. 이 소도시에서 관광은 매우 큰 비중을 차지하는 산업이라는 느낌을 받았다. 성의껏 답변해주고 나서 사진 한 장 같이 찍자고 하니 흔쾌히 응해준다.

설문조사하는 여대생과 함께

앞으로 24시간을 타고 갈 Pluma 버스는 시설이 매우 낡아 보였다.

좌석 사이의 간격이 좁은 데다, 가는 도중에 작은 도시에 자주 정차하고 식사도 나빴다. 더한 것은 화장실 냄새가 나는 것이었다. 비용을 좀 더 주더라도 장거리 버스는 좋은 버스를 탄다는 게 내 신조였는데, 어떻게 하다 보니 이런 버스를 타게 되었다. 리오데 자네이로까지 가면서 내내 불편함을 호소하는 아내의 불평을 들었다. 버스 안에서 옆에 탄 40대 브라질 남성들과 대화를 시도했으나 소통이 안 됐다. 나의 스페인어 발음이 이상한지 간단한 인사말이나 숫자 같은 말도 전혀 이해하지 못했다. 영어도 통하지 않았다. 참 답답하고 앞으로의 브라질 여행 일정이 걱정되었다.

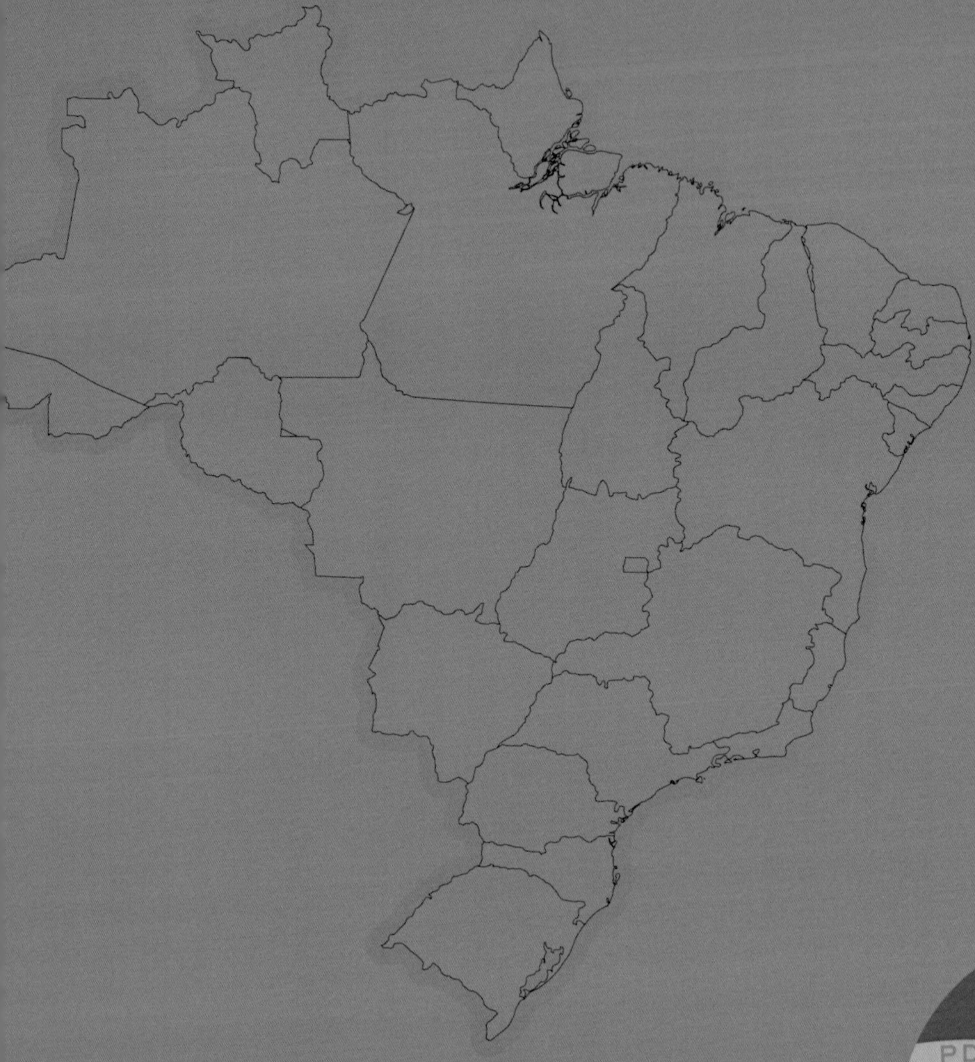

BRAZIL

V
브라질

브라질은 남미에서는 유일한 포르투갈 식민지로서 1822년 포르투갈 왕국으로부터 독립했다. 브라질의 인구수는 약 2억 명이며, 인구는 백인 53.7%, 백인과 흑인의 혼혈 인종인 물라토가 38.55%, 흑인 6.2%로 구성되어 있다. 공용어는 포르투갈 어이다. 브라질은 러시아, 캐나다, 미국, 중국 다음으로 국토 면적이 큰 나라로서 그 크기가 한반도의 약 38배에 달한다. 브라질은 전통적으로 농업 중심의 나라인데, 최근 들어 공업국으로 변신을 꾀하고 있다. 1인당 국민소득은 $12,339(2012년 기준)이다(인용 : 『두산백과』).

3월 11일

세계 3대 미항 리우데자네이루

우리의 중고교 시절에는 리오데자네이로(Rio De Janeiro)라고 발음했던 것 같은데, 지금은 가이드북에 리우데자네이루라고 쓰여 있다. 스페인어는 글자 그대로 읽고 표기해서 참 편했는데, 영문 표기 그대로 읽으면 리오데자네이로가 맞다. 리우데자네이루는 스페인어로 '1월의 강'이라는 뜻이며, 자연미와 인공미가 잘 어우러진 도시로서 시드니 나폴리와 함께 세계 3대 미항(美港)의 하나로 불린다. 이 도시는 2012년 유네스코 세계문화유산으로 등재되었다. 인구수는 약 800만 명으로 상파울루에 이은 브라질 제2의 대도시이다.

오후 2시 30분, 리우데자네이루 버스 터미널에 도착했다. 대도시답게 버스 터미널도 매우 크고 복잡했다. 터미널 건물 자체가 복층 구조인데, 대략 3층 정도의 하차장에서 내린 것 같다. 날씨가 일단 후덥지근하게 덥고, 지나가는 사람들의 인상도 칠레나 아르헨티나와는 달리 흑인과의 혼혈로 추정되는 까무잡잡한 얼굴이 많고, 인상도 왠지 험악한 것 같아 심적으로 위축되었다.

아내더러 짐(큰 배낭 2개, 작은 배낭 2개)을 지키고 대합실에 앉아 있으라고 하고 관광 정보센터를 찾아다녔다. 1층 한구석에 위치한 안내 부스에는 여러 사람들이 관광 정보를 문의하고 있어 한참을 기다렸다. 숙소를 소개해 달라고 했더니 묵고 싶은 위치와 어느 정도 레벨의 숙소를 원하느냐고 영어로 묻는다. 코파카바나 해변에서 가깝고 1박에 50달러 정도를 원한다고 했다. 그러자 책자를 한참 뒤지더니, 그런 숙소는 없고 최하가 1박에 미화 100달러라고 한다. 리우가 관광도시인 데다 물가가 비싸다는 정보는 이미 들었고, 지금 말이 통하는 이 관광 안내원을 떠나면 말 통하는 사람 만나기도 어려울 것 같아 좋다고 했다. 그리고 가능하면 좀 좋은 호텔을 소개해달라고 부탁하니 전화를 걸어 친절하게 예약까지 해준다.

아내가 있는 곳으로 돌아가 보니 걱정스런 표정으로 나를 기다리고 있었다. 배낭을 앞뒤로 메고 에스컬레이터를 타고 1층으로 내려가 택시 정류장에서 택시를 잡고 운전사에게 'Hotel Santa Clara'라고 쓴 쪽지를 내밀었다. 택시비는 45레알(한화 25,000원)이었다.

길거리 식당 모습

만원 내외의 간단한 식사 메뉴

숙소는 코파카바나 해변까지 도보로 15분 정도의 거리에 위치한 관광호텔로서 아담한 규모인데 시설은 낡았다. 숙박비는 조식 포함하여 1박에 220레알(한화 130,000원)로, 여태까지 남미여행하면서 쓴 교통비, 숙박비와 비교하면 거의 2배 수준이었다. 상당히 부담되는 가격이었다. 카운터에서 숙박계를 쓰고 짐을 방으로 옮긴 다음 코파카바나 해변으로 산책을 나갔다. 비키니 차림의 미녀가 가득한 해변을 상상했었는데, 본격적인 시즌이 아니라서 그런지 해수욕객들이 별로 없어 썰렁한 분위기였다. 가는 도중에 길거리 식당에서 맥주를 한 잔했는데 역시 더운 나라에서 먹는 맥주 맛은 일품이었다.

해변도로의 모습

코파카바나 해변

3월 12일

여행 궤도 수정

리우까지 버스를 타고 오면서 그동안의 여행 일정을 돌이켜보고 앞으로 남은 일정을 살펴보았다. 처음에 세운 여행 일정에 의하면, 다음에는 아마존 오지에 있는 도시 마나우스(Manaus)에서 3박 4일 아마존 로지 현지 투어를 하고, 베네수엘라의 작은 도시 산타 엘레나 데 우아이렌(Santa Elena de Uairen), 그리고 카라카스(Caracas), 콜롬비아(Colombia), 에콰도르(Ecuador)를 거쳐 페루의 리마로 가서 남미여행을 마치는 것이었다.

그러나 여기서 과감하게 여행 진로를 수정했다. 그 이유는 브라질에 들어서면서 첫째, 말이 전혀 통하지 않아 불안했고, 둘째, 살인적인 물가 수준, 셋째, 마나우스에서 베네수엘라의 산타 엘레나로 가는 루트는 그동안 수집한 정보에 의하면 전문 여행가도 잘 가지 않는 오지 여행 루트라고 하기 때문이었다. 또 여기까지 무사히 잘 여행해왔는데, 열대지방 기후에 대한 준비도 미흡한 데다 과감한 여행 계획을 실천하기에는 불안하고 체력적으로도 지친 감이 있었다. 그래서 전혀 계획에 없었던 메시코를 앞으로 약 한 달간 여행하기로 계획을 수정한 것이다.

남미를 1년간 여행 중에 있다는 한 젊은이는 남미의 여러 나라 중에서 한 나라만 여행할 수밖에 없다면, 자기는 남미의 특성을 가장 많이 가지고 있는 멕시코를 여행하라고 권하겠다고 말했다. 문화, 유적 등 볼거리와 음식, 기후, 물가 수준, 자연환경 등 여행에 필요한 요소가 가장 풍부하다는 것이다. 하여튼 다음 일정은 멕시코로 정하고, 구체적인 여행 일정은 멕시코시티에 가서 짜기로 하고 신경을 껐다.

오늘은 필요 없어진 짐들을 모아 소포로 리마의 아우에게 부치고 여행사에 가서 멕시코시티까지의 항공편을 알아보기 위해 숙소를 나섰다. 침낭과 겨울옷, 여행하면서 모아둔 팸플릿, 구두 등을 모아 짐을 꾸리니 사과박스 한 개 정도의 분량이 되었다. 이 정도만 덜어내도 배낭이 훨씬 가벼워질 것 같았다. 나중에 우체국 직원이 준 소포 서류를 보니 무게가 6.85kg이었고, 탁송료(항공편)는 리마까지 92R$(한화 54,000원)이었다. 짐을 부치고 나니까 무거운 혹을 떼어낸 듯 홀가분해졌다.

호텔 프런트의 직원이 알려준 여행사를 찾아가서 멕시코시티까지의 항공편을 알아보니 여행사 직원이 제시한 항공료는 인터넷에서 나와 있는 항공료의 1.5배 정도 비쌌다. 그렇게 비싸게 주고 갈 수는 없었다.

호텔로 돌아와 나의 아이패드로 항공사 사이트를 뒤지니 14일에 출발하는 TACA 항공편이 있기는 한데, 문제는 영어 버전이 안 된다는 것이었다. 그래서 TACA 항공사 사무실을 찾아가기로 하고 사무실 위치를 물어보니, 리우 시내 북쪽으로 약 12km 떨어진 가레온 국제공항 내에 있다는 것이다. 프런트의 직원에게 부탁해 부른 콜택시(왕복 요금 120R$, 한화 71,000원)를 타고 공항으로 급히 달려갔다.

그 항공사 사무실은 공항에 있기는 한데, 탑승시간 3시간 전에 나와서 탑승 수속 절차만 수행하고 상시 근무하지는 않는다고 한다. TACA 항공은 인터넷 사이트나 전화로만 예약을 받는다는 것이었다. 많이 당황되는 순간이었다.

다시 택시를 타고 호텔로 돌아와 프런트의 젊은 직원에게 사정을 얘기하고 도와달라고 하자 그러겠단다. 그래서 아이패드를 앞에 놓고 TACA 항공사 스페인어 버전 사이트에 들어가 각 입력 항목을 영어로 통역해주면 내가 영어로 답하고 그 직원이 스페인어로 입력하는 방식으로 한 시간 동안 씨름한 후 간신히 예약을 했다. 그런데 문제는 비자카드로 결제가 안 떨어지는 것이었다. 마지막 순간에 한글로 된 창이 떠서 뭐라고 하는데, 그 한국말의 의미를 나도 이해할 수 없었다. 직원이 전화로 항공사에 전화를 걸어 한참을 통화했는데 이유를 모르겠단다. 그 이유는 나중에 밝혀지게 된다.

호텔의 젊은 직원이 진심으로 도와줘서 정말 고마웠다. 만약에 예약이 안 되더라도 너는 최선을 다했고 정말 고맙다고 그 젊은 직원에게 말했더니, 완전히 예약이 되질 않았다며 서운한 표정을 짓는다. 나중에 호텔을 떠나는 날 감사의 표시로 미화 20달러를 그 젊은 직원의 손에 쥐어주었다.

밖에서 맥주를 마시고 들어오니 항공예약 E-Mail이 들어왔다고 다른 나이 든 직원이 전해준다. 반가이 받으면서 이것으로 비행기를 탈 수 있냐고 물으니 아무 문제가 없다고 한다. 안심이 되면서도 결제가 안 돼서 찝찝했다.

그동안 여행하면서 여행경비는 카드로 ATM기에서 출금해 충당해왔는데, 리우의 ATM기는 기기 숫자도 적고 화면에 나와 있는 말을 잘 이해할 수 없어서 애를 먹었다. 영어 버전으로의 전환이 원활하지 못하고 출금 방식도 조금씩 달라서 돈 찾을 때마다 스트레스를 받았는데, 리우에서 제일 어려웠던 것 같다. 그리고 돈을 찾으려면 대부분 기계 앞에 긴 줄이 있는데, 이렇게 큰 나라에서 왜 현금 출금기 앞에 사람들이 줄을 서서 오래 기다리도록 만드는지 의문스러웠다. 가이드북에는 돈 찾을 때 조심하라고 많이 쓰여 있어서 각별히 신경을 썼지만, 안전에 위협을 느낀 적은 없었다. 내일 시티투어 비용 2인 440R$(한화 260,000원)은 현금으로, 방값 220R$(한화 130,000원)은 카드로 지불했다.

3월 13일

코르코바도 정상의 예수 상

코르코바도 언덕에서 본 리우

리오 관광은 좀 비싸지만 시티투어 패키지여행을 하기로 결정했다. 개별로 다닐 때 드는 비싼 교통비, 입장료, 식대를 감안하면 패키지 투어가 경제적일 것 같았다. 일정은 코르코바도(Corcovado)→삼바학교→마라카나(Maracana)축구장→점심(뷔페)→퐁데아스카르(Sugar Loaf) 산→대성당(Catedral Metropolitana) 순으로 이어졌다.

아침 8시 30분, 정확하게 우리를 픽업하러 온 여행사 직원이 승용차를 타고 와서 리무진 버스 정류장까지 우리를 데려다주었다. 거기서 다른 관광객들과 합류하여 높이 800m인 코르코바도 언덕(언덕이라기보다 산이라는 표현이 맞다)으로 갔다. 언덕 입구에서 작은 버스로 갈아타고 가파른 고갯길을 한참 올라가 정상 부근에서 다시 엘리베이터와 에스컬레이터로 갈아탄 후 정상에 올랐다. 올라가는 도중에 폐허가 된 호텔 건물이 보였는데, 여기가 그 옛날 펠레가 소속된 브라질의 국가대표팀 훈련 캠프로 쓰던 건물이라고 가이드가 설명했다.

퐁데르아스카르. 멀리 케이블카가 운행하는 것이 보인다.

정상의 예수 상

코르코바도 예수상이 있는 정상은 많은 관광객들로 붐볐으며 한국인을 비롯한 동양인들의 모습도 많이 눈에 띄었다. 리우 시가 한눈에 내려다보이는 정상에서의 전망은 굉장했고, 이 거대한 예수상이 두 팔을 벌리고 리우 시를 바라보며 서 있는 모습은 메시아로서의 예수의 이미지와 너무나도 잘 어울렸다.

관중석 스탠드가 있는 삼바학교는 버스 안에서 설명하며 지나치고, 2014년 월드컵 결승전이 열린다는 마라카나 축구장 앞에서 잠깐 정차해 기념촬영을 한 후에 식당으로 이동해서 고기 뷔페로 점심을 했다.

1 2
3

① 축구선수 펠레의 동상
② 2014년 월드컵 현수막이 내걸린 마라카나 축구 스타디움 입구
③ 동상 앞에서 축구 묘기를 부리는 사람

점심 후 퐁데아스카르 산으로 이동했다. 이 산은 모습이 설탕을 쌓아올린 모습과 같다고 해서 설탕 빵이라는 뜻을 가진 퐁데아스카르라고 불렀다고 하는데, 생긴 모습이 우리나라 제주도의 산방산과 매우 흡사했다.

정상까지 가는 방법은 제1승선장에서 케이블카를 타고 표고 220m 언덕의 제2승선장까지 간 다음, 여기서 다른 케이블카로 갈아타고 표고 396m의 정상까지 가는 것이었다. 까마득한 허공을 케이블카 줄에만 매달려 가는 것이 스릴 만점이었다.

정상으로 올라가는 케이블카

제2승선장 주변은 매우 넓어 공원과 식당, 공연장 등이 있고 늦게까지 공개해 리우 시민들의 휴식처 역할을 하고 있다고 한다. 전망이 좋아 아베크족이 많이 온다고 가이드가 설명했다.

정상은 비교적 넓은 공간이 있어서 전망대와 기념품점, 스낵코너 등으로 구성되어 있었다. 정상에서의 전망은 정말 장관이었다. 리우 시내 전체가 한눈에 들어오고 멀리 코르코바도 예수 상도 보였다. 여기서는 페루 아레키파의 콜카 캐니언에서 그렇게 기다려도 볼 수 없었던, 깎아지른 듯한 절벽에서만 둥지를 튼다는 콘도르가 떼 지어 날아다니고 있었다.

1
2 3

① 리우 앞바다의 섬
② 플라멩고(Flamengo) 해변
③ 멀리 코르코바도 예수 상이 보인다.

숙소로 돌아오는 길에 대성당에 들렀다. 이 성당은 남미를 여행하면서 여태까지 보아온 성당과는 건축 양식이 전혀 다르고, 소박한 내부 장식, 스테인드글라스가 특이했으나 감동은 별로 없었다.

호텔로 돌아와 맡겨둔 짐을 찾아 메고 코파카바나 해변도로까지 걸어서 갔다. 리마로 짐을 부친 까닭에 짐의 대부분이 내 배낭에서 빠져나가 배낭 무게가 훨씬 줄어서 힘이 덜 들었다. 어두워지기 시작해서 걸음을 서둘렀다. 도로변에 배낭을 놓고 기다리니 International Air Port라고 쓰인 버스가 온다. 호텔 직원이 가르쳐 준대로 손을 드니 세워준다. 공항에 도착하여 식당에서 식사를 하고 나니 10시가 조금 넘었다. 안내에 물어보니 TACA 항공사 직원은 새벽 3시가 넘어야 나온다고 한다. TACA에서 보내온 이메일 서류에는 출발 시간이 새벽 5시 57분으로 되어 있었다.

3월 14일

Two Payment OK?

새벽 3시 30분에야 항공사 직원이 나와 탑승 수속 준비를 한다. 탑승객들이 어디선가 하나 둘씩 나타나서 줄을 서기 시작한다. 아내와 나도 줄을 서서 기다리며 항공사 직원으로 보이는 사람에게 이메일로 받은 서류를 보이고, 탑승하는 데 문제가 없겠느냐고 물었는데 아무 문제가 없다고 한다. 기다리다가 내 순서가 되어서 좌석 배정을 받으려니 담당 직원이 워키토키로 뭐라고 뭐라고 하더니 항공사 사무실을 손가락으로 가리킨다. 이거 또 뭐 문제가 있구나 생각하고 데스크로 달려갔더니 결제가 안 되었다고 한다. 그럼 여기서 결제를 하겠다고 했더니 담당자가 조금 있으면 나오니 그때 하란다.

담당자가 나와 체크카드를 주자 한참 컴퓨터를 조작하더니 자꾸 머리를 갸우뚱한다. 이유가 뭐냐고 물으니 대답을 안 한다. 전화로 어딘가 연락하니 처음 데스크에 앉아서 담당자를 기다리라고 한 사람이 나와서는, 이 사람은 영어를 못 하니 나한테 얘기를 하면 포르투갈어로 통역하겠다고 한다. 결론인즉 담당자는 이 체크카드로는 항공료(한화 약 1,300,000원) 결제가 안 된다는 것이다. 그래서 나는 여태까지 여행하면서 이 카드로 출금하고 다녔는데 안 될 리가 없다고 말했다. 그러자 혹시 출금 한도를 정해놓지 않았냐고 묻는다. 아차, 싶었다. 만약의 카드 분실을 대비해 출금 최고 한도를 100만 원으로 한정시켜놓았던 것을 까맣게 잊고 있었던 것이다. 그래서 어떻게 하나 걱정했는데 두 번에 나누어 끊어서 해주겠다고 아이디어를 내어 묻는다. Two payments, OK? 앞으로 이 단어는 평생 잊어먹지 않을 것 같다. 무사히 짐을 부치고 기내에 자리를 찾아 앉으니 안도의 한숨이 절로 나온다.

비행기 안에서 멕시코 여행 일정에 대해서 생각하지 않을 수 없었다. 멕시코에 대해서는 사전에 준비한 것이 없어서 어떻게 여행 일정을 짜야 하나…. 이런저런 생각을 하기는 했지만 그나마 가이드북(『멕시코 100배 즐기기』)있어서 위안이 되었다.

비행기에서 내려다본 멕시코시티는 매우 거대하고 복잡한 도시였다. 산지가 거의 안 보이는 평지로서 끝도 없이 도시가 펼쳐져 있었다. 이 도시는 멕시코의 정치 경제의 중심지이며 인구는 2천만 명이 넘는다고 한다.

오후 6시, 멕시코시티 차베스(Chavez) 국제공항에 도착했다. 짐을 찾아 나오는데 Hotel Information이라고 쓴 부스가 보인다. 시내 구시가지에 숙소를 소개해달라고 하자 인상 좋게 생긴 나이 지긋한 아저씨가 웃으며 1박에 미화 30$ 수준의 방을 소개해주고 엄지를 치켜세운다. 저녁식사를 할 마땅한 식당이 근처에 없냐고 또 물었더니 쫓아 나와 공항 내 식사 장소를 알려주고 택시 타는 법도 알려준다. 택시는 창구에서 버스처럼 목적지까지 요금(160페소, 한화 13,000원)을 먼저 내고 표를 끊은 후 직원 안내에 따라 택시를 타고 그 티켓을 주면 그만이었다. 이렇게 하면 바가지요금이 없겠구나 생각되었다. 브라질과는 전혀 분위기가 달랐다. 일단 지나다니는 사람들의 표정도 우중충하지 않고 밝았다.

우리가 소개받은 숙소는 'Hotel Principal'로 깨끗한 트윈베드와 화장실을 갖춘 관광호텔이었다. 호텔 프런트에서 숙박계 서명을 하고 3일치 1,110페소(한화 89,000원)를 카드로 계산했다. 3일치 숙박비가 리우의 하루 숙박비보다 저렴하다니, 일단 물가 수준이 맘에 들었다. 그러나 아침식사는 포함되지 않은 가격이었다. 숙소의 위치는 구시가지에 소재한 관광 명소와 매우 가까워 우리 같은 여행객에게는 적격이었다. 다시 공항의 관광 안내 아저씨의 마음 씀씀이에 고마움을 느꼈다.

MEXICO

Ⅵ 메시코

멕시코는 공식 명칭이 멕시코 합중국이다. 북아메리카 남서쪽 끝에 위치하는 나라로서 면적은 1,964,375㎢, 한반도의 약 8.5배 정도 크기이고 인구는 약 1억 1500만 명이다. 인구 구성은 스페인계 백인이 9%, 백인과 인디오 원주민과의 혼혈인 메스티조가 60%, 인디오 원주민이 30%, 기타 1%로 되어 있다. 멕시코는 마야, 톨테크, 아즈텍과 같은 인디오 고대문명의 발상지이다. 경제적으로는 2011년 기준 수출입을 합한 대외교역 규모가 약 7,000억 달러이며, 1인당 국민소득(GDP)은 $10,123(2012년 기준)이다.

3월 15일

볼거리 많은 멕시코시티

아침은 거리 노점상에서 파는 멕시코 전통음식으로 먹었다. 이름은 모르겠고 잘게 썰어 볶은 닭고기 또는 쇠고기를 또르띠아라고 부르는 밀전병 같은 것에 얹어 멕시칸 소스를 뿌려먹는 음식인데 우리 입맛에 맞았다. 근처 직장인같이 보이는 현지인들도 많이 먹고 있었다. 여행자로서는 재미도 있고 경제적인 아침식사였다.

노점상에서 아침식사

호텔로 돌아와 로비에서 구한 관광안내 팸플릿의 관광명소와 지도를 참고로 하여 대략적인 시내관광 계획을 세운 다음 숙소를 나섰다. 봐야 할 문화 유적지가 너무 많아 선별하기 어려울 정도였다. 주요 관광지가 도보로 갈 수 있는 가까운 거리여서 참 좋았다.

우선 숙소 인근의 유적지부터 둘러보기로 했다.

템플로 마요르(Templo Mayor). 이 건축물은 15세기 아즈텍 인들이 세운 사원으로서 스페인 점령 시 파괴되어 지하에 묻혔다가, 1978년 우연히 발견된 조각상을 시작으로 발굴 작업이 시작되었다. 현재도 발굴 작업이 진행 중이라고 하며, 그 규모는 발굴된 것보다 더 많은 것들이 묻혀 있을 정도라고 한다. 스페인의 정복자 코르테스는 1519년 지금의 베라크루스 해안에 최초로 상륙해 아즈텍 정권과 대결하여 승리한 후 멕시코를 정복했는데, 이들에 의해 아즈텍의 위대한 이 사원은 완전히 파괴되었다. 그리고 그 위에 대성당과 부속 교회가 지어졌던 것이었다. 이것은 잉카제국을 정복한 스페인인들이 페루 쿠스코에 있던 잉카의 궁전 코리칸차를 파괴하고 그 자리에 대성당을 지은 것과 같은 맥락이다. 피정복자의 슬픈 역사를 다른 나라에서 다시 보는 것 같아 마음이 아팠다.

이 유적지 옆에는 박물관이 있어 아즈텍과 그 이전 문명의 역사 유물들을 전시해놓았다. 복잡한 메소아메리카의 역사를 잘 이해할

템플로 마요르 석조 제단

사원의 일부 모습

수는 없었고, 우리가 단편적으로 알고 있는 아즈텍, 마야, 잉카 등의 유물에 대해 관심을 보였을 뿐이다. 차끄물이라고 하는 인물 좌상은 신과 인간 사이의 중개자로 여겨졌으며, 그가 들고 있는 사발 위에 제물인 인간 희생자의 심장이 놓였다고 한다. 이러한 좌상은 아즈텍과 마야 유적지에서 여러 번 볼 수 있었다.

유적지 발굴 모습

차끄몰 상

숭배 대상의 두상(頭象)

돌로 조각한 정교한 독수리 상

대주교 교구 대성당과 그 옆 부속 교회

웅장한 성당 내부

검은 피부의 예수 상과 화려한 금 조각상

아름다운 기도실

대주교 교구 대성당(Catedral Metropolitana)은 쏘갈로(Zocalo) 광장 북측에 위치해 있다. 탑의 높이는 67m이며, 이 건물을 완성하는 데 약 300년(1525-1813년)이 걸렸다고 한다. 이 성당은 라틴아메리카에서 제일 크다고 한다. 웅장하고 고색창연하면서도 화려한 성당의 모습은 매우 아름다웠다. 의자에 앉아 있으니 마음이 엄숙해지고 성모와 예수에 대한 신앙이 절로 깊어지는 느낌이었다. 한동안 앉아서 세속의 일을 잊고 마음을 정화시키는 시간을 가졌다.

성당에서 나오니 쏘갈로 광장에서 많은 사람들이 모여 시위를 하고 있었다. 사람들에게 물어보니 전국교원연합에서 인금 인상(alto!)을 요구하는 시위라고 한다. 어떤 사람들은 광장에 텐트를 치고 있었다. 서울의 시청 앞 광장에서 천막치고 농성하는 모습이 생각났다.

쏘갈로 광장

국립궁전(Palacio Nacional)

쏘갈로 광장을 중심으로 많은 주요 건물들이 위치하고 있었는데, 동측으로는 국립궁전(Palacio Nacional)이 있었다. 거의 정사각형의 르네상스 건물인 이 국립궁전은 스페인 정복자 에르난 코르테스가 거처했다고 한다.

국립궁전을 지나 거리를 걷다 보니 팸플릿에서 어딘지 찾을 수 없는 작은 미술관이 있어 들어가 전시품을 관람했는데, 내용을 알 수 없어 답답했다. 원래의 규모는 매우 큰 듯했는데, 현재 내부 공사 중으로 극히 일부 공간만 전시를 허용한다고 한다. 그런데 시대를 전혀 알 수 없는 데다 영어로 된 설명이 붙어 있지 않았다.

1 2
3 4

① 미술관 출입문의 인상적인 놋쇠 장식
② 아름다운 부조 타일
③ 멀리 보이는 아메리카 탑 빌딩
④ 로봇 흉내 내는 거리의 예술

그 다음으로는 알라메다 중앙공원(Alameda Central)과 예술의 궁선(Palacio de Bellas Artes)을 보러 갔다. 알라메다 중앙공원은 무슨

공사를 하는지 전체가 펜스로 둘러싸여 볼 수 없었다. 그 옆에 있는 예술의 궁전은 하얀 백색의 대리석 건물인데, 아름다운 조각과 이중의 황금색 돔이 있는 건축물로서 건물 자체가 예술품이었다. 이 건물은 1905년 이탈리아 건축가가 설계해 착공되었으며, 혁명으로 한때 공사가 중단되어 1934년에야 완공되었다고 한다. 건물 내부는 붉은색과 흰색의 이탈리아 대리석으로 화려하게 치장되어 있고, 화려함의 정도는 감탄을 자아내게 했다. 우리나라에도 이러한 건물이 있다면 하고 잠시 생각했다.

현재 이 건물은 오페라 극장으로 사용하고 있는데, 2층의 갤러리

아메리카 탑 빌딩(Torre de Ameticana) 전망대에서 본 예술의 궁전

에 훌륭한 그림이 많이 전시되어 있었다. 그 중 멕시코의 디에고 리베라의 '인간, 우주의 지배자'라는 제목의 그림은 매우 유명하다고 했다. 인류 역사에 길이 남을 훌륭한 인사를 주제로 하여 그렸다고 한다. 나의 짧은 미술 안목으로는 얼마나 훌륭한 작품이지 잘 모르겠고, 같이 걸려 있는 다른 그림들 일부는 사회주의 사상을 표현하고 있는 것처럼 보였다. 뭐라고 할까, 하층 민중의 아픔을 그렸다고나 할까. 하여튼 뭔가 개성이 있어 보였다. 그냥 미국이나 유럽 문화의 아류가 아니라, 멕시코만의 독특한 색깔이 느껴졌다.

로비

정문 상단의 조각

디에고 리베라의 '인간, 우주의 지배자'는 그림의 규모가 너무 커서 여러 컷으로 찍어야만 했다.

아메리카 탑 빌딩(Torre de Americana)의 입장권은 한 번 사면 그 티켓으로 밤에도 입장할 수가 있어서 야경을 본 후 저녁은 첫날 길거리 노점상에서 먹은 멕시코 음식 '따코'(나중에 그 이름을 알았다)

와 맥주로 하고 숙소로 돌아왔다. 볼거리 많은 멕시코의 물가는 남미의 다른 나라에 비해 싸고 품질이 좋았다. 멕시코를 서양인들이 관광하기 좋은 나라라고 하는 이유를 알겠다.

'인간, 우주의 지배자' 그림의 우측 하단부

3월 16일

멕시코 국립 인류학 박물관

지하철을 타고 멕시코 국립 인류학 박물관(Museo Nacional de Antropolpgia)을 보러 갔다. 숙소에서 도보로 10분 거리에 있는 아옌데(Allende) 역에서 지하철을 타고 수아레즈(Suarez) 역에서 환승한 후, 차플펙(Chapullepec) 역에서 내려 서측으로 약 15분 정도 차뿔떼펙 공원 북측의 도로를 걸으면 박물관이 나온다. 시내 지도를 보고 찾으면 그리 어렵지 않다. 박물관 가장 가까이 있는 전철역은 아우디토리오(Auditorio) 역이지만, 우리 숙소에서는 다섯 정거장을 더 가야하고 또 한 번 환승해야 하기 때문에 차플펙 역에서 내려 걸어가기로 했던 것이다. 1964년에 완공되었다고 하는 거대한 규모의 이 박물관은 1실부터 12실로 구성되어 있는데, 선사시대부터 현대까지 올멕, 아즈텍, 마야 문명에 대해 체계적으로 전시되어 있고, 또 현대 민속 유물들도 많이 전시되어 있었다.

짧은 시간에 이 방대한 전시물과 멕시코 역사에 대해 요약 기술한다는 것은 어려운 일이다. 그러므로 관람 후의 전반적인 인상을 나의 주관적인 입장에서 말해본다면, 멕시코는 그동안 여행했던 페

박물관 중앙에 위치한 독특한 구조의 거대한 분수

박물관까지 가는 도중의 거리에 전시된 독특한 조각상

루나 볼리비아, 칠레, 아르헨티나 등과는 달리 식민지 문화 그 이상의 것을 볼 수 있었다. 또 멕시코 고유의 문화, 문명을 보존하고 후손들에게 가르치려는 지도자들의 장기적이고 체계적인 노력의 흔적을 느낄 수 있었다.

멕시코 현지 어린 학생들의 모습

테오티우아깐에서 가져왔다는 장식물

고대 신의 조각상

우리는 전시물 관람 도중에 많은 현지 학생들을 만날 수 있었는데, 지도교사들이 진지하게 역사 유물에 대해 학생에게 설명해주는 모습에서는 이 나라의 역사와 문화를 후손에게 계승 발전시키려는 의지를 확인 할 수 있었다.

박물관 관람 후에는 아우의 처형 부부를 만나러 Sevilla 역 근처의 Rondres 227에 위치한 병원을 찾아갔다. 이 병원은 처형 남편이 운영하는 곳인데, 반갑게 맞아주어 고마웠다. 아담한 2층 건물로서 1층은 고급 실내장식 소품가게를 하고, 2층은 병원 진료실로 쓰고 있었다. 근처의 한 식당에서 소주 2병을 곁들인 저녁식사를 하고 처형 부부가 숙소까지 차로 데려다주었다. 멕시코시티에는 한인 교포가 약 7천 명 정도 사는데, 교포들만 진료하더라도 매우 바쁘다고 한다. 교민들은 언어가 아무래도 다르기 때문에 멕시코 의사보다는 한국 의사를 더 찾는다고 한다.

3월 17일

동전 바구니를 든 아즈텍 전사

오늘은 호텔 프런트에서 내일 테오띠우아깐 1일 현지 패키지 관광을 2인 기준 900페소(한화 81,700원)에 예약한 다음, 지하철을 타고 버스 터미널로 가서 다음 여행지인 오악사까행 버스표를 예매했다. 3월 19일 오전 9시 30분 출발 예정이다. 돌아오면서 소갈로 광장 주변의 상가에서 청바지와 치마 벨트를 사고, 유서 깊은 전당포 건물을 구

전당포 건물 내부 모습

경했다. 나라에서 운영하는 아주 오래된 전당포로서 멕시코 시민 금융에 큰 역할을 했다고 한다. 우리가 생각하는 전당포 이미지와는 다르게 건물이 매우 훌륭했다

시내를 돌아다니다가 북소리가 요란하고 많은 사람들이 모여 구경하는 것을 보고 다가갔더니 전통 아즈텍인들의 복장으로 전통춤을 추고 있었다. 관광객들이 구경하고 사진도 같이 찍고 얼마간의 사례를 했다. 그런데 그 중에서 아즈텍 전사의 모습으로 동전 바구니를 들고 있는 공연자의 모습은 먹이를 구걸하는 동물원의 맹수 같아서 슬퍼 보였다.

동전 바구니를 든 아즈텍 전사 복장의 공연자

거리 공연을 보고 숙소로 돌아와 좀 쉬다가 그동안에 못 했던 이발을 했다. 1층 카운터에 있는 호텔 종업원에게 머리를 자를 수 있는 곳을 소개해달라고 했더니 가까운 거리에 미용원이 있다고 한다. 가보니 순서를 기다리는 멕시코 현지 남자들이 서너 명 있었다. 한참을 기다리니 아줌마가 의자에 앉으란다. 그리고는 10여 분 만에 머리를 짧게 깎아놨는데 솜씨가 나쁘지 않았다. 이발비는 40페소(한화 약 3,700원)로 매우 쌌다. 가격 대비 대만족이었다.

저녁에는 다시 아우, 처형 부부와 만나 멕시코 전통춤과 노래 공연을 보고 데낄라도 마시며 즐거운 시간을 보냈다. 공연 후에는 손

님들이 나와서 살사 춤을 추는데 멋있었다. 나와 아내는 용기를 내어 무대에서 살사 춤을 흉내 내어 추는 만용(?)을 부렸다. 과음을 했지만 데낄라는 숙취가 없다더니, 정말 다음날 머리가 깨끗했다.

멕시코 전통악단 마리아치의 공연 모습

3월 18일
인간이 신이 되는 장소 '테오띠우아깐'

오전 9시 20분, 여행사에서 우리를 픽업하러 왔다. 버스를 타고 시내를 벗어나자마자 한 유적지에 도착했는데, 그곳은 세 가지 문화 광장(Plaza de las Tres Culturas)이었다. 우리 일행을 영어권과 스페인어권 두 그룹으로 나누어 중년의 가이드가 진지하게 설명했으나 잘 이해되지 않았다.

이곳에는 성당, 계단 등과 용도를 알 수 없는 건축물 잔해가 산재해 있었는데, 이 지역을 중심으로 발달한 현대와 식민 시대 그리고 콜럼버스 이전 시대의 건축 양식이 혼재해 있기 때문에 '세 가지 문화 광장'으로 불린다고 한다.

'세 가지 문화 광장'의 전경

다음 행선지는 과달루페 대성당(Basilica de Guadalupe)이었다. 이 성당의 기원은 1531년 12월 9일 성당 미사에 참석하기 위해 체페야크 산을 넘어가고 있던 아즈텍 인 디에고에게 성모 마리아가 나타났는데, 이때 나타난 성모 마리아의 모습이 갈색 피부의 원주민 여성이었다고 하는 데서부터 시작된다. 그녀는 동정녀 마리아임을 밝히고 뱀을 물리친 여인이라는 뜻의 '코아탈호페(Coatalxope)'라는 이름의 성당을 그 장소에 건립하라고 전하고는 사라졌다. 디에고는 이 사실을 멕시코 주교에게 전했으나 주교는 이 사실을 믿지 않았다. 디에고는 주교가 만일 성모님의 표적을 보여준다면 성모가 나타난 사실을 믿겠다고 한 사실을 성모에게 전하자, 성모는 징표로서 테페야크 산에 올라가 장미를 주워 주교에게 보이라고 말했다. 디에고는 그때가 12월이었기 때문에 의심을 품고 산 정상에 올랐는데, 정말 장미꽃들이 있었다. 디에고는 이를 자신의 망토에 담아 주교에게 보여주었다. 주교는 겨울에 핀 장미꽃과 디에고의 망토에 새겨진 성모 마리아의 그림에 놀라 무릎을 꿇었다. 그리하여 테페야크 산 정상에 성당이 세워졌고 성화(聖畵)가 그 성당에 모셔졌다. 발현한 성모 마리아가 전한 '코아탈호페(Coatalxope)'는 스페인어로 '과달루페(Guadalupe)'로 발음하게 되었다.

이 사실이 알려지면서 성당에는 순례객들의 발길이 끊이지 않았고, 멕시코 인들의 개종도 빠르게 진행되어 우상숭배와 인신제사를 지내던 멕시코인 800만 명이 거의 대부분 가톨릭 신자가 되었다. 그 후 과달루페의 성모는 멕시코인들의 신앙 속에 깊이 자리했고, 국가의 중요한 시기마다 백성들을 돌보아주었다고 신자들은 깊이 믿고 있다고 한다. 과달루페 성당의 사례는 가톨릭 신앙이 현지 종교와 융합한 대표적 사례로 손꼽힌다고 한다. (인용 『두산백과사전』)

성당에 도착하자 많은 순례객들이 있었다. 더욱이 성당 내부는 성모 마리아의 성화를 보기 위해서 발 디딜 틈도 없이 붐볐다. 우리는 단체 외국인 관광객이라는 점을 내세워 현지인 줄 앞으로 새치기를 했는데, 성화 앞에 무빙워크가 설치되어 그 앞에서는 멈출 수도 없었다. 그냥 지나가면서 힐끗 보고 사진을 찍을 수밖에 없었다. 성당 밖으로 나가니 출구 주변에 기념품점이 많이 있었다. 여기서 화장실도 이용하고 쇼핑도 하라고 가이드가 20분 정도의 시간을 주어 친구들에게 선물할 기념품을

과달루페 대성당의 전경

멕시코에 발현한 원주민 모습의 성모 마리아

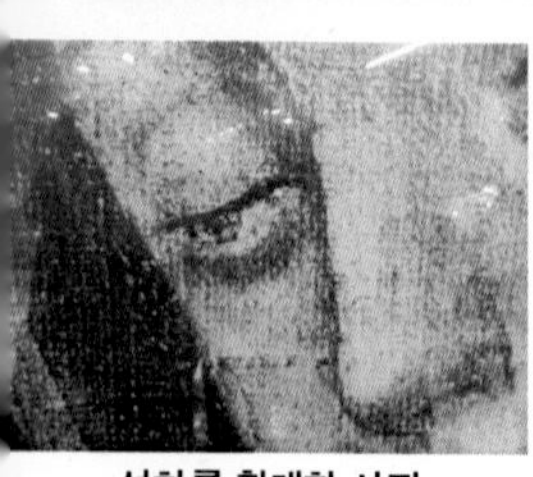

성화를 확대한 사진

성화(聖畵) 앞에 운집한 군중

몇 가지 샀다.

마당에 진열된 갖가지 기념품

용설란

잎에서 섬유질을 벗겨내는 모습

다음 코스는 유명한 멕시코의 술 데낄라의 원료가 되는 용설란 농장이라고 한다. 내리니 현지인이 나와 용설란 잎에서 섬유질 추출하는 방법을 보여주고 데낄라 술을 시음하라고 한다. 그런데 그 옆에 옥이나 은, 요석 등으로 만든 기념품이 즐비하다. 여기는 기념품점 공장도 겸하고 있다며 그가 가동을 멈춘 지 한참 된 것으로 보이는 허름한 공장 설비를 보여준다.

유명 관광지의 기념품점이 패키지 관광의 코스인 것은 여기도 마찬가지였다. 가게의 여기저기를 둘러보고 있는데, 내 옆에 앉아 오는 도중에 여러 이야기를 했던 은퇴한 캐나다 건설업자라는 사람이 나한테 여기 제품은 여기서 만든 것이 아닐 것 같다며 중국 제품이 아닐까 의심스럽나고 조용히 말한다.

다시 버스에 올라 테오띠우아깐 유적지 주차장에 도착했다. 그럼 여기서 잠깐 이 거대한 유적지의 역사에 대해 서술해보기로 한다.

테오띠우아깐(Teotihuacan)은 '인간이 신이 되는 장소'라는 의미로서 가장 인상적인 고대도시 가운데 하나였다. 기원전에 세워진 이 거대 도시엔 최고 12만 5천 명 이상이 살았으며 면적도 20㎢에 달했다. 이 도시는 AD 650년 파괴되기 전까지 500년 동안 이 지역의 삶을 지배했다고 한다. 훗날 이곳을 발견한 아즈텍 인은 거인이 이곳을 세웠다고 믿고 신성시했다. 신전과 궁궐, 피라미드가 있는 의식이 열리는 광장에는 도시의 광채가 담겨 있지만, 그 설립자와 주민에 대해서는 알려진 바가 거의 없고 그들의 출신, 생활양식, 멸망까지도 아직 미스터리라고 한다. 또한 이곳은 멸망 후 그 폐허가 천 년 이상 두꺼운 흙과 식물층에 숨겨져 있었다. 스페인 정복자 코르테쓰와 그의 부하들도 이곳을 지나치면서 그 존재를 알지 못했다고 한다. 이 도시는 1864년에야 비로소 발굴되기 시작했다. (인용 『가자 세계로 멕시코』, 서울문화사)

가이드는 역시 영어권과 스페인어권으로 나누어 한참을 설명하는데 전혀 이해를 못했고, 유적 관람이 끝난 후의 집결 장소와 시간, 그리고 태양의 피라미드는 관람객 줄이 너무 길어 그곳을 보다가는 집합 시간에 늦을 수 있으니 포기하고 다른 유적지를 먼저 보라는 말 정도를 이해할 뿐이었다.

먼저 입구 근처의 신전을 간단히 둘러보고 태양의 피라미드를 향해 걸었다. 오늘이 마침 일요일이어서 관람객들이 많았다. 이 광대한 규모의 유적을 언제 다 보나 하는 마음에 걸음을 재촉했다. 태양의 피라미드는 세계적으로도 큰 종류에 속하며 가로 세로가 약 225m로 이집트의 거대한 피라미드와 비슷하지만, 높이는 65m로 이집트 피라미드의 절반 정도라고 한다.

뜨거운 햇볕을 맞으며 한참을 걸어 태양의 피라미드 근처까지 왔지만, 가이드의 말대로 태양의 피라미드를 오르려는 사람들이 많았다. 안전상의 이유로 일정 인원만을 차례로 통과시키기 때문에 시간이 오래 걸렸다. 그 앞에서는 아스텍 전통 복장을 한 사람들이 모여 향을 피우고 무슨 의식을 행하고 있었다. 주위 사람에게 물어보니 제사 의식을 행하고 있는 것이라고 했다. 깃털로 화려하게 장식한 모자를 쓴 것이 이채로웠다.

화려한 깃털 장식이 이채로운 전통복장 전사의 모습

향을 피우는 모습

다양한 복장의 제사장들

남북으로 길게 위치한 유적지의 맨 북쪽에 달의 피라미드가 있었다. 이곳은 사람이 많지만 인원을 통제하지 않아 올라가보기로 했다. 가파른 계단을 손잡이를 잡고 올라가니 내려오는 사람들과 마주치기도 하고 해서 여간 조심스럽지 않았다. 막상 올라가보니 테오띠우아깐의 모습이 한눈에 들어오는 것이 장관이었다. 그 옛날 이곳의 사람들은 무슨 생각을 하며 살았을까? 그들에 대해 전혀 전해 내려오는 바가 없다니, 어떻게 보면 신비롭다. 뭔가 숨겨진 것이 있다는 것, 이러한 점이 멕시코 여행의 매력이 아닌가 생각된다.

달의 피라미드 모습

달의 피라미드에서 본 태양의 피라미드와 그 앞의 거리 모습

정교하게 건축된 달의 피라미드 주변의 피라미드 형 제단

테오띠우아깐을 마지막으로 멕시코시티에서의 관광은 마쳤는데, 멕시코시티에 대한 나의 기억은 대성당, 거리의 거지, 광대, 잡상인, 현대식 빌딩, 부유한 사람들, 박물관, 미스터리 피라미드 유적 등 다양한 삶의 모습이 떠오르는 매우 흥미로운 도시라는 점이었다. 지금까지 본 멕시코의 실제 모습은 오기 전에 내가 상상했던 것과는 전혀 달랐다. 멕시코 하면 영화 속에서 불법 이민자나 마약판매 조직 등 어두운 측면을 많이 다루었던 것 같고, 매스컴을 통해서도 경제적으로 불안하고 치안도 나쁜, 이미지가 좋지 않은 뉴스를 많이 접했던 것 같다. 그런데 그것은 이 큰 나라의 일면만을 확대해서 보여준 것이라고 본다. 역사와 문화 측면에서는 매우 흥미로운 나라라고 생각되며, 앞으로의 여행에서 멕시코의 또 어떤 모습을 보게 될지 기대가 되었다. 저녁은 숙소 근처의 Colona Salon에서 간단한 멕시코 음식과 맥주로 했는데, 분위기도 좋고 맛도 좋았다. 볼거리와 먹거리가 풍부하고 사람들이 친절하며, 게다가 비용까지 저렴한 멕시코가 관광대국인 것은 당연하다는 생각이 든다.

3월 19일
오악사까

아침 8시, 숙소인 Hotel Principal에서 120페소(한화 11,000원)에 택시를 불러 타고 목적지인 오악사까(Oaxaca)행 버스가 출발하는 에스테 터미널(Este Terminal)로 갔다. 참고로 말하면 este는 스페인어로 동쪽이라는 뜻이다. 멕시코시티에서 오전 9시 30분 출발, 오후 5시경에 오악사까 버스 터미널에 도착해서, 아내가 아이패드로 미리 알아놓은 Don Nino라는 호스텔에서 조식 포함 1박에 400페소(한화 37,000원)에 묵기로 했다. 오악사까는 인구 약 25만 규모의 자그마한 도시로, 중심가는 아름다운 식민지 시대의 건물로 들어차 거리가 매우 아름다웠다. 방에다 짐을 풀고 샤워를 하고 나니 벌써 저녁식사 시간이 되었다. 숙소 앞의 공원을 거닐다 근처에 식당 Vips가 있어 들어가 식사 주문을 했는데 기대치 않은 것이 나와 맥주와 함께 대충 먹었다. 식사 주문은 항상 쉽지 않았다. 식사비는 371페소(한화 34,000원)로 비쌌다.

3월 20일

사보텍 유적지 몬테알반

호텔에서 주는 아침을 먹고 고대도시 유적지인 몬테알반(Monte Alban)에 가기로 했다. 버스 정류장은 여행기를 참조하고 카운터의 직원에게 물어서 시내 지도에 표시한 다음, 도보로 약 30분 정도 소요거리라고 해서 시내 구경도 할 겸 걸어가기로 했다. 간단한 간식만 챙긴 배낭은 무겁지 않아 발걸음도 가볍게 시내를 보고 목적지에 거의 도달했다. 그러나 정류장을 찾지 못해 이 사람 저 사람에게 물어물어 간신히 찾으니, 10시 30분부터 한 시간마다 몬테알반까지 가는 버스 편이 있고 올 때도 오후 5시까지 한 시간마다 버스 편이 있다고 한다.

시내에서 약 10km 떨어진 목적지까지는 얼마 걸리지 않았다. 표고 약 400m 산 위에 편편하게 조성된 토지에 위치한 이 고대 도시는 기원전에 세워졌으며, 이 지역의 지배자였던 귀족들이 살았던 것으로 추정된다고 한다. 자료를 찾아보면, 사보텍 문화의 유물이라고 하는데 자세한 내용은 언급되지 않았다. 이 고대도시의 유적들을 돌아보면 신전과 피라미드형 제단, 주거지로 보이는 건물 흔적,

볼 경기장, 천문대, 무덤, 광장 등이 있었고, 부대시설로 박물관, 기념품 판매점, 간이식당 등이 있었다. 이 유적들은 1987년 세계문화유산으로 지정되었다고 한다. 이 도시는 사방이 확 트인 평야지대에 우뚝 솟은 지형에 조성되었는데, 남미를 여행하는 동안 이렇게 조망이 좋은 곳에서는 제단이나 신전 등 성스러운 건축물들을 많이 볼 수 있었다.

우연히 만난 미국인과 함께

이 유적지 중에서 가장 높은 피라미드형 제단 위를 오르니 고고학자처럼 수염을 기르고 파나마모자를 쓴 외국인이 보인다. 고대도시 유적과 이 노인의 모습이 잘 어울려 영화의 한 장면이 연상되었다. 이 사람은 미국 캘리포니아에서 왔다며,

산 정상에 조성된 고대도시의

1
2 3 4

① 볼 경기장의 모습
② 북측 피라미드 형 제단 위에서 본 유적지(가라앉은 안뜰)
③ 신전의 모습
④ 광장 한가운데 천문대(보수공사 중)가 보인다.

이렇게 전망 좋은 곳은 그 시대에 귀족이나 올라올 수 있었다고 내게 말해주었다. 나는 그 시대의 귀족이 누릴 수 있는 특권을 누리고 있구나 생각하니 뿌듯했다. 나는 한국에서 왔다고 소개하고 같이 기념촬영을 하자고 했더니 흔쾌히 응해준다.

남측의 제단을 오르던 중 갑자기 발아래 땅이 꺼지는 듯한 느낌이 나며 걸음걸이가 휘청거렸다. 처음에는 놀라 내가 땡 볕에 더위를 먹었나 보다 했는데, 주위에 지나가는 사람들에게 물으니 지진 때문이라고 한다. 나중에 들으니 이때 멕시코시티 근교에 강진이 있었다고 하며, 내가 느낀 것은 여진에 불과한 것이었다. 그 묘한 느낌은 잊을 수 없을 것 같았다. 나중에 뉴질랜드로 여행을 갔을 때 남 섬에 있는 도시 크라이스트처치 중심가에 붕괴된 빌딩들의 터와 사용이 금지된 건물들을 보고 지진이 얼마나 무서운가를 공감할 수 있었다.

그 당시에도 이곳 사람들은 죽어서 이곳에 묻히는 것을 매우 열망했다고 한다. 동서고금을 막론하고 죽어서 좋은 곳에 묻히고 싶어 하는 사람의 마음은 똑같은 것 같다.

숙소로 돌아와 저녁에는 근처 공원 옆에 있는 'Paseo'라는 이름의 바에서 멕시코 음식과 맥주를 먹으면서 생음악을 감상했다. 음악 신청이 가능하다고 해서 '베사 메 무쵸(Besa Me Mucho)'를 신청해 들었다. 그동안은 의미를 생각하지 않고 들었었는데, 생각해보니 제목 내용이 '키스를 많이 해주오'라는 뜻이니까 상당히 로맨틱한 노래를 무심코 들어왔단 생각이 들었다.

숙소로 11시 30분경에 돌아오니 문이 잠겨 있다. 벨을 여러 번 눌렀는데도 아무도 안 나와서 어떻게 하나 하고 아내와 걱정스럽게 30분쯤 기다리니 웬 노인네가 나와 문을 열어준다.

3월 21일

아름다운 식민지 시대 건물들

아침에 떠날 준비를 하고 체크아웃한 후 시내 관광을 나섰다. 배낭은 숙소 직원에게 맡겼다. 시내 관광을 하고 나서 다음 목적지인 빨렌케의 숙소를 예약할 작정이었다. 거리는 반듯반듯하게 바둑판같이 설계되어 있고, 건물도 층이 거의 같게 지어진 데다 보존상태도 좋아 정돈되고 보기 좋았다. 한 무리의 어린이들이 분장을 하고 알록달록한 옷을 입고 선생님의 보호 아래 지나가고 있었다. 공원에서는 무슨 행사를 하는지 악사들이 음악을 연주하는 모습이 참 평화롭게 보였다. 멕시코는 마을마다 공원에서 거의 매일 저녁 춤과 음악, 노래가 연주되고 있어 관광객들을 즐겁게 해주었다.

고색창연한 대성당과 산토도밍고 교회는 아름다웠다. 특히 내부의 황금색 장식과 천정의 나무 조각은 특이했다. 수많은 성인들이나 순교자를 천정에 나무로 조각하여 아름답게 채색했는데, 그 정성이 정말 대단했다. 그리고 그 수많은 조각상들이 한 곳을 바라보고 있다니, 정말 신기했다.

공원 옆에 훌륭한 건물이 있어 물어보니 대학교란다. 건물 외관과 내부의 회랑구조가 멋있었고, 그 가운데 설립자로 보이는 인물의 전신 청동 조각상이 서 있었다. 아카데믹한 분위기가 좋았다. 그리고 노점상에서 아내가 멕시코 전통 블라우스와 스커트를 샀는데, 모두 합해 320페소(한화 29,000원)였다. 공원 옆 식당가에는 일본 식당이 있었다. 우리나라의 푸드코트식이었는데, 현지인들이 누드김밥을 맛있게 먹고 있었다. 세계 어디를 가나 일본 식당이 없는 곳이 없었다. 그리고 현지화 되어 있었다. 나와 아내도 김밥과 맥주를 시켜 늦은 점심을 먹었다.

숙소로 돌아와 짐을 찾고 빨렌케의 숙소 예약을 하려니 체크아웃 했다고 빨리 나가란다. 야박한 관광지의 인심을 느낄 수 있었다. 배낭을 앞뒤로 메고 ADO 버스 터미널까지 아내와 함께 걸어갔다. 터미널 대합실 의자에서 아내더러 짐을 보라고 하고 인터넷 방에 가서 Chablis라는 호텔을 1박에 한화 64,000원의 가격으로 예약했다. 유카탄 반도가 가까워지면서 다시 물가가 비싸지는 느낌이 들었다. 칸쿤이 있는 유카탄 반도는 미국인 관광객들이 많이 온다고 한다.

오후 5시, 빨렌케로 출발 예정인 버스는 목적지까지 약 15시간 소요될 예정이라고 한다. 버스는 Primera 급(1등급)으로 깨끗했으나 직통으로 가지 않고 여기저기 소도시를 들르는 곳이 많았다.

깨끗한 거리 모습

색깔이 예쁜 건물 모습

① 천정에 조각된 성인들의 모습
② 화려한 내부의 황금 장식

대성당과 산토도밍고 교회의 웅장한 모습

공원의 행사 모습(음악 연주)

대학교 전경

대학교 주변 거리

3월 22일

정글 속 마야의 고대도시

밤새 버스로 달려 오전 8시 빨렌케 버스 터미널에 도착했다. 이 도시는 우리나라로 치면 읍 정도 규모의 작은 도시로서 마야 유적지 등 관광 명소로 인해 들르게 되는 곳이라고 보면 되겠다. 버스에서 내리니 우선 온도가 차이난다. 이곳은 바다와 표고가 큰 차이가 없어 습도도 높고 기온도 높아 열대지방 분위기가 났다. 호텔까지는 매우 가까웠지만 이 더위에 배낭을 메고 찾아가기가 힘들 것 같아서 택시를 타고 갔다. 택시 타고 10분 이내의 거리로 요금은 40페소(한화 3,700원)였다. 호텔은 비싼 만큼 괜찮았다. 수영장이 있는 트윈베드 룸으로 아주 깨끗하고 에어컨도 빵빵했다. 입구에는 우리나라 태극기도 걸려 있었다.

호텔에서 좀 쉬다가 가벼운 차림으로 마야 유적지를 보러 가려고 교통편을 카운터에 물어보니 버스 정류장 위치를 알려준다. 여기 종업원들은 영어를 좀 했다. 시내버스비 20페소를 주고 마야 유적지까지 갔다. 공원 입장료로 2인 기준 174페소(한화 16,000원)를 내고 입장했다. 이 마야의 고대 도시는 정글 속에 비교적 잘 보존되어 있는데, 마야인들이 이곳에 처음 정착한 것은 기원전 100년부터였다고 한다. 그리고 AD 600~800년 사이에 절정기에 달했다가 10세기 초반에 급작스럽게 몰락해 정글 속에 묻혀버렸다고 한다. 이 유적지는 중앙궁전, 광장, 여러 개의 이름으로 불리는 사원(태양의 사원, 비문 사원 등)들, 볼 경기장, 피라미드, 주거 유적지 등으로 구성되어 있다.

중앙궁전 근경

중앙궁전 앞

중앙궁전 내부

숲속의 유적지들은 정글 속에 위치해 있어서 더울 뿐 아니라 습도가 높아 돌아다니기가 더욱 힘들었다. 이 고대도시는 그래도 주변보다는 약간 높은 곳에 입지하고 있었다. 유적지를 서둘러 돌아보고 다시 버스를 타고 숙소로 돌아와 풀에 몸을 담그고 더위를 식혔다. 그런 다음 버스 터미널로 가서 내일 오후 9:00에 출

피라미드 내부 무덤 입구

피라미드 위에 지어진 비문 사원

주거지 여인들이 목욕했다는 아름다운

발하는 메리다행 버스표를 예매하고, 근처 여행사에 들러 내일 12:00~19:00까지 근교 폭포 등을 둘러보는 1/2 Day Package Tour를 500페소(한화 46,000원)에 예약했다.

저녁을 먹으려고 식당을 찾아 아내와 함께 주변거리를 어슬렁거리는데, 커다란 배낭을 멘 서양 젊은이 한 커플이 내게 다가와 방금 버스에서 내렸는데 이 근처의 숙소를 소개해 달란다. 미리 와 돌아다니다가 발견한 게스트하우스를 소개하고 1인당 200페소 한다니까 고맙다며 찾아간다. 근처 새하얀 식탁보가 깔린 식당에서 맥주를 곁들여 비싼 식사를 했다. 아내와 함께이므로 아까울 것은 없었지만, 돈에 비해서 맛이 별로 없었다. 내가 멕시코 요리를 시킬 줄 몰라서였을 것이다. 둘의 식사비가 팁 포함 485페소(한화 44,000원)가 나왔다.

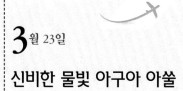

3월 23일
신비한 물빛 아구아 아쑬

12시경 여행사에서 우리를 픽업하러 왔다. 12인승 규모의 미니버스로 관광객은 우리를 포함하여 10명 정도이고, 가이드와 운전기사 포함한 우리 일행은 12명이었다. 구불구불한 산길을 2~3시간 달린 후 Misol Ha 폭포를 먼저 보았다. 정글 속 높이 약 35m 정도의 폭포인데 꽤 큰 호수를 향해 떨어지고 있었다. 이 근처에서는 매우 특이한 풍경으로 리무진 버스에 탄 관광객들도 많이 볼 수 있었다.

정글 속 폭포란 점이 특이한 Misol Ha

다시 버스를 타고 한참을 가서 Agua Azul(스페인어로 '푸른 물'이라는 뜻)에 도착했다. 이름 그대로 물빛이 푸른빛을 띠고 주위의 녹색과 대비되어 신비한 분위기를 연출했다. 이곳은 미솔하(Misol Ha)보다 훨씬 큰 관광지로서 방갈로 같은 숙

파란 물 색깔이 주위의 녹색과 대비되어 신비한 분위기가

앞뒤로 배낭을 멘 아내

앞뒤로 배낭을 멘 필자

소도 많이 보이고 외국 젊은이들도 많이 보였다. 이 지역은 지대가 높아서 그런지 시원했다.

상류로 올라갈수록 경치가 더 좋아 위로 올라가는데, 비가 오기 시작하더니 소나기로 변해 그치질 않는다. 할 수 없이 그 비를 다 맞고 모임 장소로 가서 식사를 하고 옷을 갈아입은 다음 버스를 타고 숙소에 오니 저녁 7시가 되었다. 호텔에서 맡겨둔 짐을 찾아 버스를 타고 메리다까지 갈 수 있도록 짐을 다시 꾸린 후, 배낭을 앞뒤로 하나씩 메고 아내와 함께 버스 터미널까지 걸어서 갔다.

3월 24일

유카탄 반도의 주도(洲都) 메리다

어제 저녁 9시에 빨렌케를 출발해서 밤새도록 달려 오전 5시 30

분 메리다 ADO 버스 터미널에 도착했다. 버스에서 내리니 날씨는 청명했다. 이른 아침이라 그런지 습도도 높지 않고 그리 덥지 않아 기분이 상쾌했다. 메리다(Merida)는 멕시코 동쪽 끝에 위치한, 유카탄 반도에서 가장 큰 도시이며 주도이다. 멕시코 해안으로부터 약 35km 반도의 북서 측에 위치해 있으며, 인구는 약 73만 명 정도라고 한다.

인터넷 숙박 사이트 www.hostels.com에서 예약한 숙소 'El Jardin'의 주소(calle 70.509, x61 y63)를 적은 쪽지를 터미널 앞에 늘어선 택시 운전사에게 보이니 손을 내저으며 가깝다고 걸어가란다. 그가 가리킨 방향으로 5블록 정도를 걸어가 숙소 간판을 찾으니 아무리 보아도 찾을 수가 없다. 우체부처럼 보이는 지나가는 사람에게 물어도 확실하게 대답을 못 하고, 근처 학교 수위실 같은 데 있는 아저씨에게 물어도 한 모퉁이만 돌아가면 된다고 할 뿐이었다. 그런데 아무리 찾아보아도 '엘 자딘'이라는 숙소 간판은 보이지 않는다. 무거운 배낭을 앞뒤로 지고 숙소를 찾으러 근처를 배회하며 왕짜증이 나는 순간, 어떤 아주머니가 나와 스페인어로 뭐라고 하는데 무조건 숙소 이름과 주소를 쓴 쪽지를 들이밀었다. 그러자 바로 여기라고 하지 않는가. 가만히 보니 간판이 조그맣게 손바닥만 한 글씨로 흐릿하게 쓰여 있었다. 아주머니를 따라 안으로 들어가니 자그마한 정원이 딸린 자그마한 숙소가 나왔다.

아주머니의 안내에 따라간 2층 방은 비교적 깨끗한 트윈베드 룸으로 지낼 만했다. 짐을 정리하고 1층으로 가니 미국 미시간에서 왔다는 노인 부부가 커피를 마시고 있었다. 우리는 한국에서 왔다고 소개하고, 시간이 되면 저녁 6시 30분에 식사나 같이 하자고 했더니 그러잔다. 방으로 돌아온 아내와 나는 그동안 피곤이 쌓였는지 침대에 눕자마자 잠이 들어 저녁때까지 내리 잤다. 6시 30분, 아래층으로 내려가니 노인 부부가 기다리고 있었다. 그들이 저녁식사를 하곤 한다는 식당까지 걸어가 그들이 권하는 메뉴를 먹었는데 싸고 먹을 만했다.

통성명을 하니 할아버지는 리처드(Richard), 할머니는 매릴린(Marilin)이라는데, 메리다에서 지낸 지 2달이 넘었다고 한다. 미시간은 겨울이 매우 추워 이곳에서 겨울을 보내곤 한단다. 손자가 12명이나 되는데 할머니가 건강이 안 좋단다. 할아버지는 수전증이 있는지 약간 손을 떨고, 할머니는 목소리가 고양이 소리처럼 가늘고 작다. 얼굴에 고독의 흔적이 보인다. 나이 들어 쓸쓸한 건 동서양이 따로 없나 보다. 맥주를 마시자고 했더니 안 마시겠단다. 할 수 없이 아내와 나 둘이서만 마시고 숙소로 돌아와 다시 잤다.

※독특한 Merida의 주소 체계

메리다의 도시계획은 다른 도시와 마찬가지로 바둑판 구조인데, 남북으로 난 calle(거리)는 모두 짝수 번호가 매겨져 있고, 동서로 난 calle(거리)는 모두 홀수 번호가 매겨져 있다. 내가 묵은 'El Jardin' 호스텔의 주소가 'calle 70. 509, x61 Y63'이면 남북으로 난 calle 70 도로를 먼저 찾고 동서로 난 도로 calle 61과 calle 63 사이의 509

호 건물을 찾으면 된다. 숙소에서 얻은 메리다 상세 다운타운 지도에는 센트로(centro)의 남북과 동서로 난 모든 거리 번호가 기재되어 있었다.

3월 25일
원초적 본능 투우경기

오늘은 일요일, 아침 일찍 일어나 아줌마가 만들어준 햄버거로 식사하고 우선 도보로 시내 중심가를 돌아본 다음 시티투어를 하기로 했다. 대 광장에 나가 보니 시청 앞 도로에 임시 무대를 만들어놓고 어린이를 위한 공연과 중년 남녀가 단체로 전통춤을 추는 다채로운 공연이 펼쳐지고 있었다. 이러한 공연은 일요일마다 있다고 한다. 어린이를 위한 공연은 디즈니랜드의 공연을 모방한 것으로 보여 지루했으나, 멕시코 전통춤은 매우 훌륭했다. 십여 명의 중년 커플들이 일사불란하고 흥겹게 대열을 여러 형태로 만들면서

들의 흥겨운 멕시코 전통춤 공연

남녀가 한 쌍으로 추는 춤

머리에 술 쟁반을 이고 춤을 추는 모습

흐트러짐 없이 춤을 추는데, 흥겨운 멕시코 춤의 전통을 잘 엿볼 수 있었다.

대 광장 북측으로 근접해 위치한 고비에르노 궁전(Govern's Palace)에서 1970년대 지역 화가인 페르난도 카스트로 파체코(Fernando Castro Pacheco)가 그린 거대한 벽화를 보았다. 마야 시대와 19세기 멕시코 역사에 대해서 그의 생각을 보여주는 그림 같았다. 매우 큰 그림으로 총으로 무장한 백인 군대와 원주민이 싸우는 모습인데, 별로 감동적이진 않았던 것 같다. 그 옆에 영어로 쓴 글귀가 멸망한 마야인들의 역사를 잘 묘사한 것 같아 해석해서 써본다. 유카탄 반도의 그 많은 마야 유적지들의 할 말을 대신하는 것같이 느껴져 가슴이 뭉클하다.

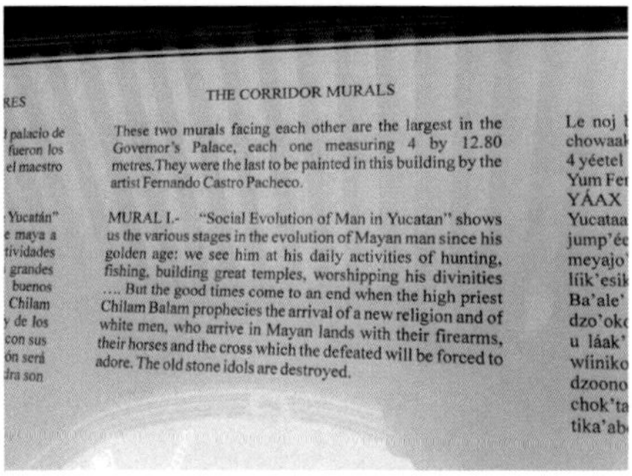

영어로 쓰인 벽화 설명

…우리는 마야인들의 일상이라는 것이 사냥과 낚시, 거대한 사원의 건립 그리고 그의 신들에 대한 숭배가 전부라는 것을 알고 있다. 그러나 그 좋은 시대는 백인들의 새로운 종교가 –마야의 고위 성직자의 예언서 Chilam Balam에 있는 대로 – 도래하면서 끝나고 말았다 그 백인들은 총과 말 그리고 십자가와 함께 마야인들의 땅에 왔고, 그들은 전

쟁에 패배한 마야인들로 하여금 그 십자가를 숭배하게 만들고야 말았으며, 마야인들의 오래된 석조 우상들은 파괴되었다. (※설명의 일부만을 번역해 기술했음)

대광장 근처에서 출발하는 시티투어를 했다. 메리다 시내와 외곽 고급 주택가를 도는 것이었는데, 아름다운 고급 주택들이 특이했을 뿐 특별히 기억에 남는 것이 없었다. 그런데 투어가 끝날 무렵 축구 경기장 같은 것이 보였다. 운동 경기장쯤으로 생각했는데, 건물 외부에 'Corrida'라고 쓰여 있어 사전을 찾아보니 투우(Bullfight)라고 한다. 시티투어가 끝난 뒤 숙소에 돌아와 리처드에게 물으니 오후 5시부터 8시까지 투우 경기를 한다고 하여 다시 택시를 타고

시내 투어버스

백색의 아름다운 저택

아치 구조 베란다가 특이한

고색창연한 옛 지배자의 궁전

경기장으로 갔다.

경기장 앞에는 티켓을 사려는 사람 외에 많은 사람이 모여 뭐라고 외치고 있었다. 매표소 앞에 줄을 선 어떤 아저씨한테 저 사람들은 왜 저러고 있냐고 물으니 스페인어로 답하는데, 대략 투우 경기를 반대하는 시위대라고 하는 것 같았다. 경기를 보려는 사람들은 시위대 행동에 전혀 신경 쓰지 않고 있었다. 좌석은 경기장을 중심으로 1열부터 7열까지 등급이 나뉘어져 있고, 해를 등진 좌석의 티켓 가격은 1열: 750페소, 2열: 700페소, 3열: 650페소, 4열: 600페소, 5열: 500페소, 6열: 450페소, 7열: 400페소이고, 해를 바라보는 좌석들의 가격은 1열: 550페소에서부터 4열: 400페소까지 등급이 매겨져 있었다. 우리는 그라운드에서 조금이라도 가까운 좌석을 원해 해가 드는 양지(SOL) 4열 좌석을 1인당 400페소, 총 800페소(한화 약 73,000원)라는 거금을 쓰고 사서 입장했는데, 자리에 좌석번호가 페인트로 쓰여 있었다.

난생 처음 보는 투우경기, 어떠한 순서로 전개될까 무척 궁금했다. 맨 처음에는 아름다운 무희와 말을 탄 투우사와의 퍼포먼스가 있었다. 무희는 춤을 추고, 말 탄 투우사는 그에 화답하듯이 움직이는데 말을 부리는 기교가 매우 훌륭했다. 그 다음에는 투우경기에 동원되는 모든 인원과 말들의 행진이 있었다. 말 탄 투우사와 도보로 걷는 투우사 말에 각종 보호 장구를 하고 창을 든 사람, 하얀 제복에 빨간 모자를 쓴 일꾼들까지 투우 경기에 출연하는 모든 사람들의 행진이었다. 그 중에서 단연 돋보이는 것은 말 탄 투우사와 걸어 나오는 투우사들이었다. 일단 이들의 외모와 옷차림은 영화배우 같았고, 말을 다루는 솜씨는 가히 서커스 수준이었다.

시작 전의 행사로 춤추는 무희와 말 탄 투우사의 모습

말 탄 투우사

걸어서 행진하는 투우사

투우 경기는 맨 처음에 앞으로 나올 투우의 몸무게를 적은 피켓을 든 사람이 나오고 팡파레와 함께 투우가 나오는데, 보통 500Kg이 넘는 검은 소가 뛰쳐나와서 관객들의 함성에 놀라 경기장을 질주하는 기세는 스탠드에서 보는데도 겁이 날 정도였다. 제일 처음 나오는 투우는 말을 탄 투우사가 나와 투우와 대결하여 온갖 기교를 보이며 내던지는 투우사의 5~6개의 창을 등에 맞고는 결국 쓰러져 죽고, 말에 끌려 나갔다.

그 다음에는 더 크고 사납게 생긴 소가 열린 문으로 뛰쳐나오는데 관객들은 환성을 지르고, 투우가 그라운드를 질주하면 소를 유인하는 붉은 망토를 든 투우사가 나와 망토를 펴고 돌진하는 투우와 맞서 멋지게 몇 번을 피해 관중들에게 자신의 용기를 과시한 다음 퇴장한다.

그 다음에는 보호 장구를 잔뜩 하고 말을 탄 투우사(?, 뭐라고 불러야 할지 잘 모르겠음)가 나와 장식이 달린 쇠창을 투우 등에 꽂아 약을 올리고 지치게 한 다음, 붉은 망토를 든 투우사가 걸어 나와 투우와 최후의 대결을 하게 된다. 이때 손에 든 검으로 한 번에 심장과 연결되는 투우의 등을 찔러 쓰러뜨리면 투우사는 많은 박수를 받고, 투우가 쓰러질 때까지 관중들의 함성은 계속된다.

최후의 결전을 벌이는 투우사

말을 탄 투우사의 경기 모습

이러한 경기는 일곱 마리의 사나운 투우가 죽을 때까지 계속되었다. 전반적인 투우 경기의 과정은 동양인들의 눈으로 보기에 매우 잔인했지만, 뭔가 피를 끓게 하는 요소가 있는지 솔직히 말해 절대 지루하지는 않았다. 내 앞에는 잘 차려입은 중년 부인과 귀엽게 생긴 열 살 정도의 어린아이가 아이스크림을 먹으며 다정하게 앉아서 투우 경기를 관람하고 있었다. 투우사가 한 번에 소를 쓰러뜨릴 때면 박수를 치면서 마주보고 웃으며 재미있게 이야기하는 장면은 정말 이해하기 어려웠다. 살생을 금기시하는 불교도의 입장에선 도저히 납득할 수 없는 일이지만, 여기서는 이 경기가 합법적이고 흥미로운 경기로 수백 년간(17세기에 스페인에서 유래되었다고 함) 이어져온 전통이라고 한다.

3월 26일 욱스말(Uxmal)

오늘은 메리다 남측으로 62km 지점에 위치하는 마야의 고대도시 욱스말(Uxmal)을 가기로 했다. 오전 9시 5분에 ADO 버스 터미널에서 욱스말행 버스를 탔다. 이 고대도시 건축물들의 대부분은 욱스말이 이 지역을 지배했을 AD 7~10세기에 지어졌고, 인구는 약 15,000명(아주 개략적인 추정치) 정도였다고 한다. 욱스말도 다른 마야 유적지와 유사하게 사원과 궁전, 피라미드, 볼 경기장, 묘지, 용도를 알 수 없는 건물들로 구성되어 있었다. 각 건축물들의 이름은 스페인인들이 붙여주었는데, 본래의 용도와는 전혀 관계없는 이름들이라고 한다. 예를 들면 유적지 북측에 비교적 잘 보존된 용도를 알 수 없는 사각형 건물이 있는데, 수녀원 건물같이 생겼다고 해서 '수녀원 사각건물'이라고 부르는 식이다.

통치자의 궁전 전경

통치자의 궁전 근경(멀리 보이는 것이 마법사의 피라미드)

통치자의 궁전은 도시 중앙에 남북으로 길게 직사각형으로 지어진 동향 건물이었다. 보수를 많이 해서인지 보존 상태가 좋았고, 건물 전면을 아주 복잡한 형상의 조각들로 장식한 것이 특색이었다. 멕시코의 어느 유적지에서와 마찬가지로 궁전이나 피라미드로 지어진 제단 위와 같은 곳은 전망이 아주 좋았다.

마법사의 피라미드 근경

마법사의 피라미드는 높이가 약 35m 정도이며, AD 6~10세기 동안 5번 증축되고 그때마다 사원(Temple)이 지어져, 여기에는 5개의 작은 사원이 있다고 한다. 정면의 계단은 매우 가파르기 때문에 사람이 오르내리는 용도는 아닌 것 같았다. 피라미드 후면에도 계단이 있는데, 이 계단은 사람이 오르내릴 수 있는 정도의 경사도였다. 이 계단을 보자 인간을 신의 제물로 바치는 의식을 행할 때 인간 제물들이 후면의 이 계단으로 끌려올라가 맨 위에 만들어진 제단 위에서 흑요석으로 만든 칼에 의해 심장이 도려내지고, 잘린 목과 몸뚱이들이 피라미드 앞에 운집한 군중들을 향해 전면의 가파른

위대한 피라미드의 계단 모습
(피라미드 위에 사원이 있다)

수녀원의 사각 건물

계단 위로 던져지는 끔찍한 장면들이 연상되었다.

오후 3시경 유적지에서 나와 버스를 타기 위해 간선도로로 걸어서 갔다. 한참 버스를 기다리다 보니 우리와 같이 메리다행 버스를 타기 위해 많은 사람들이 모여들었다. 그 중에 중국말을 쓰는 젊

은이들이 있어 어디서 왔느냐고 물었더니, 미국 유학생인데 유카탄 반도에 몇 주 예정으로 여행 왔다고 한다. 무더위 속에서 지루하게 40분을 기다리니 버스가 왔다.

숙소에 도착해 샤워를 하고 나서 저녁도 먹고 시내 야경도 구경할 겸 대광장(Plaza Grande)으로 나갔다. 이 주위 일대의 고풍스러운 건물들에 조명을 비추니 낮과는 전혀 다른 분위기가 났다. 한편에서는 생음악 밴드에 맞추어 민속춤 공연을 하고 있어 관광객 입장에서 구경거리로서는 그만이라는 생각이 들었다. 이러한 것들에서 다른 남미 국가들과는 다른 멕시코만의 독특한 매력을 느낄 수 있었다.

멕시코 음식으로 저녁을 하고 상점가를 거닐다가 바닷가에서 입을 아내의 원피스 등을 샀다. 숙소로 돌아와 앞으로 남은 여행 일정을 치첸잇싸(Chichen Itza)→뚤룸(Tulum)→플라야 델 까르멘(Playa del Carmen)→이슬라 무헤레스→칸쿤(Cancun)으로 정했다. 치첸잇싸 외에는 모두 바닷가에 위치한 도시들로서, 그동안에 쌓인 여독도 풀 겸 여행 일정을 좀 느슨하게 휴식과 여행을 반반의 비중을 두고 스케줄을 짰다.

대 광장 야경(멀리 보이는 대성당 건물)

아름다운 대 광장 야경

3월 27일

신성한 세노테

이 지역 현지 여행 안내지에 세노테(Cenote)에 대해 자세히 소개되어 있어서 읽어보았다. 영어로는 Sinkhole라고 하고 우리말로는 동굴 저수지라고 하는데, 세노테는 멕시코 유카탄 반도에 약 6,000개 정도가 있으나 조사되고 등록된 것은 2,400개 정도라고 한다.

이 지역은 다공성의 석회암 지대로 강이 없고, 깨끗한 담수는 모두 지하에 있다. 세노테는 한때 마야인들에게 유일한 담수 원(源)이었는데, 이들은 세노테를 지하 세계의 입구로 여겨 매우 신성시했다고 한다. 세노테에는 완전히 지하에 있는 것, 반쯤 지하에 묻혀 있는 것, 지표와 같은 높이에 있는 것, 그리고 지상에 완전히 열려 있는 것 등 4가지 유형이 있다고 한다.

오늘은 우선 숙소에서 가까운 쿠싸마(Cuzama)에 있는 세노테를 가보기로 하고 숙소 아주머니에게 버스 타는 곳을 물어보니, 우리나라로 치면 시외버스 터미널이라고 할 수 있는 곳의 위치를 알려준다(ADO 버스 터미널은 우리나라로 치면 시설 좋은 고속버스 터미널 정도로 생각하면 된다). 12시 30분경에 버스를 타고 2시경에 도착했다. 쿠싸마는 메리다에서 남동쪽으로 약 30km 지점에 있어 그리 멀지는 않았지만, 완행버스로 여기저기 돌아서 가다 보니 시간이 많이 걸렸다. 그래서 숙소로 돌아올 때는 콜렉티보(합승 택시)를 타고 왔다.

세노테 입구에 도착하니 레일이 깔려 있고 조랑말이 끄는 마차가 있었다. 이 마차를 타고 한참을 더 들어가야 했다. 3군데의 동굴 저수지를 보고 다시 이마차로 돌아오는 데 2인 기준 250페소(한화 24,000)를 달라고 했다.

마차를 끄는 조랑말과 마부의 뒷모습, 그리고 레일

세노테 내부의 모습(정말 환상적인 물빛)

날씨는 찌는 듯이 더웠는데, 사람이 간신히 들어갈 수 있는 구멍 같은 입구를 지나 4~5m 정도의 수직에 가까운 나무계단을 내려가니 속은 확 터져 있는 것이 꽤 넓다. 먼저 온 사람들은 수영복을 입고 수영을 즐기고 있었다. 들어와서 놀란 것은 물이 정말 깨끗하고 크리스털같이 투명한 데다 물 색깔도 아주 예뻐서 뭐라고 표현해야 할지 모를 정도였다. 현지 여행 안내서에는 터키 색(Turquoise Color)이라고 표현되어 있었는데, 나는 사파이어 같다고 말하고 싶다. 수온(섭씨 약 26도)도 차지 않고 수영하기에 아주 적당했다. 그리고 자세히 보니 손가락만 한 검은색 물고기가 많이 보이는 것이 특이했다.

숙소로 돌아와 산티아고 공원 옆 식당가에서 저녁식사를 하고 저녁 9시부터 산티아고 공원 내에서 벌어지는 댄스파티를 구경했다. 매주 화요일마다 열린다는데 생음악에 맞추어 정장을 한 남녀가 사교춤(Ballroom Dance)을 추고 있었다. 중년 이상의 남녀가

세노테 입구의 가파른 계단

대부분이었는데, 간혹 젊은 청년과 나이 든 할머니가 춤추는 모습도 볼 수 있었다. 이국적인 장면이었지만 피곤하여 금방 숙소로 돌아왔다. 아이패드로 www.hotels.com에 들어가 치첸잇싸 숙소를 한화 84,000원에 예약하고, 사가지고 온 맥주를 마신 후 잠자리에 들었다. 내일 치첸잇싸까지는 거리가 가깝고 가는 버스 편이 자주 있어 예약하지 않았다.

3월 28일
볼 경기장의 정치적 기능

아침 먹고 ADO 버스 터미널로 가서 오전 9시 15분 치첸잇싸행 버스표를 끊어 타고 2시간 후에 도착했다. 버스 터미널은 치첸잇싸 마야 유적지 주 출입구 옆에 있었다. 그래서 예약한 비야스 호텔(Hotel Villas)로 가려면 택시로 이동해야만 했는데, 택시비는 70페소를 달라고 한다. 비싸다고 했더니 거리가 6km라며 요금표까지 보여준다. 택시 운전사가 영어로 호텔 가까이에 다른 유적지 입구가 있기 때문에 이곳까지 다시 올 필요가 없다고 친절히 이야기하는 것 아닌가.

호텔에 도착하니 체크인은 오후 3시부터라고 한다. 그래서 호텔에 짐을 맡겨놓고 걸어서 유적지에 들어가 관람했다. 이곳은 매년 120만 명의 관광객들이 모여드는 유명한 관광지로 호텔 숙박료도 비싼 편이었다. 유적지 후문 입구 주변에는 몇 개의 다른 호텔도 있었다.

치첸잇싸 마야 고대도시 유적지는 멕시코 유카탄 반도에서 가장 잘 보존되고 있는 곳인데, 상업, 종교, 군사적 중심지로서 약 AD 13세기까지 전성기였다고 한다. 그동안의 인구는 35,000명 이상이었다고 한다. 치첸잇싸 유적지는 피라미드, 여러 형태의 사원, 천문대, 볼 경기장, 묘지 등으로, 주요 구조면에서는 메소아메리카의 다른 고대도시와 대동소이하나 규모가 크고 건축 양식이 화려하며 다양한 것으로 미루어, 이 지역에서 가장 강력한 지배자가 존재했다는 것을 짐작할 수 있었다.

엘 가스띠요 피라미드의 전경

엘 가스띠요 피라미드의 후면

엘 가스띠요는 사방으로 계

단이 난 피라미드 위에 사원이 지어진, 천문학적으로도 완벽한 구조의 건축물로서 꼭대기에 오르면 사방팔방 전망이 훌륭하다고 한다. 그러나 우리가 갔을 때는 출입이 금지되어 있었다.

천문대 전경

마야는 당시로는 꽤 선진적인 천문학 지식을 지니고 있었다고 한다. 금성의 1년이 584일이라고 계산했는데, 실제 수치(583.92일)와 근소한 차이밖에 나지 않고, 더욱이 놀라운 것은 이러한 천체 관측이 렌즈나 도구 없이 육안으로만 이루어졌다는 점이라고 한다.

대규모의 볼 경기장
(멀리 중앙의 건물이 왕이 경기를 관람하던 곳)

치첸잇싸의 볼 경기장 규모는 유카탄 반도에서 가장 크며, 볼 경기는 기원전부터 행해졌다고 한다. 그동안 방문했던 모든 고대도시에는 반드시 볼 경기장이 있었다. 그 이유는 마야인들에게 볼 경기는 단순한 운동경기가 아니라 그 이상의 어떤 의미가 있었기 때문이라고 한다. 문화적인 측면에서 가장 독특한 것은 볼 경기가 전쟁을 대신하는 정치적 기능이 있었다는 점이다. 이 지역의 경쟁 관계에 있는 다수의 지배자들 간의 분쟁을 전쟁이 아닌 볼 경기를 통해 타협하고 문제를 풀어

갔다는 것이다. 실제로 스페인 정복자들은 이 지역에서 패권을 겨루는 세 지배자들이 전쟁을 통하지 않고 볼 경기로 겨루어 승자가 전체를 통치하는 모습을 목격했다는 것이다.

일반적으로 볼 경기는 2~4명이 한 팀을 이루어 직경 25~30cm 정도의 생고무로 만든 볼을 손을 사용하지 않고 허리와 히프를 사용해 상대방 링에 통과시켜서 점수제로 승부를 결정하는 게임이라고 하는데,

시장이었을 것으로 추정되는 곳
수많은 열주(列柱)들

인간 제물 희생자들(여자나 아이들)
던져졌다는 세노테

전사의 사원 전경

다양한 형태의 경기 방식이 있었다고 한다. 패자의 목숨을 뺏는 장면이 경기장 벽면에 부조되어 있으나, 이러한 경우는 매우 드문 경우라고 한다. 이웃 지배자들 간의 분쟁을 전쟁을 통하지 않고 운동경기로 풀어갔다는 것은 매우 흥미 있는 마야역사의 한 부분이라고 생각된다.

오후 3시 30분경 호텔로 돌아와 쉬다가 오후 5시 저녁식사를 호텔에서 하고, 밤 7시 마야 유적지에서 Light Show가 있다고 해서 보러 갔다. 약 한 시간 동안 엘 까스띠요 피라미드와 같은 건축물들에 여러 가지 색상의 조명을 비추고 장엄한 효과 음향과 함께 스페인어로 설명하는데, 무슨 뜻인지는 알 수 없었지만 신비한 분위기는 느낄 수 있었다. 여러 장의 사진을 찍었지만 야간촬영이 미숙해 쓸 만한 사진을 건질 수 없는 것이 아쉬웠다.

3월 29일

우물 형 세노테 Ik Kil

하늘이 보이는 우물 형 Ik Kil 세노테

호텔 데스크에다 콜택시를 불러달라고 해서 타고 세노테 Ik Kil에 갔다. 숙소에서 3~4km 거리밖에 되지 않으나 덥고 차가 많이 다니는 아스팔트길로 가야 하기 때문에 택시를 탔다. 이곳은 매우 큰 우물 형의 세노테로 관광 단지화 되어, 입장료(1인 70페소)를 내고 들어가면 방갈로, 식당, 기념품 가게, 물놀이 용품 대여해주는 가게 등이 줄지어 있었다. 이 주위는 숲으로 둘러싸여 있는데, 청정 지역으로 나무도 많고 커다란 이구아나를 흔히 볼 수 있었다. 이 세노테는 지하 약 4~5층 정도 깊이에 있는 우물 형태로 규모가 커서 상당히 많은 인원이 수영을 할 수 있을 정도였다. 내려가 보니 아무도 없고 관리하는 직원들만 청소를 하고 있었다. 아무도 없는 여기서 혼자 수영을 하니 좀 무서웠다. 수영을 하다가 가장자리에 서면 툭툭거리면서 다리를 건드리는 물고기가 있었다.

손가락 굵기의 작은 물고기들이 떼 지어 몰려다닌다. 쿠싸마에서 본 그것과 거의 같은 물고기들이었다. 이렇게 멋있는 지하 정글 모습의 맑은 저수지에서 고기떼와 함께 아무도 없이 혼자서 수영을 즐긴 나는 더 없는 호사를 한 것 같다.

Ik Kil에서 수영을 하고 나오니 우리를 여기다 데려다준 택시가 주차장에서 기다리고 있었다. 다시 택시를 타고 숙소인 비야스 호텔로 가서 짐정리를 하고 느긋하게 호텔에서 점심식사를 했다. 그리고는 택시로 버스 터미널로 가서 오후 2시 20분 버스를 타고 뚤룸(Tulum)으로 출발해 오후 5시경 뚤룸 버스 터미널에 도착했다.

인터넷 사이트에서 예약한 포사다 호스텔(Posada Hostel)에 갔는데 방이 없다고 한다. 결제하지 않았기 때문에 그러냐고 했더니, 그런 건 아니고 미안하다면서 내일부터는 가능하다고 한다. 그러면서 옆에 스쿠버 다이빙 장비를 대여하는 가게 주인이 바닷가에 별장이 있는데, 하룻밤만 거기서 묵으면 어떻겠냐는 것이다. 그런데 방값이 500페소란다. 비싸지만 이 더위에 무거운 배낭을 메고 또 어디서 숙소를 찾으러 돌아다닌단 말인가. 다행히 그 바닷가 별장까지 차로 데려다 준다고 한다.

멋진 바닷가 별장을 상상한 나는 다닥다닥 붙은 허름한 목조 방갈로를 보고 크게 실망했다. 하지만 관광지에서 사기 한번 당했다 치고 하룻밤 묵기로 했다. 밤새 들리는 파도소리와 바람소리…. 생소한 잠자리에 웬 바람소리는 그렇게 크게 들리는지. 거의 잠을 못 자고 설쳤다.

숙소 선택에 있어 호텔은 인터넷으로 예약하면 거의 틀림이 없는데, 호스텔은 규모가 영세하고 시설이 열악하기 때문에 잘 알아보고 예약해야 한다. 숙박 사이트에 있는 내용이 포토샵일 경우가 많고 인터넷에 올라와 있는 사진 속의 시설은 실제 보이는 것보다 낡은 경우가 많다. 가장 좋은 것은 보고 결정하는 것인데 현실적으로 어렵고, 사용 후기나 가이드북, 그 지역을 먼저 여행한 경험자 등에게서 여러모로 정보를 수집해야 할 것으로 본다.

3월 30일

위험한 스노클링

툴룸은 몇 년 전만 하더라도 바닷가 마야 유적지와 해변의 오두막집 형태의 숙소가 관광지의 전부였을 정도로 한적한 곳이었다. 그런데 최근에는 관광객을 위한 호텔 등 숙박업소와 레스토랑, 점포 등이 들어서 주민 수가 18,000~19,000명 수준으로 증가 추세에 있는 관광도시이다. 규모는 우리나라로 치면 읍 정도로 매우 한적한 곳이다.

아침에 잠자리에서 일어나 바다로 나가 보니 쾌청한 날씨에 끝없이 펼쳐진 하얀 백사장과 파란 카리브 해의 빛깔이 참 인상적이었다. 이런 물 빛깔은 처음 보았다. 우리가 묵은 숙소는 바다로 바로 통하게 되어 있는데, 백사장에 이런 방갈로가 죽 연이어 서 있고 한참을 걸으니 간혹 예쁘게 지어진 호텔 건물도 보였다.

11시경에 아침 겸 점심을 먹고 있는데, 꽁지머리를 한 건장하게 생긴 사내가 유창한 영어로 붙임성 좋게 말을 붙인다. 그리고는 세노테 스노클링을 하지 않겠느냐고 묻는다. 2개의 세노테를 가고 교통과 장비, 안내를 해주겠다고 한다. 비용은 1인 500페소(한화

45,000원)란다. 아내는 물을 무서워해서 나 혼자만 가기로 했다. 차에 오르니 다른 방갈로 촌에 가서 뉴욕에서 왔다는 청년과 멕시코시티에서 왔다는 피부가 하얗고 눈이 파란 30대 여자를 태운다. 우리 일행은 나까지 손님 3명, 그리고 그 가이드의 동생, 이렇게 모두 5명이 되었다.

먼저 간 곳은 카사 세노테(Casa Senote). 바닷가 마을 근처로서 동네 유원지 같은 분위기이나 물은 크리스털같이 깨끗하고 투명했다. 물안경을 끼고 물속을 들여다보니 팔뚝만 한 고기가 유유히 지나가고, 우리나라 꽃게와 유사한 것이 몇 마리 바닥을 지나다니고 있어서 놀랐다. 가이드가 이 세노테는 지하 동굴로 바다와 연결되어 있다고 우리 일행들에게 설명해주었다. 그래서 물고기가 많다고 한다. 물안경과 오리발을 착용하고 한 바퀴 돌아서 나왔는데, 뉴욕에서 왔다는 청년은 4~5m 잠수까지 하는 걸 보니 수영을 매우 잘하는 것 같았다.

동네 유원지 분위기가 나는 카사 세노테

우리 일행은 다시 차를 타고 20분 정도를 이동해 그란 세노테(Gran Senote)에 도착했다. 이곳은 지표면과 유사한 높이의 지하 동굴 형태의 세노테로 규모가 컸으며 나무로 된 계단과 테크 설비가 되어 있었다. 가이드와 멕시코 여인은 산소 탱크를 메고 스킨스쿠버 다이빙 준비를 하고, 뉴욕에서 온 청년과 나는 산소통 없이 워터 슈트와 물안경, 오리발만 착용하고 스노클링 준비를 했는데, 가이드가 수중 플래시를 주며 켜고 끄는 방법을 가르쳐준다.

준비를 마치고 입구에 섰는데 겁이 나고 내키지가 않았다. 가이드의 동생이 뉴욕 청년과 나를 안내하기로 했는데, 조금만 동굴 속으로 헤엄쳐 들어갔는데도 칠흑같이 어두워진다. 플래시를 켜려고 해도 잘 안 되고, 설상가상으로 물안경에 물까지 차는 게 아닌가. 겁이 더럭 났다. 뉴욕 청년과 안내자는 저만치 앞에서 금방 멀어지고 있고, 아무도 나를 도와줄 수 없는 상황이란 생각이 들어서 스노클링을 포기하고 방향을 돌려 동굴 입구로 수영해 나갔다. 동굴에서 나와 한참을 입구 주변에서 수영하며 시간을 보내니 우리 일행들이 나온다. 멕시코 여인이 왜 먼저 나갔느냐고 손가락으로 나를 가리키며 웃는다. 겁나지 않았느냐고 물으니 동굴 저수지 잠수는 항상 무섭다고 제스처를 쓰면서 말한다.

가이드 동생과 함께 한 컷

숙소로 돌아오니 아내가 매우 걱정스러운 표정으로 나를 기다리고 있었다. 아내와 나는 짐과 함께 가이드차를 타고 호사다 호스텔로 왔다. 까밀로(숙소 주인)에게 우리 방이 준비되었느냐고 하니까 가장 좋은 2층 특실로 준비했다고 한다.

3월 31일

해변의 뚤룸 마야 유적지

카리브가 내려다보이는 절벽 위에 멋지게 자리 잡은 뚤룸 마야 유적지는 AD 1200년경에 지어진 후기 유적지라고 한다. 거주 인원은 1,000~1,500명 정도로 추정된다고 한다. 이곳은 우리 숙소가 위치한 다운타운에서 북동 측으로 약 3km 지점에 위치해 있어서 걸어서 가기로 했다. 입장료 1인당 57페소를 내고 들어가니 바닷가 유적지까지 가는 코끼리 열차 같은 것이 있어서 타고 갔다.

해변의 유적지

유적지와 야자수 모습이 아름답다

유적지를 돌아보니 건축물이 온전한 것이 거의 없고 돌무더기 수준이었다. 전망 좋은 절벽에 이르니 해변으로 이어지는 나무계단이 있었다. 많은 사람들이 수영을 하고 있었다. 우리도 내려가 수영복으로 갈아입고 파란 카리브 바닷물에 몸을 담갔다.

절벽 위 전망대에서 본 카리브 해

유적지 남측으로는 길게 비치가 이어져 있는데, 마야 유적지를 보고 해변으로 가서 좀 쉬다가 택시를 타고 숙소로 돌아왔다. 뚤룸의 카리브 해는 쾌청한 태양과 환상적인 물빛, 완만한 깊이, 산호 가루로 된 해변 모래, 아직 소박함이 남아 있는 해변 오두막집들…. 휴양지로서는 더없이 좋은 조건을 갖추었다.

저녁에 아이패드로 칸쿤에서 리마까지 항공기편을 예약하려니, 비행기 편이 TAKA 항공밖에 없는데 홈페이지 영어 버전이 안 된다. 그래서 숙소 주인 까밀로에게 사정을 이야기했더니 자기가 예약해 주겠다고 한다. 그는 인터넷 사이트(cheap tickets)로 들어가 2인 기준 미화 1,200달러에 칸쿤→리마행 TAKA 항공편을 비자카드로 결제하게 해주었다. 브라질에서의 악몽이 되살아나 걱정했는데 정말 고마웠다. 뚤룸을 떠나는 날 까밀로에게 감사의 표시로 한국에서 선물용으로 사간 열쇠고리 3개를 주었다. 그랬더니 악수를 청하며 언제 또 올 거냐고 웃으며 농담조로 묻는다. 저녁은 오랜만에 일식집에서 우동과 초밥, 데킬라, 맥주로 고급스럽게 먹고 거금 500페소를 지불했다.

환상적인 뚤룸의 비치 모

4월 01일

워터파크의 모든 것 셀-하

아침 9시 좀 넘어 셀-하(Xel-Ha)라는 자연공원 워터파크를 향해 택시(200페소)를 타고 갔다. 이곳은 바다와 민물 호수가 만나는 곳에 위치한 자연공원으로 스노클링, 작은 보트 타기, 줄타기, 다이빙 등 각종 해양 스포츠를 즐길 수 있으며, 그에 소요되는 각종 장비를 별도의 부담 없이 대여 받아 사용할 수가 있었다. 입장료 1인당 미화 79달러만 내면 아침, 점심, 저녁을 고급 뷔페식으로 즐길 수 있고 양주, 데킬라, 칵테일, 맥주 등 각종 주류와 소프트 드링크가 무제한 제공되었다. 그런데 제공되는 음식, 주류 및 음료가 호텔 수준의 고급으로 정말 대만족이었다.

이곳은 위치가 민물과 바닷물이 만나는 지형이어서 그런지 여러 종류의 물고기를 볼 수 있고 정글에는 이구아나도 아주 많았다. 덩치가 크고 주둥이가 뭉툭한 회색의 마나티(Manatee) 같은 수중동물은 여기서 난생 처음 보았다. 공원이 위치한 이 지역의 숲과 바다의 생태계는 잘 보존되어 있는 것 같았다. 이 테마파크에는 놀 거리, 볼거리, 먹을거리가 너무 많아 하루가 짧을 지경이었다. 오늘 하루 세끼를 여기서 다 해결하고 실컷 물놀이를 하다가 폐장 시간인 오후 6시경에 나와서 택시를 타고 숙소로 돌아왔다.

1 2
3 4

① 셀하 테마 공원 안내지도
② 셀하 파크 전경
③ 스노클링 하는 입구
④ 해먹 휴식 공간

4월 02일

짐정리 에피소드

어제 밤부터 비가 내리더니 오전 내내 비바람이 친다. 여행을 시작하고서 날씨는 대부분 쾌청했다. 매일같이 맑은 날만 보다가 흐리고 비가 오니 우울하고 의욕이 꺾여 아무것도 하기 싫어진다. 침대에 누워 가이드북이나 여행안내 팸플릿 등을 뒤적이며 시간을 보내다가 그동안 밀린 여행 관련 메모를 하고 현금 출납장을 썼다. 다음 여행지인 **플라야 델 까르멘(Playa del Carmen)**의 숙소도 아이패드로 예약했다.

짐정리는 대부분 아내가 맡아서 하는데, 큰 배낭 두 개와 작은 배낭 두 개를 풀어놓으면 그 안의 짐들이 한 방 가득이다. 이 자질구레한 짐들을 정리해서 네 덩어리로 만드는데, 처음에는 정말 귀찮고 시간도 많이 걸렸다. 그러나 이제는 숙달이 돼서 한 시간이면 거뜬히 짐을 꾸릴 정도가 되었고, 그렇게 부담스럽지도 않은 일상이 되어버렸다. 이 대목에서 생각나는 우스갯소리를 써본다. 이야기인즉슨, 처음 거지가 된 사람이 거지 생활이 하도 힘들어서 언제나 이 거지 생활을 끝낼 수 있겠냐 하고 점쟁이에게 물었다. 그러자 그 점쟁이가 하는 말이 한 일 년 후면 훨씬 나아질 테니 염려 말라고 하는 것이 아닌가. 그래서 그 거지는 반색을 하며 "그럼 내가 이 거지 신세를 벗어날 수 있단 말입니까?" 하고 물었다. 그러자 그 점쟁이는 "그건 아니고 일 년쯤 거지노릇을 하면 거지 생활도 그렇게 힘들지 않을 것이오."라고 했다고 한다. 가끔 내가 이 이야기를 하면 아내는 처음에는 웃더니 이제는 한번만 더 들으면 백 번은 될 것이라며 면박을 준다.

4월 03일~08일
플라야 델 까르멘

오전 10시 20분, **플라야**(Playa, 플라야 델 까르멘의 줄임말)의 ADO 버스 터미널에 도착했다. 해변에 근접하여 위치한 숙소는 예약할 때 본 인터넷 상의 위치도와 주소로 쉽게 찾을 수 있었다. 숙소는 허름한 편이었으나 우리가 묵을 방은 최근에 수리를 해서 깨끗했다. 트윈베드, 화장실, 에어컨이 설치된 방으로 6박에 미화 360 달러를 지불했다. 이 정도 가격이면 주위의 숙박료에 비해 저렴한 수준이었다.

플라야는 도시 인구가 약 150,000명 정도이며, 멕시코 유카탄 반도 동측에 있는 인기 있는 관광 지역의 하나라고 한다. 나중에 가 본 **칸쿤(Can Cun)**과는 거리상 가까우나, 칸쿤은 계획적으로 개발된 대규모의 세계적 휴양지로서 우리나라로 치면 제주도 중문단지와 성격이 비슷하고, 플라야는 대천과 비슷하다고 할 수 있겠다.

플라야 비치

여기 비치(beach)는 해수욕장으로서는 나무랄 데 없는 조건을 갖추고 있었다. 쾌청한 날씨, 길고 완만한 해변, 낮은 파도, 고운 모래사장, 코발트빛의 맑은 바다는 바라만 보고 있어도 시원하고 기분이 상쾌해졌다. 해변도 사람 많은 것이 싫으면 조금 떨어진 곳에서 얼마든지 호젓한 해변의 정취를 즐길 수 있어 좋았다. 만약 비키니를 입은 여인의 몸매를 보고 싶다면 그것은 절대 어려운 일이 아니고, 가슴을 드러내놓고 선탠을 즐기는 아가씨들도 간혹 볼 수 있었다. 아침 한산한 해변에서 나는 올 누드로 바다에 들어가는 여인도 보았다.

비키니를 입은 멋진 아가씨 모습

매일 아침 10시경 바다로 나가 오후 4시경 숙소로 돌아왔다. 바다에서는 비치파라솔을 두 개 얻어놓고, 해변 산책이나 수영을 하다가 힘들면 쉬고, 목마르면 시원한 맥주나 코코넛 야자수를 시켜 마시고, 점심때가 되면 멕시코 음식을 시켜 먹었다. 나는 바다를 좋아해서 전혀 지루하지 않았는데, 물을 별로 좋아하지 않는 아내는 그렇지 않았던가 보다. 숙소로 돌아와서는 샤워를 하고 거리로 나가 식사도 하고 쇼핑도 했다. 여기의 상점가는 매우 발달하여 저녁이면 서양인 남녀노소 산책객들이 거리를 메웠는데 동양인들은 거의 보지 못했다.

거리의 상점가는 레스토랑과 바, 의류 옷가게, 비교적 큰 규모의 쇼핑몰, 여행 기념품점, 보석상, 액세서리 가게 등으로 매우 다양하게 형성되어 있었다. 저녁마다 이 가게 저 가게 들러서 재미있게 구경하다가, 한국에 돌아가서 지인들에게 줄 선물을 몇 가지 샀다. 특히 여기는 멕시코에서 나는 은이나 보석으로 만든 목걸이, 팔찌, 반지 세공품 가게가 많았다.

관광지라서 부르는 가격이 다양했다. 흥정을 해서 깎아야 한다는데 얼마를 깎아야 할지 감을 잡을 수 없었다. 한국인이 운영하는 숙소에 들러 주인과 이런저런 이야기를 하다가 은제품을 사려고 하는데 이런 사정을 이야기했더니, 여기는 원주민과 가면 가격이 다르다고 하면서 자기 종업원 중 한 사람과 한번 가보라고 한다. 같은 가게를 들러 가격을 물어보니 전날 미화 340달러 불렀던 것을 230달러라고 하지 않는가. 소액의 기념품 정도를 사는 것이 좋을 것이란 생각이 들었다.

플라야 앞 바다에는 **코쑤멜(Cozumel)**이라는 섬이 있다. 플라야 해변에 선착장이 있어서 매일 여객선이 왕복한다. 선착장에는 코쑤멜 섬의 관광 안내소가 여럿 있어 스노클링이나 스쿠버 다이빙과 같은 해양 스포츠 패키지 상품을 팔고 있었다. 이 섬의 앞바다는 세계적으로 유명한 해양 스포츠 지역으로, 여기 있는 스노클링이나 스쿠버다이빙 포인트는 마니아층에서도 알아준다고 한다. 플라야 해변에서 코쑤멜 섬은 희미하게 보일 정도로 가까우며, 그 사이에 자주 멋진 요트가 정박하고 있는 것을 볼 수 있었다. 파라솔 종업원에게 저 요트가 왜 저기 있느냐고 하니까, 스쿠버 다이빙이나 스노클링을 위한 것이라고 한다. 나도 그 섬에 가고 싶었지만 아내가 물을 아주 싫어해서 이 섬에서의 해양 스포츠는 포기했다.

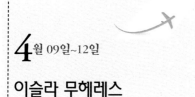

4월 09일~12일

이슬라 무헤레스

다음 일정은 플라야에서 북동 측 약 70km에 위치하는 섬 **이슬라 무헤레스(Isla Mujeres)**이다. 이 섬은 너비가 1km, 길이가 8km 정도로 아주 작은 섬이다. 섬 이름은 '여성의 섬'이라는 뜻으로, 이곳에서 스페인들이 마야의 여성상을 발견한 데서 유래했다고 한다.

오전 9시 20분, 칸쿤으로 향하는 버스를 타고, 칸쿤에서 다시 배로 갈아타고 섬에 도착. 예약해둔 Bahia 호텔은 선착장 근처여서 쉽게 찾을 수 있었다. 체크인 시간이 오후 3시라 짐을 맡겨놓고 근처 식당에서 점심을 먹고 ATM기에서 달러를 찾아 방값(1박: 미화 70달러)을 지불했다. 숙소는 깨끗하고 베란다에서 바다가 보이는 2층으로 훌륭했다.

호텔 앞의 한산한 거리

다음날 9시 40분경 골프카트를 500페소에 빌려 하루 종일 섬 전체를 일주했다. 호텔에서 구한 관광 팸플릿을 보니 거북이 농장, 돌고래 체험장, 워터파크, 전용 비치가 딸린 호텔 등이 소개되어 있었다.

한적한 호텔 전용 비치 전경

섬 남단에 있는 공원은 멕시코에서 가장 먼저 해가 뜨는 곳으로 전망대, 휴게소, 조각상, 산책로 등이 있는데 바다 물빛이 정말 인상적이었다. 그렇게 파란 물빛은 처음 보았다.

공원 입구

공원 산책로와 조각상들

이 공원에 식당 앞에 둥그렇게 조성된 전망대에 4개의 파라솔과 의자가 있는데, 이렇게 멋진 장소를 어떻게 글로 표현해야 할지 모르겠다. 뜨거운 태양 아래 아름다운 카리브 해의 바다를 마음껏 조망할 수 있는 이곳은 단언컨대 바다가 보이는 최고의 장소임에 틀림없다.

최고 멋진 전망을 가진 휴식처

이구아나의 모습

잊을 수 없는 아름다운

8시 30분경 토스트(버터, 딸기잼), 시리얼, 커피, 오렌지 주스로 아침식사 후 걸어서 10분 거리에 있는 해수욕장으로 갔다. 노변에 해양 스포츠를 소개해주는 가게들이 있었는데 스노클링, 스쿠버 다이빙, 요트 타기, 낚시 등을 권유했다. 낚싯배 빌리는 비용을 물어보니 4시간에 미화 150달러라고 한다.

여기는 섬이라서 해변이 플라야처럼 길지는 않지만 파도가 낮아 수면이 잔잔하고 바닷물도 아주 맑고 투명했다. 바다 가까이에 파라솔과 비치의자 2개를 빌렸다. 한산한 해변에 가족 단위의 해수욕객들이 대부분이었다. 저 멀리 요트 위에서 한 무리의 젊은이들이 손에 맥주병을 들고 왁자지껄하게 소리 지르고 손을 흔들며 지나가는 광경이 가끔 보인다.

10여일 전 플라야 해변에서부터 선탠을 시작했다. 매일 오일을 바르고 산책과 수영을 하니 온몸이 건강한 구릿빛으로 변했다. 이렇게 전신을 장기간 태워보기는 처음인 것 같다. 이제남미 여행도 10여일밖에 남지 않아, 어디를 가고 무엇을 꼭 보아야겠다는 압박감에서 해방되어 마음껏 태양과 여유를 즐기며 한적하고 아름다운 해변에서 보내니, 몸과 마음이 젊어지는 느낌이었다. 언제 이렇게 장기간의 여유를 가지고 여행을 또 다시 할 수 있을까?

구릿빛으로 변한 필자의 모습

4월 13일~17일

세계적인 휴양지 칸쿤

다음 여행지는 칸쿤(Cancun)이다. 12시에 Bahia 호텔을 체크아웃하고 선착장까지 걸어가서 배로 칸쿤 선착장까지 간 다음, 숙소인 Q-Bay 호텔까지는 택시로 갔다. 택시 안에서 본 칸쿤의 바깥 풍경은 반듯반듯하게 계획된 시가지에 쇼핑센터, 오피스, 호텔 건물 등이 들어서 있었다. 그런 모습이 계획도시로서의 면모를 보이고 있어 내 취향에는 맞지 않았다. 거대한 특급 호텔이 즐비한 해변은 출입도 자유롭지 못해 실망스러웠다.

호텔은 1박에 한화로 95,000원으로 이곳 호텔비 수준으로는 저렴한 단체 관광객 숙소로 보인다. 프런트에서 이름을 대니 방 열쇠와 TV, 에어컨 리모컨을 내주고 아침식사 쿠폰 대신 플라스틱 팔찌를 채워준다. 관광지의 닳고 닳은 느낌이 나서 불쾌했지만 유명 관광지라서 그러려니 하고 넘어갔다.

남미여행의 종착지인 칸쿤은 멕시코 유카탄 반도 가장 동쪽에 위치하는 인구 50여만 명 규모의 도시로서, 매년 400만 명 이상의 관광객이 찾는 세계적인 관광도시이다. 칸쿤은 가늘고 길게 바다로

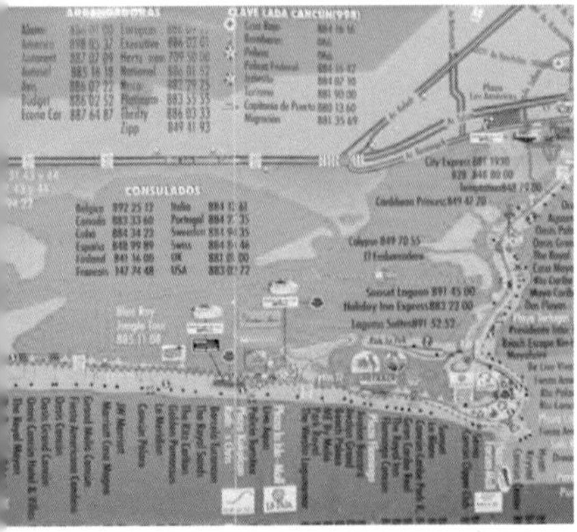

칸쿤의 관광지도

뻗어나가서 형성된 도시로, 안쪽은 민물 호수이고 바깥쪽은 바다이다. 20년 전만 하더라도 한적한 어촌으로서 몇 개의 관광호텔밖에는 없었다고 하는데, 지금은 해변을 따라 수많은 대형 관광호텔이 들어서 난개발의 느낌마저 들게 한다.

짐을 방에다 풀어놓고 근처를 산책했다. 조금 걸으니 바다 근처 전망대가 보여 올라가보았다. 칸쿤 전체를 조망할 수 있어서 좋았으나 조망시간이 너무 짧아 아쉬웠다.

해변을 따라 들어선 건물과 도로의 모습

내해의 민물 습지 모습

칸쿤의 중심가 La Fiesta(스페인어로 '파티') 주변으로 버스를 타고 갔다. 그곳은 대형 복합 상가와 고급호텔, 각종 쇼핑센터(여기에 세계의 유명 브랜드가 다 모여 있다고 한다), 각종 식당과 주점, 나이트클럽 및 관광 기념품점들로 거리가 꽉 채워져 있는데, 시설이 과잉 공급된 것이 아닌가 하는 생각이 들 정도로 많았다.

식당 종업원들이 가게 앞에서 춤을 추는 모습

나이트클럽을 순회하는 패키지 상품도 있었다. 1인당 미화 75달러를 내면 하룻밤에 3곳의 나이트클럽을 구경시켜주는데, 이 비용에는 클럽 입장료와 주대가 포함되어 있다고 한다. 한번 구경하고 싶었으나 나이를 생각해서 참았다. 밤거리는 또 다른 분위기로 홍청거리고 관광객들의 호기심을 자극했다. 나이트클럽 앞은 티켓을 구하려는 남녀 젊은이들로 혼잡하고, 어떤 식당 앞에서는 식당 종업원들이 단체로 나와 춤을 추며 관광객들을 즐겁게 호객(?)했다. 그러나 유흥가의 중심을 조금 벗어나면 적막한 분위기로 사람을 보기도 쉽지 않았다.

최근에는 칸쿤이 젊은 부부의 신혼 여행지로 각광받고 있다고 하는데, 신혼부부들에게 여행에 관해 몇 가지 조언을 하고 싶다. 즉 이곳 호텔이나 비치에서의 일정은 하루나 이틀이면 충분할 것 같고, 유카탄 반도 전역에 걸쳐 있는 패키지 관광을 곁들여야 좋을 것 같다. 예를 들면 욱스말의 마야 유적지, 셀하의 워터파크, 메리다의 투우 경기 관람, 이낄의 세노테 등과 같은 주변의 볼거리를 놓치지 말아야 할 것이다. 유카탄 반도를 천천히 돌아본 나의 경험에 비추어보면 최소한 7박 9일 정도의 일정은 되어야 멕시코 유카탄 반도의 매력을 느낄 수 있지 않을까 생각된다.

버스를 타고 **센트로 광장(Plaza Centro)**으로 가서 그 근처의 비치를 산책하고 수영했다. 이 비치는 물 빛깔은 아름다우나 파도가 거칠고 물밑의 모래사장이 고르지 못해 수영하기가 겁날 정도였다. 이렇게 고르지 못한 해변의 모래사장은 대형 건물과 방파제 등과 같은 인위적 구축물 때문이 아닌지 모르겠다. 툴롬의 자연적이고도 잔잔한 해변이 보다 친근하게 느껴진다.

칸쿤 중심가 후면에 위치한 비치

칸쿤과 이슬라 무헤레스 섬을 바다 위에서 볼 요량으로 '이슬라 무헤레스 섬 일주'라고 제목이 붙은 일일 패키지 관광을 하기로 했다. 호텔 근처 선착장에서 출발하는데 왕복 배 삯과 드링크, 점심 포함하고 각종 0ption 투어를 포함해 1인당 미화 42달러이다. 오전 10시에 출발해서 오후 5시에 출발한 선착장으로 돌아올 예정이라고 한다.

승선을 하고 출발하니 시원한 맥주를 한 잔씩 나누어준다. 맥주를 마시면서 멀리 보이는 칸쿤의 모습과 아름다운 카리브 해를 바라보는 것이 즐거웠다. 승선한 관광객들은 전부 서양 관광객들로 동양인은 볼 수 없었다. 대부분 나이가 지긋한 중년의 남녀가 많았다. 배는 출렁이며 한 시간 정도를 달리더니 이슬라 무헤레스 섬의 한적한 해변에 우리를 내려놓는다. 섬을 일주하며 경치를 감상하려던 내 계획이 무산되어 실망스러웠다. 패키지를 선택할 때 꼼꼼히 따져보아야 하는 이유가 이런 데 있다. 팸플릿을 안 받은 게 실수였다. 배에서 바라본 이슬라 무헤레스 섬은 작고 아름다웠다. 특히 선착장 부교와 야자수 그리고 파란 물이 어우러져 지어내는 풍경은 잊을 수 없었다. 섬에 머무르면서도 볼 수 없었던 광경을 보게 되어

배 안의 관광객들

멀리서 본 이슬라 무헤레스 섬

기분 좋았다.

보는 각도에 따라 달라지는 물 빛깔

해변에서 쉬다가 뷔페 식 점심을 먹고 돌아오는 선상에서 승무원의 사회로 1시간 동안 오락시간을 가졌다. 열차놀이, 커플키스, 섹시댄스 경연 등을 했다. 특히 섹시댄스는 승무원이 먼저 시범을 보이더니 각 나라 대표를 뽑았다. 나를 포함해서 4사람을 뽑아 국적을 물어보니 멕시코, 볼리비아, 미국 그리고 한국이었다. 가장 섹시하게 추는 사람에게 상품을 준다고 했다. 조금 어색했지만 승무원이 가르쳐준 동작에다 각 나라마다 조금씩 가감해서 춘 우스꽝스러운 섹시 댄스에 모두들 박장대소했다. 우리나라 관광버스에서의 춤판과 어떤 면에서 분위기가 비슷했다. 사람 살고 즐기는 것이 어느 나라나 대동소이한 것 같다. 나도 허리띠를 빼어 뱀 장수 흉내를 내며 엉덩이를 흔들고 봉 춤 흉내까지 내자 모두들 박수를 치고 웃어주었다. 나중에 상품이라고 준 것은 식당 할인권으로 유명무실한 것이었다.

의도와는 다르게 또 한 번 이슬라 무헤레스 섬을 다녀오게 되었지만, 해변의 모래와 바다는 다시 보아도 역시 좋았다. 다만 아쉬운 것은 이곳도 역시 해양 스포츠의 천국으로 승무원들이 스노클링을 옵션 관광으로 추천했는데 하지 못한 것이었다. 아내와 같이 할 수 없어 포기했는데, 정말 카리브 해의 스노클링은 명품으로서 다음에 기회가 된다면 단단히 연구하고 준비해서 하리라 생각했다. 그러나 이 먼 곳을 언제 또 올 것인가. 쉽지 않으리라. 숙소에 돌아오니 매우 피로했다. 샤워 후에 보디로션을 바르고 발 마사지를 30분 이상 하고 잠자리에 들었다.

17일 오전에는 비가 많이 와서 호텔에서 쉬다가 오후에 버스 종점까지 가보기로 했다. 버스 차창 밖으로 호텔, 쇼핑센터, 골프장 그리고 멋진 별장식 건물 등이 스쳐지나갔다. Plaza Kukulkan이라는 쇼핑센터에 가서 남미여행 기념으로 아내에게 목걸이를 사주었다. 버스를 타고 숙소로 돌아와 짐을 싸고 내일 리마로 갈 준비를 했다. 이제 남미여행의 끝이 보이기 시작한다.

낮에 본 중심 유흥가

4월 18일

여행의 끝- 리마로의 회귀

8시 30분, 어제 예약한 콜택시를 타고 공항으로 출발, 항공사 데스크에 패스포트와 바우처를 제시하고 보딩 패스를 받는데 툴룸에서 고생고생 출력해서 받은 바우처를 쳐다보지도 않는다. 컴퓨터에 예약 내역이 다 있는 듯했다. 유명 관광지라서 그런지 공항 업무가 빨랐다.

칸쿤에서 리마까지는 엘살바도르에서의 환승 시간까지 포함해서 약 12시간 걸렸다. 비행기 속에서 지나간 시간을 돌아보니 여행 일정이 주마등같이 머리를 스치며 어떻게 여행을 마쳤는지 꿈만 같다. 정각 20시 20분에 리마에 도착하니 아우가 마중을 나왔다. 매우 반가웠다. 우선 한식당으로 가서 소주 2병을 곁들여 식사를 하고 예약한 숙소로 갔다.

숙소 주소지에서 아무리 찾아도 예약한 숙소를 찾을 수 없었다. 아우가 이 사람 저 사람에게 물어 알아본 바에 의하면, 예약한 NIDO INN이라는 숙소는 3달 전에 폐업했다는 것이다. 아우가 수소문해서 간신히 다른 호텔을 잡았다. 나중에 Hotels.Com 한국 사무실로 전화를 하니 사과하면서 숙박비를 환불해주겠다고 한다. 매우 언짢았지만 여행 막바지에 액땜했다고 치고 노여운 마음을 풀었다. 남미여행을 하면서 이런 경우는 처음이었다. 다음날부터 리마에서 며칠 묵으며 쇼핑도 하고 아우와 회포도 풀면서 지내다가, 104일간의 남미여행을 끝마치고 4월 22일 13시 10분 비행기로 귀국길에 올랐다.

여행 후기

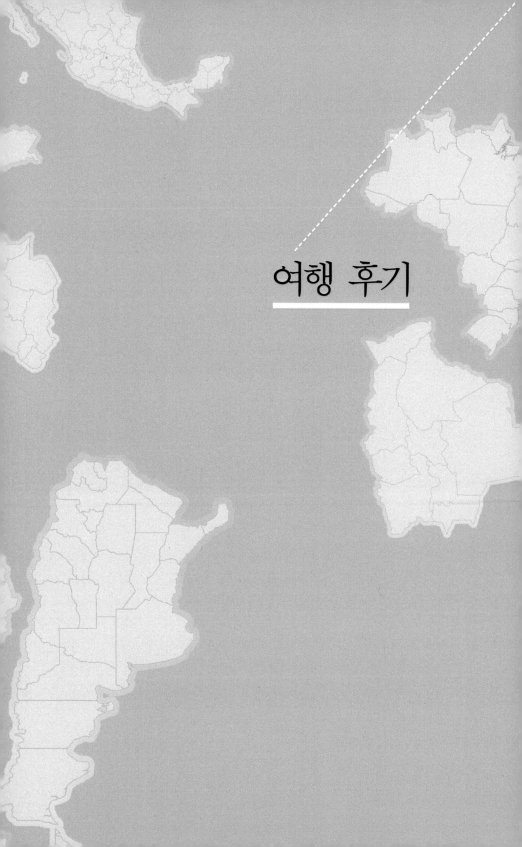

1. 소감

긴 여행기간 동안의 고생스러운 경험이 아름다운 추억으로 변해갈 즈음해서 이 글을 쓴다. 여행을 계획하고 출발하기 전에는 부푼 마음에 그렇게 먼 곳을 장기간 다녀오면 무언가 심신이 확 바뀌지 않을까도 예상했지만, 여행을 마치고 나서 제일 먼저 떠오르는 것은 항해를 마치고 귀항한 선원이 안도의 한숨을 쉬는 것처럼 무사히 돌아올 수 있었다는 것에 대해 무한히 감사하는 마음이었다.

여러 사람들이 여행 후의 소감을 묻지만, 뭐라고 한마디로 딱 잘라 말하기 어렵고 굳이 말한다면 이렇게 말하고 싶다. 큰 산을 오르고 난 후의 느낌이라고. 내가 어딘지 모르고 헤맸던 오솔길과 계곡, 그리고 안개 낀 평원들이 한눈에 들어오는 정상에 잠깐 머물렀다 온 느낌이라고. 또 어디가 제일 좋았느냐고 묻는다. 기가 막힌 절경도, 너무나 평범한 서민의 생활 모습도, 돌멩이나 하잘것없는 경험도 시간이라는 물감에 의해서 아름다운 추억으로 채색되어 내 기억 속에 자리 잡고 있음을 어떻게 설명할 수 없어 그냥 씩 웃고 말게 된다.

여행에 있어서 하루는 일상의 3일에 해당한다고 누군가 말했다. 그처럼 104일간의 여행은 그야말로 압축된 삶이었다고 부르고 싶다. 한 도시에서 다른 도시로 이동할 때마다 오늘은 또 어떤 일들이 기다리고 있을까 하는 호기심과 기대감이 여행의 원동력이었다.

여행 중에는 삶이라는 무대에서 내가 완전한 주연이었다는 것에 대해 자부심을 느끼고, 온전히 삶의 주인 노릇을 한 경험이 나의 영혼을 살찌웠음을 의심치 않는다. 여행 중에 만났던 여러 사람들, 말도 다르고 생김새도 달랐으나 결국 우리와 같은 인간이었으며, 세상은 인간이 살게끔 되어 있다는 긍정적인 믿음이 굳어졌다. 매사에 일희일비하지 않고 성과에 조급해 하지 않으며, 시간의 흐름 속에 사물을 잠시 맡겨두는 여유도 생겼다.

내가 속한 무리에서 벗어나 내가 속했던 환경을 멀리서 관조해보는 것은 의미가 있으나, 돌아갈 곳이 없다면 출발 자체가 어려웠을 것이다. 돌아갈 일상이 있었다는 것에 대해 고마움을 느끼게 된다. 가족, 나의 일, 직장 동료들, 권태의 모습으로 스쳤던 모든 것들이 새로운 의미로 다가오고 새삼 소중해진다. 두서없는 소감을 마무리하며, 이 책이 독자들의 새로운 여행 계획 수립에 조금이라도 도움이 되기를 진심으로 바란다.

2. 언어

남미는 12개국이 있지만 11개국은 모두 스페인어를 사용하고 브라질만 포르투갈어를 사용한다. 자유여행에 있어 여행사나 가이드의 도움 없이 교통과 숙박 관광지 예약을 하려면 언어가 통해야 하는데, 남미는 영어가 통하지 않는다고 하니 이 문제를 해결해야 한다.

장기 해외여행에 있어서 그래도 영어가 기본이라고 생각해서 나

사렛 대학교 평생교육원 미국 원어민 강사의 중급 영어회화 강좌를 일주일에 두 번씩 들었다. 그 강사는 마이클이라고 하는데, 그 부인이 스페인어를 잘한다고 해서 부부와 함께 점심식사를 하면서 나의 여행 계획을 말하고 스페인어를 배우는 좋은 방법을 알려달라고 물었다.

그녀는 Rosetta Stone이라는 외국어 교육 프로그램을 소개시켜 주었다. 처음 외국어를 배울 때는 발음이 중요한데, 스페인어 학원을 다닐 상황이 안 돼 독학할 경우 매우 유용하다는 말이었다. 문법 부분의 이해가 잘 안 돼 『스페인어 첫걸음』 책과 함께 6개월 정도 공부하여 여행에 필요한 스페인어를 익혔다. 'Spanish Dict'라는 여행용 스페인어 어플을 다운받아 이용했는데, 사전 기능과 여행용 간단한 문장을 검색해 쓸 수 있어서 여행 중 매우 유용했다.

영어는 대학 다닐 때 공부한 이후 회화 공부를 할 기회가 거의 없었는데, 원어민 강사와 대화를 문법에 관계없이 단어 나열식으로 여행용 영어회화를 시도했다. 그런데 의외로 의사소통이 되었다. 외국인과의 영어회화에 대한 두려움을 없애는 것을 목표로 했는데, 여행용 영어 수준은 영어에 대한 자신감이 가장 중요하다는 것을 여행 중 절감했다. 언어는 단기간에 습득되지 않으므로 가장 준비 기간이 길었던 부분이다. 외국어 회화를 하면서 나도 놀란 것이 머릿속에서 문법에 구애되지 않으니 입이 열리고 소통이 되었다. 하여튼 이 정도 준비만으로도 여행 중 의사소통의 어려움이 거의 없었다.

3. 안전

남미 여행기나 가이드북을 보면 남미의 치안에 대해서 우려하는 글을 자주 접하게 되어 매우 걱정했었다. 그러나 여행을 마치고 돌이켜보면 운이 좋아서 그랬는지 조심을 해서 그랬는지 잘 모르겠지만, 결과적으로 그렇게 위험한 상황에 처해보지 않았다. 어느 나라나 마찬가지로 위험한 지역은 있기 마련이지만, 조금만 주의를 기울인다면 충분히 피해갈 수 있으리라 본다. 벌써 위험 지역에 가면 살벌한 분위기를 느낄 수 있고, 그런 지역은 여행 목적에도 맞지 않는 곳이다. 객기를 부리고 모험을 감수하려는 태도를 버린다면 여행자에게 닥치는 위험은 결코 걱정할 수준이 아니다. 남미에는 동양인 여행자는 그렇게 많지 않지만 서양 여행자들은 매우 많은 유명관광지가 많다. 관광은 이 나라들에 있어서 주요 수입원이기 때문에 기본적인 치안은 잘 지켜지고 있었다. 다만 좀도둑이나 소매치기 정도의 범죄를 경계해야 하는데, 우범 지대를 피하고 사람들이 많은 버스 터미널, 지하철 등지에서 자기 소지품에 대해 주의를 기울인다면 큰 문제는 없을 것으로 본다.

칠레 지하철에서 소매치기 당했을 때 가장 큰 실수는 반바지에 든 내 지갑의 위치였다. 밖에서 봤을 때 누구라도 알 수 있는 허술한 위치에 지갑을 둔 것이다. 방심한 결과이고 이 정도의 사건은 유럽과 같은 선진국 관광지에서도 충분히 발생할 수 있는 것이다. 우리나라보다 경제적으로 뒤떨어져 있다고 해서 너무 비관적으로 과

장되게 안전에 대해 말하는 사람들이 있는데, 가만히 들어보면 자기가 당했다는 것이 아니라 그런 이야기를 들었다는 사람이 대부분이다.

4. 교통

남미에서 항공편을 이용하는 경우에는 남미 최대의 항공사인 TAKA 항공을 주로 이용했다. 편수도 많고 시간대도 적당하기 때문이다. 인터넷 사이트에 접속해서 예약을 하면 되는데, 간혹 영어 버전이 전환되지 않는 경우가 있어 애를 먹었다. 같은 항공편이라도 여행사를 통하면 직접 예약하는 경우보다 훨씬 더 비싸다. 여행 일정이 자유로운 개별 여행자들은 구태여 여행사를 통할 필요가 없을 것이다.

각 나라 내에서의 이동 수단은 거의 대부분이 버스인데, 남미는 버스 터미널만 찾으면 어느 도시라도 편하게 이동할 수 있다. 장거리 버스의 경우 몇 등급이 있는데, 조금 비용을 더 지불하더라도 예를 들면 TUR SUR 같은 등급의 버스를 이용하면 쾌적한 여행을 즐길 수 있다. 장거리 여행 버스 비용은 아끼지 않는 것이 좋다고 본다. 싼 버스는 조그만 도시도 들러서 시간이 많이 걸린다. 그리고 남미의 장거리 버스는 대부분 2층 버스로 차내에 화장실이 있는데, 하급의 버스 회사는 지저분하고 냄새까지 나서 고역이었다. 이동 중에 큰 짐은 버스 하단의 짐칸에 싣는데, 매우 혼잡하므로 반드시 짐에 붙이는 짐표와 동일한 표를 받고 정확히 짐이 실리는지 확인해야 한다. 장거리 버스의 경우 출발시간과 도착시간이 지연되는 경우가 간혹 있는데, 너무 초조하게 생각하지 말고 나라가 커서 그러려니 하고 느긋하게 기다리는 자세가 바람직하다. 따지고 조급하게 굴어봐야 득 되는 것이 없다.

보통 터미널에서 숙소까지는 택시로 이동하는 경우가 많은데, 간혹 터무니없는 요금을 부르는 기사가 있다. 그러므로 타기 전에 목적지를 말하고 요금이 얼마인지 확인해야 한다. 만약 생각보다 높은 요금을 부르면 그냥 보내고 다른 택시를 잡으면 된다. 장거리를 택시로 갈 때는 부담이 되므로 산티아고나 부에노스아이레스, 멕시코시티에서는 지하철로 이동했다. 어느 나라나 시스템은 비슷하기 때문에 노선도를 보고 충분히 다닐 수 있다. 지하철에서는 혼잡하므로 소지품에 주의하고 손가방이나 핸드백, 배낭도 앞으로 메는 것이 좋다.

5. 통신

남미여행에 있어서 나의 경우에는 핸드폰(아이폰 4)과 아이패드를 가지고 갔다. 데이터 로밍 서비스를 받을 경우에는 요금이 엄청나기 때문에 공항에서 모두 중단시키고, 전화도 현지에서 꼭 필요한 경우에만 연결해서 사용했다. 아이패드에는 영화를 20여 편 다운받아서 가지고 갔는데, 지루한 버스 안에서 시간 보내는 데 매우 유용했다. 스마트폰 사용이 익숙지 않은 올드 세대라서 그 기능을 다 사용하지 못한 것이 매우 아쉬웠다.

처음 여행을 시작했을 때는 아이패드의 진가를 몰랐는데, 좀 여행을 하다 보니 숙소 예약과 항공기 예약, 여행정보를 얻는 데 더없이 편리했다. 대도시 숙소에서는 와이파이가 되는 경우가 많아 정보 이용에 어려움이 없었다. 아이패드는 정말 여행에 많은 도움을 주는 첨단 문명의 도구라는 것을 절감했다. 자유여행에 있어서는 필수품이라고 본다. 요즘은 통역 어플도 많아 이를 잘 활용하면 여행에 많은 도움을 받을 수 있을 것이다. 긴 문장은 번역이 원활하지 않고 상대방이 이해가 어려우나, 짧은 문장의 경우는 의사 전달이 용이해 매우 유용하다.

6. 숙박

이번 여행에서 숙소는 상당히 고생을 많이 한 부분이다. 장기간에 걸친 개별 자유여행에서 숙소 문제를 해결할 방법을 명확히 정하지 않은 채 여행을 시작했기 때문이다. 가이드북에 나와 있는 숙소는 나의 여행 코스나 개인사정과 일치하는 것을 찾기가 어려웠고, 찾는다 하더라도 수개월에 걸친 장기간의 여행에 있어서 모든 숙소를 미리 예약할 수는 없었다. 솔직히 예약 방법도 잘 몰랐다. 아우가 리마에 살기 때문에 많은 도움을 받을 수 있지 않을까 기대했는데 별로 도움이 되지 않았다.

처음 여행을 시작한 리마, 그 다음 코스인 쿠스코, 아레키파, 라파즈는 숙소 직원의 소개로 숙박 장소를 정했고, 차차 여행에 익숙해지고 요령이 생기면서 가이드북에 나와 있는 숙소와 인터넷(www.hostels.com 등)을 통해 검색한 숙소를 예약하여 이용 했다. 그러나 어떤 여행지에서는 와이파이가 안 되고 가이드북에도 나와 있지 않아서 거리를 배회하며 물어물어 숙소를 정한 적도 간혹 있었다. 무거운 배낭을 메고 거리를 헤맨다는 것은 매우 고생스러운 일로서 철저히 대비해야 했지만, 경우에 따라 그럴 수밖에 없었던 경우가 있었다.

멕시코에서는 전부 인터넷에 나와 있는 숙박 관련 사이트에 접속해 예약했고, 거의 문제가 없었다. 와이파이를 이용할 수 없는 지역은 여행 가이드북이나 버스 터미널의 숙박지 광고, 관광안내 부스의 관광 안내원을 통해 숙소 문제를 해결했다. 리우데 자네이로에서 말도 안 통하고 가이드북이나 인터넷을 통한 예약이 어려운 상황에서 관광안내 부스의 관광 안내원이 영어로 친절하게 숙소 문제를 해결해주었을 때 그 고마움은 결코 잊을 수 없을 것 같았다.

유명 관광지의 경우에는 인터넷 숙소 관련 사이트가 다양하므로 우선적으로 그것을 이용하고, 게스트하우스의 경우에는 예약을 하지 않더라도 대부분 이용이 가능하다고 한다. 여행 다니면서 만난 우리나라 젊은이들은 대부분 그러한 방식으로 숙소를 정하고 있었다. 숙소 프런트 직원의 도움을 받든 인터넷 사이트를 이용하든, 아니면 여행 가이드북의 정보를 이용하든 간에 그렇게 큰 걱정은 하지 않아도 된다는 것이 나의 최종 결론이다. 그리고 각자 여행 예산이나 취향, 여행 일정에 맞는 숙소를 어떻게 용이하게 선택하느냐 하는 것이 중요한데, 여행계획 수립 시 보다 철저한 준비를 한다면 큰 문제없이 여행할 수 있다고 본다. 인터넷 사이트를 통해 예약할 경우에는 계약금만을 요구하는 경우가 있고 숙박료 전액 입금을 요구하는 두 가지 경우가 있었는데, 유명 관광지일 경우에는 전부 입금 요구가 수긍이 가지만, 그렇지 않은 경우에는 전화로 일부 입금 가능 여부를 확인해보는 게 좋다.

7. 음식

이번 여행은 짐이 많아 한국 음식을 전혀 챙기지 못했다. 식사 해결은 크게 대부분의 숙소에서 주는 조식과 슈퍼에서 식품 재료를 사다가 직접 해먹는 경우, 그리고 음식점에서 사먹는 경우 등 세 종류로 분류할 수 있다. 먼저 서양 조식이라는 것이 빵과 커피, 주스 및 계란프라이, 소시지, 간단한 샐러드 정도로, 사람에 따라서는 적응하지 못하는 경우도 있을 수 있는데 나와 아내의 경우는 견딜 만했다.

남미의 어느 도시나 슈퍼에 가면 풍부한 식품들이 있어서 쉽게 저렴한 음식 재료를 구입할 수 있어 좋았고, 와인은 우리나라보다 매우 쌌다. 호스텔의 경우 주방이 구비된 곳도 많아 자기 식대로 요리를 해먹을 수도 있었다. 아르헨티나나 칠레의 경우 소고기 값이 매우 싸서 스테이크를 자주 해먹었다. 다만 우리나라 라면과 같은 음식은 의외로 구하기가 쉽지 않아 거의 먹지 못했다. 장기 개별 자유여행에서는 한식만을 고집할 수는 없을 것으로 본다.

식당에서 사먹는 경우도 많았다. 햄버거 집은 우리나라의 경우와 같아 현지 음식이 도저히 입맛에 맞지 않을 경우 이용했고, 현지의 별미라고 하는 음식을 골라서 먹어보았는데 크게 감동받은 적이 별로 없었다. 멕시코 음식은 우리 입맛에 맞고 가격도 싼 편이어서 자주 사먹었다. 길거리 음식도 먹을 만했다.

하얀 식탁보가 덮여 있는 고급 식당도 가보았는데 음식 주문이 어려워 자주 이용하지는 못했다. 음식에 대해 관심 있게 공부하고 가질 않아서인지 현지 음식 주문은 항상 어려웠다. 음식 값은 생각보다 그렇게 비싸지는 않았다. 숙소 프런트의 직원에게 싸고 맛있는 식당을 소개시켜달란 적도 종종 있었는데, 크게 만족스럽지는 않았다.

여행 중에 1년 이상 장기여행을 하는 젊은이를 만난 적이 있는데, 물어보니 식사는 슈퍼에서 산 음식으로 대부분 해결한다고 했다. 샌드위치나 스파게티 등과 같은 간단한 서양식 조리방법을 익혀서 여행을 한다면 매우 편리하리란 생각이 든다. 사실 서양 음식은 조금만 신경 쓰면 그 조리법이라는 것이 그리 어려운 게 아니라고 본다. 식사는 하루 세 번 해야 하는 부분이고 여행의 즐거움이자 체력의 원천이므로 자기 나름대로 자기 취향에 맞게 잘 준비해 가야 할 것으로 본다. 로마에 가면 로마법을 따르라는 말이 있듯이 음식도 현지화 시켜서 현지민의 음식으로 해결하는 것도 재미있는 경험이라고 본다. 이런 현지식 위주로 식사하고, 여행 후에 신체검사를 해보니 체중이 2kg 정도 빠지고 콜레스테롤 수치도 정상 수준에 들어와 있었다.

8. 여행 준비물 목록

남미의 기후는 4계절이 모두 있기 때문에 여름옷과 겨울옷을 모두 준비해야 했고, 여행 일정에 트레킹이 포함되어 있었기 때문에 침낭도 가져가야 했다. 짐 부피가 커서 여행 내내 고생을 많이 했다. 침낭같이 큰 것은 트레킹을 시작하기 전에 현지에서 빌리는 방법을 연구해서 짐을 가볍게 해야 할 것이다. 잡다한 짐들을 모두 정리해서 큰 배낭 2개, 작은 배낭 1개, 메는 손가방 1개, 총 4개의 덩어리로 정리해서 앞뒤로 멜 경우 두 손이 자유롭게 걸을 수 있도록 했다.

① 전자기기 및 액세서리

휴대폰(이어폰, 충전기), 아이패드, 카메라(메모리칩 3, 전지 충전기), 멀티

콘센트, 멀티 플러그

② **여행경비 관련**

신용카드 2(비자카드 1, 마스터카드 1), 체크카드 2, 외화(달러)

③ **여행 관련 서류**

여권 등(여권 복사본, 사진), 항공권(E-Ticket), 황열병 예방접종 증명서, 여행 계획서, 국제 운전면허증, 해외여행 보험증서

④ **의류 등**

▶ 외의(外衣) : 점퍼 1, Y셔츠, T셔츠 3, 우비 1, 구스다운 1, 바지 3, 여행용 조끼 1, 얇은 스웨터 1, 반바지 1, 모자 1, 양복 정장 상의 1

▶ 내의(內衣) : 팬티 3, 러닝셔츠 3, 양말 3

▶신발 등 : 구두, 등산화, 샌들, 장갑, 수영복

⑤ **생활용품 세트**

세면도구 세트, 화장품 세트, 약품 세트, 휴지(크리넥스 화장지, 물휴지), 만능 주머니칼

⑥ **도서·문구류**

여행 가이드북, 다이어리, 필통(볼펜, 샤프, 형광펜), 정리파일, 메모지, 개인 명함

⑦ **침구류 및 배낭**

침낭 2, 얇은 담요 1, 배낭 3(대형 90리터 1, 중형 50리터 1, 소형 1), 메는 소형가방 1

⑧ 기타

기념품 열쇠고리 20개, 우산, 컵, 홀스터, 손목시계, 선글라스, 소형 자물쇠 및 안전 잠금줄, 소형 플래시

9. 경비

월	일	국가명	사용 통화	통화 금액	한화 환산액(원)	사용 내역	비고
1	2	한국	Kwr		6,614,600	2인 항공권	인천-리마 왕복
	8	페루	USD	20	22,600	공항 맥주	
	10		Sol	10	4,200	주스, 과자	
				100	41,900	입장료	황금박물관
				27	11,300	점심	
				16	6,700	콜라 등	
	11			10	4,200	콤팩트	
				5	2,100	환전료	ATM기
				33	13,800	소로치	고산병 약
			USD	353	398,500	2인 항공료	쿠스코 행(TACA 항공)
			Sol	16	6,700	호텔 커피	
				9	3,800	길거리 커피	
				16	6,700	길거리 커피	
				9	3,800	샌드위치	
	12			19	8,000	물, 간식	
				25	10,500	점심	
				23	9,600	지도	
				20	8,400	투어버스	
				111	46,500	저녁	
				16	6,700	입장료	분수공원
	13			100	41,900	점심	
				120	50,200	저녁	

월	일	국가명	사용 통화	통화 금액	한화 환산액(원)	사용 내역	비고
1	14	페루	USD	444	501,200	호텔비	라파즈 호텔 6박
	15		Sol	21	8,800	아침	띠또
			USD	10	11,300	차비	띠또
				1.2	1,400	생수	
			Sol	6	2,500	생수	쿠스코
	16			20	8,400	2인 입장료	도밍고 교회
				50	20,900	2인 입장료	대성당
				2	800	빵	
				1.2	500	생수	
				39	16,300	점심	치파
				100	41,900	저녁	
	17			30	12,600	스웨터	알파카
				10	4,200	택시	
				3	1,300	복사	
				40	16,700	점심	
				30	12,600	마사지	
				16	6,700	햄버거	
				20	8,400	물, 코카캔디	
	18			70	29,300	2인 입장료	삭사이우아망
				3	1,300	옥수수, 오렌지	
				30	12,600	스웨터, 모자	알파카
				45	18,800	점심	
				25	10,500	간식	
	20			180	75,400	포터 2명	2일간
	22			80	33,500	포터 팁	
				40	16,700	가이드 팁	
				50	20,900	피자, 맥주	
				5	2,100	기념품	
			USD	15	16,900	샌드위치	
				40	45,200	방값	
				700	790,200	잉카 트레킹	3박4일
			Sol	40	16,700	저녁	
	23			194	81,200	2인 버스비	아레키파
				30	12,600	점심	
				10	4,200	커피	스타벅스

월	일	국가명	사용 통화	통화 금액	한화 환산액(원)	사용 내역	비고
1	24	페루	Sol	7	2,900	택시	
				90	37,700	2인 시티투어	
				70	29,300	2인 입장료	산타카탈리나 수녀원
				28	11,700	점심	
				18	7,500	맥주	
				28	11,700	슈퍼	
				62	26,000	저녁	
	25		Sol	140	58,600	2인 패키지	콜카 투어
				116	48,600	2인 버스비	뿌노
				42	17,600	저녁	
	26			46	19,300	점심	
				25	10,500	솔 등 기념품	
	27			14	5,900	슈퍼	
	28			6	2,500	택시	
				4	1,700	택시	
				4	1,700	터미널 이용료	
				180	75,400	2인 패키지	우로스 섬
				37	15,500	저녁	
				11	4,600	간식	
	29			7	2,900	기념품	실 팔찌
				3	1,300	콜라	
	30			46	19,300	점심	
				30	12,600	슈퍼	
				120	50,200	방값	
페루 경비 소계(23일)					**3,047,700**		**1일 평균 132,500원**
1	31	볼리비아	Sol	80	33,500	2인 버스비	라파즈
				4	1,700	택시	
				2	800	터미널 이용료	
				2	800	화장실 이용료	
			Bs	25	4,100	점심	
				122	20,000	저녁	
				18	2,900	택시	
2	1			80	13,100	점심	
				220	36,000	2인 시티투어	
				43	7,000	2인 입장료	
				75	12,300	저녁	
	2			300	49,100	방값	
				460	75,300	2인 버스비	우유니

월	일	국가명	사용 통화	통화 금액	한화 환산액(원)	사용 내역	비고
2	2	볼리비아	Bs	170	27,800	점심 뷔페	프라자 호텔
				10	1,600	택시	
	3		USD	40	45,200	2인 패키지	우유니
			Bs	120	19,600	방값	1일
			Bs	1,300	212,700	2인 패키지	2박 3일 사막 투어
				90	14,700	저녁	
				138	22,600	간식 등	
	5			300	49,100	2인 입장료	우유니 사막
볼리비아 경비 소계(6일)					**649,900**		**1일 평균 108,300원**
2	6	칠레	Bs	80	13,100	맥주 등	
				30	4,900	운전사 팁	마르셀로
			CLP	50,000	115,000	2인 버스비	산 페드로-라세레나
				8,000	18,400	점심	
				3,200	7,400	과자 등	
	7			4,500	10,400	택시	
				5,000	11,500	지도	
				2,000	4,600	간식	
				20,000	46,000	방값	
				7,000	16,100	점심	
				8,000	18,400	와인 등	
	8			16,000	36,800	점심	
				24,000	55,200	2인 버스비	
				2,700	6,200	주스	
				2,000	4,600	책 등	
				20,000	46,000	방값	
				5,000	11,500	세탁	
				2,000	4,600	저녁	
				2,000	4,600	콜라, 전화 등	
	9			3,300	7,600	아침	
				2,000	4,600	택시	
				2,900	6,700	간식	
				4,100	9,400	택시	
				1,000	2,300	팁	
				11,000	25,300	저녁	
				1,000	2,300	담배	
	10			4,000	9,200	점심	
				1,200	2,800	박물관	
				3,000	6,900	슈퍼	

월	일	국가명	사용 통화	통화 금액	한화 환산액(원)	사용 내역	비고
2	10	칠레	CLP	3,000	6,900	와인, 치즈	
	11			1,600	3,700	2인 지하철	
				80,000	184,000	소매치기 당함.	
				12,500	28,800	점심	
				4,400	10,100	케이블카 등	
				2,000	4,600	기념품 자석	
				8,600	19,800	저녁	
				1,000	2,300	담배	
				9,000	20,700	컵라면	
	12			95,600	219,900	2인 버스비	
				3,600	8,300	2인 지하철	산티아고- 푸에르토몬트
	13		USD	1,180	1,332,100	2인 크루즈	3박 4일 나비막
			CLP	8,000	18,400	점심	
				1,200	2,800	전철	
				800	1,800	생수	
				3,700	8,500	커피, 콜라	
	14			12,500	28,800	방값	
				1,000	2,300	생수	
				2,250	5,200	스낵	
				250	600	화장실 이용료	
	15			10,000	23,000	방값	
				1,300	3,000	간식	
				600	1,400	간식	마테콘후레시오
				16,500	38,000	저녁	길거리 튀김
				4,000	9,200	치즈	
				2,000	4,600	담배	
				200	500	라이터	
				16,000	36,800	2인 패키지	
	16			5,000	11,500	뱃삯	
				17,500	40,300	점심	호수넘는비용
				2,400	5,500	간식	
				10,000	23,000	방값	
	17			6,000	13,800	점심	
				8,000	18,400	와인 등	
				4,300	9,900	맥주	
	19			2,000	4,600	빙고 참가비	
				6,000	13,800	맥주 등	
	20			5,100	11,700	슈퍼	빙고 당첨 축하주

월	일	국가명	사용 통화	통화 금액	한화 환산액(원)	사용 내역	비고
2	21	칠레	CLP	27,000	62,100	슈퍼	
			USD	204	230,300	2인 산장	
			CLP	24,000	55,200	2인 버스비	토레스델파이네 2박 토레스델파이네
				7,000	16,100	슈퍼	갈라파테
				4,000	9,200	맥주	
	22			30,000	69,000	2인 입장료	
				24,000	55,200	뱃삯	토레스델파이네 공원
	23			6,000	13,800	맥주	호수 넘는 비용
				5,500	12,700	포도주	
	24			9,000	20,700	맥주 등	
				5,000	11,500	공원, 버스비	
칠레 경비 소계(19일)					**3,302,000**		**1일 평균 173,800원**
2	24	아르헨	CLP	25,000	57,500	방값	
	25		A$	1,468	314,500	2인 버스비	갈라파테-바릴로체
				240	51,400	2인 입장료	모레노 빙하
				200	42,900	방값	1박
				140	30,000	음식비 등	
	27			30	6,400	택시비	
			USD	20	22,600	슈퍼	
	28		A$	135	28,900	점심	
				20	4,300	세탁	
				62	13,300	초콜릿	
				30	6,400	슈퍼	
				20	4,300	택시비	
				860	184,300	2인 버스비	바릴로체-멘도사
	29			500	107,100	방값	?
				110	23,600	음식비	
3	1			20	4,300	햄버거	
				40	8,600	2인 입장료	박물관
				20	4,300	택시비	
				150	32,100	2인 와인 투어	1일
				840	180,000	2인 버스비	멘도사- 부에노스아이레스
				72	15,400	로션 등	
				200	42,900	방값	1박
				55	11,800	식품	
				100	21,400	점심	
	2			41	8,800	길거리 카페	

월	일	국가명	사용 통화	통화 금액	한화 환산액(원)	사용 내역	비고
3	2	아르헨	A$	100	21,400	점심	
	3			460	98,600	방값	4박(남미사랑)
				75	16,100	맥주, 담배	
				55	11,800	식품	
				30	6,400	라면	
				10	2,100	쌀	
				40	8,600	택시비	
	4			50	10,700	택시비	
				80	17,100	점심	
				10	2,100	주스	
				80	17,100	관람료	
				67	14,400	쇠고기, 와인	
				30	6,400	김치	
	5			100	21,400	메모리칩	카메라
				39	8,400	스타벅스	
				100	21,400	2인 입장료	타악기 공연
				30	6,400	식품	
				60	12,900	택시비	
	6			580	124,300	2인 버스비	부에노스아이레스-이과수
				240	51,400	2인 입장료	탱고 공연
				35	7,500	택시비	
				40	8,600	통역기 대여료	미술관
				22	4,700	점심	
				5	1,100	전철	
				30	6,400	맥주	한인 타운 카페
				50	10,700	택시비	공연장까지 이동
	7			84	18,000	점심	
				40	8,600	간식	
				30	6,400	택시비	
	8		R$	24	12,800	버스비	
				82	43,700	2인 입장료	이과수 폭포
			A$	74	15,900	저녁	
				200	42,900	방값	1박
				70	15,000	택시비	
	9			78	16,700	슈퍼	
				40	8,600	버스비	
				200	42,900	2인 입장료	이과수 폭포
				30	6,400	간식	

월	일	국가명	사용 통화	통화 금액	한화 환산액(원)	사용 내역	비고
3	9	아르헨	A$	35	7,500	기념품	자석
				50	10,700	식품	
				200	42,900	방값	1박
아르헨 경비 소계(13일)					**2,044,100**		**1일 평균 157,200원**
3	10	브라질	A$	20	4,300	택시	
			R$	16	8,500	시내버스	
				447	238,100	2인 버스비	이과수-리우데자네이루
	11			6	3,200	전화 카드	
				6	3,200	콜라	
				7	3,700	간식	
				220	117,200	방값	1박
				57	30,400	저녁	
				45	24,000	택시비	
	12			92	49,000	소포 우송비	리마
				54	28,800	점심	
				20	10,700	옷	
				120	63,900	택시	
				440	234,400	패키지 투어	1일
				36	19,200	ATM	수수료(3회)
				20	10,700	맥주	
				220	117,200	방값	1일
	13			24	12,800	버스비	
				6	3,200	생수	
				70	37,300	저녁	
브라질 경비 소계(4일)					**1,019,800**		**1일 평균 255,000원**
3	14	멕시코	USD	1,300	1,467,600	2인 항공료	멕시코시 행 (TACA 항공)
			Mex$	370	32,700	방값	1박
				120	10,600	저녁	
				160	14,100	택시	
	15			424	37,400	2인 입장료 등	
				150	13,200	맥주	코로나
				110	9,700	슈퍼	
	16			180	15,900	아침	
				114	10,100	2인 입장료	인류학 박물관
				76	6,700	통역기 대여료	
				1,110	98,000	방값	3박
				6	500	지하철	

월	일	국가명	사용 통화	통화 금액	한화 환산액(원)	사용 내역	비고
3	16	멕시코	Mex$	50	4,400	담배 등	
	17			350	30,900	청바지	
				300	26,500	벨트	
				130	11,500	목걸이	
				20	1,800	양말	
				50	4,400	벨트색	
				150	13,200	스커트	
				200	17,700	신발	슬리퍼
				180	15,900	아침	
				12	1,100	음료수	
				20	1,800	지도	
				40	3,500	이발	
				1,174	103,600	2인 버스비	멕시코시티-오악사까
	18			130	11,500	아침	
				60	5,300	점심	
				280	24,700	선물	
				90	7,900	과일	
				160	14,100	맥주	
				30	2,600	담배	
	19			120	10,600	택시	
				50	4,400	아침	
				371	32,700	저녁	
	20			80	7,100	택시	
				114	10,100	2인 입장료	
				66	5,800	음료수	
				336	29,700	점심	
				520	45,900	저녁	
	21			320	28,200	스커트	
				120	10,600	메스(칼) 등	
				100	8,800	점심	
	22			115	10,100	아침	
				40	3,500	택시	
				40	3,500	버스	
				174	15,400	2인 공원 입장료	
				220	19,400	파나마모자	
			Kwr		64,000	방값	
			Mex$	480	42,400	저녁	
				848	74,800	2인 버스비	오악사까-빨렌케
				500	44,100	2인 패키지	

월	일	국가명	사용 통화	통화 금액	한화 환산액(원)	사용 내역	비고
3	23	멕시코	Mex$	100	8,800	슈퍼	
				200	17,700	점심	
				20	1,800	생수 등	
	24			880	77,700	방값	2박
				250	22,100	저녁	
				50	4,400	맥주	
	25			100	8,800	점심	
				240	21,200	2인 입장료	시티 투어
				80	7,100	택시	
				800	70,600	2인 입장료	투우 경기장
				60	5,300	저녁	
	26			184	16,200	버스비	
				354	31,200	2인 입장료	
				400	35,300	점심	
				170	15,000	저녁	
				350	30,900	옷	
				28	2,500	빵	
	27			150	13,200	저녁	
				50	4,400	슈퍼	
				880	77,700	방값	
				74	6,500	버스비	
				350	30,900	세노테 여행비	
				70	6,200	치마	
	28			244	21,500	버스비	
				50	4,400	숙소아줌마 팁	메리다
			Kwr		80,000	방값	1박
			Mex$	354	31,200	2인 입장료	치첸이싸 유적지
				188	16,600	저녁	
	29			150	13,200	택시	Ik-Kil 세노테 왕복
				140	12,400	2인 입장료	Ik-Kil 세노테
				160	14,100	아침	
				30	2,600	택시	
				500	44,100	방값	1박
				350	30,900	저녁	
	30			260	22,900	점심	
				500	44,100	1인 패키지	세노테
				50	4,400	차비	
3			Mex$	400	35,300	저녁	
				90	7,900	슈퍼	
				800	70,600	방값	

월	일	국가명	사용 통화	통화 금액	한화 환산액(원)	사용 내역	비고
3	31	멕시코	Mex$	210	18,500	슈퍼	
				134	11,800	2인 입장료	마야 유적지
				30	2,600	과일	
				50	4,400	택시	
			USD	1,200	1,354,700	2인 항공료	깐꾼-리마
4	1			158	178,400	2인 입장료	하셀하 워터파크
			Mex$	400	35,300	택시비	하셀하까지 왕복
				500	44,100	저녁	
	2			200	17,700	아침	
				300	26,500	저녁	
	3			300	26,500	아침	
				20	1,800	택시	
				10	900	게임 책	
			USD	360	406,400	방값	5박
			Mex$	180	15,900	슈퍼	
	4			300	26,500	점심	
				100	8,800	파라솔 대여료	
	5			440	38,800	점심	
			USD	18	20,300	여름 남방	
				24	27,100	데낄라	
			Mex$	80	7,100	샌드위치	
				230	20,300	선오일, 샴푸 등	
	6			520	45,900	점심	
				280	24,700	버스비	
				180	15,900	저녁	
	7			430	37,900	점심	
				230	20,300	저녁	
				30	2,600	뷰스	
	8			420	37,100	점심	
				30	2,600	주스	
				78	6,900	저녁	
				100	8,800	칫솔 등	
	9			280	24,700	2인 패키지	이슬라무헤레스
				100	8,800	버스비	
			USD	320	361,200	방값	4박
			Mex$	340	30,000	슈퍼	
				60	5,300	택시	
				100	8,800	조개	
	10			500	44,100	카트 대여료	이슬라무헤레스
				120	10,600	2인 입장료	

월	일	국가명	사용 통화	통화 금액	한화 환산액(원)	사용 내역	비고
4	10	멕시코	Mex$	340	30,000	점심	
				200	17,700	저녁	
	11			120	10,600	파라솔 대여료	
				65	5,700	아이스크림 등	
	12			150	13,200	파라솔 대여료	
				50	4,400	코코넛	
				85	7,500	슈퍼	
				360	31,800	저녁	
	13			100	8,800	택시	
				236	20,800	물안경	
				130	11,500	저녁	
				35	3,100	맥주 등	
				32	2,800	버스	
			USD	18	20,300	2인 입장료	깐꾼 전망대
	14		Mex$	100	8,800	저녁	
				34	3,000	버스	
	15			144	12,700	점심	
				34	3,000	버스	
				300	26,500	저녁	
				80	7,100	맥주	
	16		USD	84	94,800	2인 패키지	이슬라무헤레스
			Mex$	180	15,900	저녁	
				40	3,500	스낵 등	
	17		USD	11	12,400	간식	
				20	22,600	맥주 등	
			Mex$	70	6,200	버스	
				180	15,900	점심	
	18			300	26,500	택시	
멕시코 경비 소계(33일)					**6,899,400**	**항공료 포함**	**1일 평균 209,100원**
					4,044,100	**항공료 제외**	**1일 평균 122,500원**
남미 여행경비 총액					**23,577,500**		

* 여행경비 내역에 개인적인 선물 대금은 포함되어 있지 않음.

해보지 뭐
남미 자유 여행